# 当说者被说的时候：
# 比较叙述学导论

赵毅衡 著

GUANGXI NORMAL UNIVERSITY PRESS

广西师范大学出版社

·桂林·

DANG SHUO ZHE BEI SHUO DE SHIHOU: BIJIAO XUSHUXUE DAOLUN


**图书在版编目（CIP）数据**

当说者被说的时候：比较叙述学导论 / 赵毅衡著. --
桂林：广西师范大学出版社，2022.9
ISBN 978-7-5598-5028-7

Ⅰ．①当… Ⅱ．①赵… Ⅲ．①叙述学－对比研究－中
国、西方国家 Ⅳ．①I045

中国版本图书馆 CIP 数据核字（2022）第 089260 号


广西师范大学出版社出版发行

（ 广西桂林市五里店路 9 号　　邮政编码：541004 ）
　网址：http://www.bbtpress.com
出版人：黄轩庄
全国新华书店经销
北京盛通印刷股份有限公司印刷
（北京经济技术开发区经海三路 18 号　邮政编码：100176）
开本：787 mm × 1 092 mm　1/32
印张：13.125　　字数：237 千字
2022 年 9 月第 1 版　　2022 年 9 月第 1 次印刷
印数：0 001~6 000 册　　定价：69.00 元

如发现印装质量问题，影响阅读，请与出版社发行部门联系调换。

# 目　录

# 新版自序

这本小书，作于二十世纪八十年代，至今已近四十年。四十年前，我四十多岁，在加州大学伯克利分校读博士，但丝毫没有感到自己是个"老童生"。有那么多书要读，有那么多问题要想，兴奋还来不及，哪里还会感到与周围的同学有年龄差别呢！这本书在初版时还有个兴高采烈的自序，欢呼在文科中竟然找到了一个逻辑层层推进的严密学科，从此不必再以说巴黎腔的玄语为荣了。

这本书的书名是《当说者被说的时候》，略显奇怪，当时还带来了风波。当年中国人民大学出版社的编辑，被社长在年终大会上当着全社批评："有人出的书标题极其怪异，叫作'当说者被说的时候'，不通之甚！"社长抖搂火眼金睛，编辑受了委屈。如今过了二十多年，我对此愤愤不平似乎小气挨不得批评，实则是因为这是叙述学的关键，而这个关键至今还没有被充分理解：叙述行为能叙述一切，就是无法叙述叙述行为本身，叙述行为实际上比被叙述出来的文本高一个层次。正如一面墙上有告示"此处不准贴告示"，此告示违反规定吗？不，它首先要被告示出来，才能进行告示。哪怕叙述者（无论是真人还是被委托的人物）说"我这就寄"、"我即刻发"、"幕在落下"，他说的依然不是了结叙述的叙述行为，而是被叙述的内容。

原因是，叙述不是符号的简单堆积，而是构成了一个可以被接受者读出合一的意义和时间向度的文本，简明说，就是一个说故事的符号集合。由此，就必然落进所有集合的根本问题：自指悖论。

正因为叙述的出发方式是个悖论，叙述理论的展开也必然充满悖论。说者需要被说才能存在，才能说出叙述，这个关键点摆上了这本书的封面，但讨论中却没有充分说透，只是讨论了说者无所不在的种种痕迹。究竟叙述行为本身，如何才能被说出来呢？即说者究竟如何才能被叙述出来呢？

此事我思考了二十多年，到二〇一三年出版《广义叙述学》时才说出了叙述实践中的处理方式，即从中国小说《镜花缘》开始的回旋跨层。我最早著文分析晚清小说中大量的此种手法时，有的学者告诉我说这只是"作者写糊了"。这是可能的，小说作者不需要有叙述学的知识，只是有样学样。但一旦把研究对象扩大到所有的叙述，尤其包括演示叙述（如戏剧、相声等）或用新媒介记录下来的类演示叙述（如电影、电视，甚至当下的抖音直播等）时，回旋跨层造成的逻辑破损会得到演示叙述的同框效果修补，至少让观众感官上觉得可以说得通，这样或许部分回答了说者如何被说这个难题。

尽管如此，在此书的原序中，我的欢呼"叙述学实际上是个条理相当分明的学问……在人文学科中，这样的好事几乎是绝无仅有"，恐怕是太乐观了。叙述学并不如几何学那样整齐。几何算式处理已经抽象为概念关系，记录与人无关的变化，总结其规律的是科学报告，是科学／实用的陈述。而叙述必须卷入人、人物、人群，卷入他们的生活经历，一旦卷入人，我们就会发现有种种复杂变异，种种歧义。即便人的行为不得不遵循社会文化的规训，人的思想也不受边际与规则的拘束，尤其是当叙述成为艺术，想象力就朝边界狂奔。叙述学当然要有抽象范畴的论说，但叙述本身的生命力在于人世间的实践，必然冲破藩篱，进入尚未测量的领地。

这也就是为什么我在二〇一一年接受了"广义叙述学"课题，两年后的二〇一三年即很快交稿出版，不是因为我写得快，而是因为从写《当说者被说的时候》开始，我已经思索了近三十年。这次广西师范大学出版社重版，我还是保留这个曾被某社长点名批评的书名，不是我不谦虚不尊重，而是这问题的确需要好好理解。叙述的本质性内在矛盾，依然是这个老问题：叙述行为为何不可能被叙述出来？如果竟然被瞥见，又是什么原因？

就我个人而言，岁月能花在思考此种问题上，也是一生之幸。

赵毅衡

二〇二二年六月二十八日

# 初版自序

这本书，实际上不是我的博士论文，而是我在准备博士资格考试，以及准备论文时做的笔记——读书笔记，心得笔记。笔记做多了，还没有动手写论文，这本不大的书自己成形了，时间是一九八五年的夏天。

我记得伯克利铺满阳光的街道通向澄蓝的海滨，傍晚时分，雾气会从海湾卷上来，沿着街上的树列往前推进，而从海里爬出来的我，则开着我那辆二手车，赶在翻卷的雾前面回到宿舍：从后视镜里可以看到，雾气的前锋翻着滚着，像一群猫的鬼魂，奔跑着抓我的后轮——这真是个奇特的经历。为什么翻开这本稿子，就想起伯克利的街道，雾中的花树？很可能写这本书本身是我一生罕有的快乐经验：没有分数之谋，方帽之谋，稻粱之谋，也没有什么人等着看，完全是为了自己的快乐，想通一个问题后，那种爽然，那种触类旁通的乐趣，以后再也没有体验过。

叙述学实际上是个条理相当分明的学问。只要把头开准了，余下的几乎是欧几里得几何学式的推导——从公理开始，可以步步为营地推及整个局面。在人文学科中，这样的好事几乎是绝无仅有（可能语言学会有类似情况），尤其是，这样一门再清晰不过的学问，一百多年来有那么多名家，写了那么多的书，却要等到二十世纪下半期，到七十年代后，这门学问才渐渐成熟。而作为其出发点的几条公理，竟然要到八十年代才有人点破，而公理中的一条最基本公理，我觉得我自己的体悟，可能比旁人更为清楚。

这条公理就是：不仅叙述文本，是被叙述者叙述出来的，叙述者自己，也是被叙述出来的——不是常识认为的作者创造叙述者，而是叙述者讲述自身。在叙述中，说者先要被说，然后才能说。

说者／被说者的双重人格，是理解绝大部分叙述学问题的钥匙——主体要靠主体意识回向自身才得以完成。

由此，出现本书拗口的标题。

这条原则，我认为的"叙述学第一公理"，其他学者可能表达方式不太相同，也有相当多叙述学研究者可能一直没有说清楚。我个人觉得巴尔特和托多洛夫有几次差不多把这个问题点透了，但是英语国家的学者，或许是英语本身的简略特点，也许是英语学者难以摆脱的经验主义（一个"自主"的主体，是经验的前提），似乎没有关注这层道理，这个自身分层自身互动的道理。

困难在于，叙述学没有一个欧几里得。它是反向积累的：先有很多学者研究个别题目，例如视角、意识流、作者干预、不可靠叙述，等等，然后有一些结构主义者试图综合成一个个体系，然后有许多后结构主义者试图拆解这些体系，只有到这个时候，公理才被剥露出来。本书的讨论得了后瞻的便宜，才有了一个貌似整齐的阐述。

从这个意义上来回顾，的确叙述学这门似乎并不复杂的学问，也只有依托当代文学/文化学的全部成果，才可能精密起来。首先是詹姆斯、伍尔夫、普鲁斯特、契诃夫等人创造了现代小说，实践远远地走在理论之前，才在本世纪初引发了一系列关于小说技巧的讨论。但这只是叙述学的"前历史"。叙述学是二十世纪的文学文化理论大潮（很多人认为二十世纪是理论世纪，文学理论比文学创作成绩更大）的最具体实用的产品：世纪初俄国形式主义、索绪尔语言学、布拉格学派、新亚里士多德学派诸家群起；六十年代结构主义积富而发，直叩门扉；直到后结构主义符号学，以人类学术思想提供的最精密分析方法，登堂入室。所有这些学派无不关注小说的叙述（以诗为分析基型的英美新批评，也数次试图把他们的理论系统使用于小说叙述），把它作为分析其他人类传达活动文化活动的范式。

骄傲睥世的巴黎知识分子群体，竞争激烈的美英大学才子，如此多强有力的头脑倾注精力于此，必然有所原因。明白了小说的叙述学，就有了一套最基本的工具，并不复杂却十分犀利的工具，就可以比较清楚地进入电影学、传媒研究、传播学乃至文化学。反过来说，没有叙述学的基本知识，做这些研究就有可能犯一些沙上建塔的常识错误。

我这么说，并非危言耸听。我发现大学生研究生经常犯叙述学错误，往往使整篇用功写的论文失据，甚至专家们堂皇发表的文章，甚至参考书，甚至教科书，也会出现想当然式的粗疏。惟余不信，本书中会举出一些例子。

我不想说叙述学是什么了不起的学问。应当说，叙述学谈的看来是一些很浅显的分析工具问题，要弄清楚却还是需要动一番脑筋。尤其是，许多批评家似乎认为福斯特《小说面面观》、布斯《小说修辞学》等比较容易读的"前符号学"叙述学著作，已经解决了全部问题。基于此而写出的整本小说研究，往往理直气壮地重复他们的错误，已经被后来的叙述学家说清了的一些错误。因此，系统地学一下叙述学（或补一下叙述学课），或许对每个专攻文艺学的学生有好处。

有鉴于此，我重新拿出这本书稿，希望至少有一部分读者会觉得有用。中国人民大学出版社愿意把此书收入"海外中国博士文丛"，对此，我非常感激。必须说清，此书并非博士论文。倒不是怕鱼目混珠：本书的讨论很实在（我的书都写得很实在，以至于有不少朋友认为我"没有学会西方学术语言"，这是极高的夸奖），我对此书没有什么可惭愧的。我是怕引出误会：博士论文，至少在西方写博士论文，不能如本书这样扫描，搭建一个学科论辩虽可以展宽提高，题目必须紧窄合体。博士论文，是一种"学步"，哪怕有飞跑能力，也得从慢走开始。此话我向自己的学生重复过无数次，在此再重复一次。不过此书确实是为博士论文做准备而写的，因此，也不算离题吧。

不管博士论文与否，都已经是多年前的事了。

赵毅衡

一九九七年十月二十八日

# 第一章　叙述行为

## 第一节　叙述者的窘境

人是会叙述的动物。

叙述是人类集群的、社会性的活动中一个重要部分，这个活动可能是人性的根本意识的一个部分：人类的梦就有很强烈的叙述性，梦中的事件在大部分情况下不是孤立地出现，而是组成一定的时间、空间或因果的序列。人类有意识的叙述活动利用了人的意识中这种潜在能力，把它变成人际交流的一个重要工具。法国哲学家利奥塔甚至把人类知识分成两大部分：科学知识，叙述知识。[1] 为什么非科学的知识全有强烈的叙述特征，本书最后一章会谈到。

叙述可以报告过去发生的事件，报道正在发生的事件，或预报将来会发生的事件。这些事件可以是实际发生的，也可以是只在叙述者的想象中发生的，亦即是虚构的。

叙述可以采用几乎任何可以表意的工具。实际上凡是用一种符号手段再现一系列的事件，而这些事件的排列又是具有一定的可跟踪性，这个符号意指过程就称为叙述。

人类用来叙述的手段之多，令人吃惊：实物（作为符号使用的实物，例如舞台道具）、身体姿势、图像、音乐、言语、文字。远古的岩画已可看到类似近世连环图画的故事情节，例如从围猎到猎获；《周易》的卦辞、卜辞中就有情节清晰的事件叙述（预报）；原始民族的舞蹈中某些情节分明类似舞剧。当然，对原始民族而言，最重要的叙述手段已经是言语——讲故事。

在现代，这些叙述手段相互结合，产生了许多综合叙述手段：带"说话"，或有说明的连环画是文字与图像的结合；戏剧是实物、姿势、言语和音乐的结合；电影电视是图像和言语的结合。然而，自从文字产生后，文字叙述就成为人类最重要的叙述方式。至今日，文字叙述在电影电视的挑战下，依然是人类社会最重要的叙述手段，而且今后这个地位也不太可能发生变化，这是因为语言不仅是人类的主要交际工具，还是人类最根本的思维手段，而且这也是因为文字叙述有任何其他叙述方式所无法替代的一系列特点。

所谓叙述学，其研究对象主要是文字叙述，而且集中研究艺术性文字叙述，即文学叙述，包括小说和叙事诗。与艺术性文字叙述相比，其他文字叙述如新闻报道等，其叙述学问题就很简单，可以类推解决。近年来，由于符号学家的关注，电影叙述学发展很快，但其基本模式与小说的叙述学相通。本书中将偶尔用电影叙述的例子作对比性说明。剧本或电影剧本等有时可读性很强，某些剧本的确是为读而写，而不是演出的底本，但戏剧和电影的表现模式迫使剧本接受了一系列超文字叙述的表意程序，剧本的可读性是以读者接受并在阅读中暂时搁置这些程序为条件的。因此，剧本不是典型意义上的文字叙述。本书只是在偶然情况下引用剧本的例子。叙事诗曾经是许多民族最重要的艺术性言语叙述手段，但近代日见其少，因此，本书的主要内容，实际上是小说的叙述学。[2]

艺术性语言叙述与艺术性文字叙述，通常被合称为"语言艺术"，实际上这两者的叙述特征有重大的、根本性的区别。

首先，当艺术性叙述从口头传达变成文字传达后，传达工具被抽象化了，产生了叙述文本。叙述文本不是读者接触到的印刷成书的物质产品，它是叙述艺术作品的文字本身，只是暂时寄身于写下或印出的文字之中。《子夜》的不同版本（简装、精装、繁体、简体、直排、横排、中文版、外文版等），只要语意没有改动，从叙述学上说属于同一文本。而口头叙述，例如弹词或鼓书，与各种现场性的表现条件（表演者的体态、打扮、嗓音、舞台布置、唱腔等）密不可分，脱离这些条件的口头叙述文本是不存在的，一旦用书面形式写下，它就不再是严格意义上的口头叙述。因此，口头叙述是一次性的，是与其物质载体不可分的。

当然，不能说叙述文本完全与其物质形式无关，字行的印刷方式进入叙述是常见的事。鲁迅《高老夫子》中高老夫子接到贤良女校的聘书，作为叙述内容，原可把聘书语句转述出来，但是小说中把聘书格式原样印下，而且是民初格式，不用任何标点。美国作家厄普代克的小说《跑吧，兔子》，其中有一行是这样的：

He drives too fast down Joseph Street, and turns left, ignoring the sign saying STOP.

他快速度驶过约瑟夫街，不顾写着"停车"的牌子就打左转。

就叙述文本的非图像性而言，聘书文字与其他引用文字相同，不应无标点。交通信号的STOP也不应大写，这是印刷文字的图像性能被调动进入叙述，就像《红楼梦》中画出通灵宝玉图像一样。显然，这只是例外的情况，是类文本特征[3]，不是常规性的叙述手段。

因此，我们所说的叙述文本，并不是指读者在实际阅读中接触的物质文本，而是读者在阅读经验中体验到的文本。叙述文本的非物质化，是叙述文字化造成的后果之一。

但是更重大的，而且对叙述学来说更带有根本性的问题是叙述文字化后，叙述者也落到了一个抽象化的窘境之中。在口头叙述中，叙述者是具体的，听众（叙述接受者）直接感知到他的物质性存在，他是有血有肉的一个人。在艺术叙述文本中，叙述者成为一个抽象的人格，是戏剧化了的叙述行为中一个环节。叙述者决不是作者，作者在写作时假定自己是在抄录叙述者的话语。[4]整个叙述文本，每个字都出自叙述者，决不会直接来自作者。

这个说法似乎不好理解，我们可以举个例子：法国现代作家马塞尔·普鲁斯特的多卷本长篇小说《追忆似水年华》是一个叫马塞尔的人讲述他自己一生的经历，在最后一卷的结尾，马塞尔历尽人世沧桑，看透了爱情和荣华之空虚，决定坐下来把自己的经历写成一本书。

有阅读经验的读者很容易猜到小说中的马塞尔，是马塞尔·普鲁斯特的"影子"，或"人格转化"。他想写的这本书应当就是《追忆似水年华》，因此，此书是一般所谓的"自传体小说"，或"有强烈自传性的小说"。

这样说当然有道理。但把作者等同于叙述者，从叙述学上来说，会漏洞百出。《追忆似水年华》的第一卷《斯万家那条路》出版于一九一三年，最后一卷《时间失而复得》

在作者去世（一九二二年）之后才整理出来。而根据作品中的情节推算，叙述者马塞尔要在第一次世界大战结束后的五六年之后，也就是说，大约一九二四年左右，才下决心坐下来写作。叙述者马塞尔在作者马塞尔（普鲁斯特）死了两年后才下决心叙述十年前已经开始叙述的马塞尔的故事。

要解开这个乱成一团的时间之谜，我们只有把马塞尔分成三个人，即叙述者马塞尔、主人公马塞尔以及作者马塞尔·普鲁斯特。叙述者马塞尔并非作者马塞尔·普鲁斯特（文学史家很容易证明这两个人多么不同，当然他们也能证明他们如何相似，但这与叙述学无关）；叙述者马塞尔也并非主人公马塞尔（叙述者马塞尔成熟、深沉、善于观察、分析，被叙述的主人公马塞尔热情、冲动、靠本能行动；叙述者马塞尔在全部情节结束后的某个时刻开始叙述行为，被叙述的马塞尔从年轻时开始经历小说中叙述的全部事件）。这个区分法适用于一切文学叙述。

法国文论家热拉尔·热奈特认为叙述者在小说中完成五个功能：

一、叙述功能（即讲故事）；

二、指挥功能（即控制叙述推进方式，例如"且听下回分解"等）；

三、组合功能（与叙述接受者组合成叙述行为的起点与终点）；

四、传达功能（发送叙述的信息）；

五、证实功能（叙述者在小说的情节中或多或少起个角色的作用）。[5]

但是，实际上文学叙述中的叙述者无法发送信息，发送信息的是作者，叙述者只是叙述信息发送的一个中间环节。发送叙述信息，是叙述行为的出发点，由于叙述者并不发送信息，他的其他四个功能也只是叙述学的必要的假定而已。

试把这个局面与口头叙述对比一下：口述文学的叙述者是叙述信息的发送者，因此他也能很明确具体地完成所有功能，包括第五功能，即角色化功能，说书者变换口音假扮角色口吻。与口头叙述者比起来，叙述文本的叙述者的确处于一个很困难的窘境。

我们在上文作为例子分析的《追忆似水年华》是第一人称小说，第一人称小说的叙述者"我"与被叙述者"我"之间陷于难以调和的分裂状态，而且由于叙述者用"我"自称，他与作者之间的关系就更暧昧。在第三人称小说中，这些矛盾隐藏得深一些，但可能也更复杂一些。如何确定叙述者与叙述行为中其他成分之间的关系，也就是说，如何使他摆脱叙述文本抽象化后所处的窘境，是叙述学研究的根本内容。

顺便说一句：第一人称小说之所以得名，是因为叙述者自称"我"，但是第三人称小说中的叙述者并没有自称"他"，如果必须称呼自己，还是得自称"我"。中国传统小说的叙述者自称"说书的"、"说话的"，只是第一人称变体。第三人称小说对人物称"他"，但是第一人称小说中对叙述者之外的人物也一样是称"他"。因此，把小说分为第一人称、第三人称显然是不尽恰当的，第三人称叙述只不过是叙述者尽量避免称呼自己的叙述而已。

不过，明白了这一点后，我们倒也不妨从众，本书中依然用这两个名称。本来，用术语名称把对象范畴化总难尽如人意。

因此，叙述者并没有人称问题，但他却有一个隐现问题。叙述者在叙述中可以完全显示自己，有个明显的身份，他可以兼任作品中的人物甚至主人公（如郁达夫《春风沉醉的晚上》），他也可以仅仅作为叙述者出现，只是偶尔参与情节（如鲁迅《祝福》）。这样的叙述者是现身式叙述者。隐藏式叙述者则尽量不在叙述中显示自己的存在。叙述者要彻底做到隐身几乎是不可能的，除了一些绝对客观的小说，例如海明威的几篇短篇小说（《白象似的群山》、《刺客》等），以及仿海明威风格的一些作品。我们常见的是半隐半现式叙述者，即叙述者没有很明确地出现，但在许多时候冒出来说话。全显式的作品几乎都是第一人称小说，全隐式和半隐半现式作品大都是第三人称小说。

显然，叙述者的隐显只是一个程度问题。事件本身不可能自行叙述，而只要有叙述者，就不可能把他的存在与活动痕迹全部掩盖起来。本书谈到的诸问题，都是叙述者的操作，一部叙述文本，就是叙述者诸操作方式的集合，或者说，是他作为一个主体人格的体现。

弄清了以上这个基本出发点，我们可以进一步分析叙述过程各要素的关系。

## 第二节　叙述行为诸要素

任何叙述行为，都由以下诸要素构成（如图1-1）：

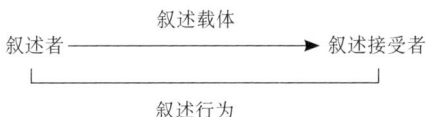

叙述者 ————————————→ 叙述接受者

叙述载体

叙述行为

图1-1

叙述的载体是叙述文本，而不是印刷出来的小说版本，或书写的小说稿本抄本。也就是说，叙述文本并不是物质形态的小说，它是解脱了的某些类文本特征的抽象。

上图式无作者，作者并不是必要的因素，实际上许多叙述文本的作者是否存在，需要文本外的材料来证明，也可以永远没法证明小说的叙述者并不是作者，这个问题有再次强调的必要：如果我们把《故乡》视作记事报道，那么其中的"我"就是鲁迅；如果我们认识到这是小说，那么其中的"我"就不能是鲁迅。曾有相当多的插图，画着鲁迅与闰土或祥林嫂见面。当然我们可以想象叙述者"我"与鲁迅长得一模一样，因为小说中的叙述者没有描写自己的长相。但是当评论家把《故乡》或《祝福》中的"我"当作鲁迅本人来研究鲁迅的思想，就大有争议余地了。可能这两篇小说中的第一人称叙述者分享了鲁迅的一部分意识，这是研究者要加以证明的，绝不能不加证明作为评论小说或鲁迅的出发点。从叙述学角度来说，《故乡》与《祝福》中的"我"，与《孔乙己》中的酒店小伙计"我"，地位没有本质上的不同。[6]

第三人称小说，例如《沉沦》，叙述者没有出场，但第三人称小说也是由叙述者说出来的，这个叙述者绝不是作者郁达夫。叙述者观察到并且记下主角做的事情，他们两人都是作者郁达夫在想象中构成的，也就是说，郁达夫在写小说时，需要创造的不仅是主角与其他人物的经历，而且还要创造一个叙述者，并且创造他与叙述发生关系的方式，也就是说，小说首先要叙述的，是叙述者。

叙述行为中的另一要素，叙述接受者，决不能等同于读者，这个问题更费解一些。在某些叙述者现身的小说中，叙述接受者也可能现身，例如《天方夜谭》中叙述者是美丽的谢赫拉查达，而叙述接受者是残暴却嗜听故事的苏丹王。当然，读者并不认为自己是苏丹王。《十日谈》或《坎特伯雷故事集》的叙述者与叙述接受者是书中人物轮流做的，读者当然无法加入其中。加缪《鼠疫》中有云："事实上，正如我们城中同乡一样，里厄大夫也没防到会有这个局面，我们应当理解他的犹疑。"这里，叙述者似乎把叙述接受者作为同城人。当然，读者不会把自己看作非洲北海岸奥兰市人。

在许多小说中，叙述者直接对叙述接受者说话。中国传统小说的叙述者"说书人"直接称呼其叙述接受者为"看官"，英国作家斯特恩的小说《项狄传》中，叙述者揶揄地称叙述接受者为"评论家先生"、"评论家女士"。显然作为读者的我们完全没必要认为自己就是"看官"或"评论家先生"、"评论家女士"。

韩邦庆《海上花列传》楔子说主人公"花也怜侬"做梦，一跤跌到"上海地面"，跌醒过来。正文开始说："看官，你道这花也怜侬究竟醒了不曾？请各位猜一猜这哑谜儿如何？但在花也怜侬自己以为是醒的了，想要回家里去，不知从那一头走，模模糊糊踅下桥来。"

读者没有必要认为自己就是这个猜谜的看官，实际上读者（哪怕是清末的读者）根本不会把这个问题当谜语，但是这个叙述接受者必须把它当谜语。

因此，叙述接受者是叙述行为中的一个必要成分，虽然他可以隐身，也可以现身，而读者是处于叙述行为之外的非必要成分。叙述文本不可能没有读者，叙述行为完全可能从未有读者，但一个叙述行为却不可能没有叙述接受者，叙述行为的定义决定了叙述者不可能脱离叙述接受者而单独存在。[7]

有的文论家认为叙述者可以对自己说话，也就是说，自己做叙述接受者。据说这种情形出现在两种小说中，一是日记体小说，如萨特的《恶心》；二是所谓第二人称小说，如毕托的《改了主意》。

至于第二人称小说，叙述接受者明显是被称为"你"的小说主角，正像中国特别流行的第二人称回忆录是献给逝世者的悼词。这些小说读起来似乎是并不想让第三者听到似的两人密语。

无论在何种情况下，我们作为读者，只是由于某种机缘，某种安排，看到了叙述行为的记录，而作者只是抄录下叙述者的话。

因此，叙述行为可以总结成图1-2：

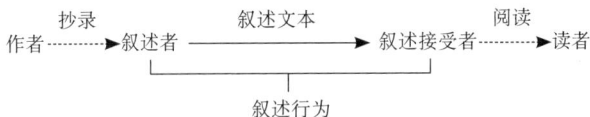

作者 ┈┈┈抄录┈┈→ 叙述者 ──叙述文本──→ 叙述接受者 ┈┈┈阅读┈┈→ 读者

叙述行为

图1-2

有的叙述学家认为作者不是抄录，而是"偷听"。[8]我想应当称作"偷记"，叙述者是作者所创造的一个特殊人物，他不可能委托作者记下他说的每一个字，因为他们存在于两个不同的世界之中。此之谓"偷记"。

## 第三节　隐含作者与隐含读者

按照上一节中画出的图表，作者是叙述信息的发出者，是整个叙述行为的总出发点。但是作者恰恰是文学研究中最不可捉摸的一环，与一般看法相反，作者是最不稳定的因素：莎士比亚、施耐庵、曹雪芹都只留下一个名字，兰陵笑笑生之类留下一个外号。对于中国古代白话小说来说，某些作品，例如《水浒传》，几乎是历代改写编辑者的集体创作。像欧洲《亚瑟王传奇》那样叠加的故事集合，我们只能从归属于他们名下的作品来了解他们。即使是历史有详细记载的作者，甚至当代的、生活在我们中间的作者，也很难说我们对作者的了解已经如此完善，可以拿这种了解作为研究作品的可靠出发点。任何一个人的意识活动本来就很难了解清楚,况且我们也难以决定作者意识与他的某一部作品的关系:此时之心并非彼时之心,写下的心也不一定是作者的真心,他可能作伪,他更可能不了解自己,他自己声明的"创作意图"也不能作为可靠依据,不然文学研究就可以简化为资料收集整理和辨伪工作,文学史家、作者生平研究者可以有权知人论世,谈作者的全部人格意识。就叙述学分析而言,没有必要袖手坐待文学史家完成研究再开始自己的工作。与具体作品的分析有关的,只是作者意识的一小部分,即具体进入作品的那一部分。而要找出这一部分意识,从作者生平传记入手显然是舍近求远,而且即使我们把作者一生都搞清楚,我们也无法确定他的意识的哪一部分被写入了哪一部作品,我们依然得回到出发点,从具体作品中找作者的意识。

因此,与叙述分析有关的所谓作者,是从叙述中归纳、推断出来的一个人格,这个人格代表了一系列社会文化形态、个人心理以及文学观念的价值,叙述分析的作者就是这些道德的、习俗的、心理的、审美的价值与观念之集合。整个作品就靠这个集合作为意识之源。

这个价值与观念集合与文学史家所找出的作者思想意识(如果他们能找出的话)可能完全相合,可能部分相合,也可能完全不相合。不管如何,这个集合是实际参与写作过程的作者的代理人，作者的"第二自我"，从某种意义上说，"第二自我"是作者通过作品的写作创造出来的一个人格。

对于叙述学而言，只有这个作者的"第二自我"才是真实的、可靠的、可触及的、可批评的、可分析的人格。如果我们不是作者的朋友，我们作为读者就只能与这个第二人格打交道。我们接触到的只是《红楼梦》或《哈姆雷特》的文本中推定出来的作者人格，这些作者人格与历史上真实的曹雪芹或莎士比亚是否相合，是文学史家工作的范围。他们能搞得清这问题，当然更好。一时弄不清，我们也不能让叙述分析中的作者位置虚位以待。的确，文学史家至今没有弄清这些作者是什么样的人物，并未阻挡我们研究这两部书。

这个作者的第二人格，这个支持作品的价值集合，现代文学理论一般称为"隐含作者"[9]，因为他是从作品的内容和形式中推论归纳出来的。

隐含作者的概念对于现代文学批评来说至为重要。目前我国批评界的很多混乱的说法，有不少就起因于将作者与隐含作者相混淆，认为作品中的价值观一定是作者思想意识的一部分。游国恩的《中国文学史》论到王绩的诗《过酒家》（此日长昏饮，非关养性灵。眼看人尽醉，何忍独为醒），说王绩"从庄子学来一套既愤世又混世的人生哲学"。[10]我们至多只能说这首诗的隐含作者有这样的思想，佯狂是写

015

诗者经常采用的姿态。关于王绩本人，我们所知极少，何必遽下断语？

从隐含作者的概念可以得出一个乍一听可能十分奇怪的结论：同一个作者可以写出完全不同的隐含作者。因为他完全可以在不同的作品中使用完全不同的价值集合，有时是因为他思想变化了，有时却可能是他戴上了不同的面具而已。

讽喻诗和闲逸诗有两个完全不同的白居易，久为我们所知，宋人写的诗和词经常判若两人。《蚀》三部曲的隐含作者与《子夜》或《林家铺子》的隐含作者很不同：前者热烈而悲愤，后者冷静而观察犀利。韦恩·布斯曾举英国作家亨利·菲尔丁为例，认为他的三部主要作品有三个完全不同的隐含作者：《大伟人江奈生·怀尔德》的隐含作者"十分关心公共事务，担心野心家掌握权力可能危害社会"，《阿密利亚》的隐含作者是个板起面孔说教的道德家，而《约瑟夫·安德鲁》的隐含作者却是个玩世不恭的乐天派。

一个土豆做几个菜，但不会做成西红柿，这是费伦的妙言，他是布斯事业的继承人。凯特·肖邦的小说立场很不相同：《觉醒》提倡妇女解放，《一小时的故事》追求自由的女主人公反悔，《黛西蕾的婴孩》黑人血统中有劣根性，《一件精美瓷器》老黑人正直善良。[11]

同一个作者可以写出完全不同的隐含作者。比如，从索尔·贝娄的《雨王亨德森》文本中推断出来的隐含作者具有浪漫主义气质，期望生活在现代工业化的人们的精神获得新生，而他的《赫尔索格》的隐含作者却显得压抑紧张，十分关心中产阶级知识分子的苦闷与迷惘，追思与探索，而这二者却来自同一个作者。布斯问贝娄为什么每天花四小时修改《赫尔索格》，贝娄回答说："我只是在抹去我不喜欢的我的自我中的那些部分。"但是费伦认为隐含作者可能更高贵，却不可能更聪明，更有艺术能力，所以布斯说，"当我得知弗罗斯特、普拉斯和其他善于戴面具的人生活中的一些丑陋细节时，我对其作品反而更加欣赏了"，我"爱上了隐含作者本人"。[12]

聂华苓的《桑青与桃红》一九七六年香港版与一九八〇年北京版差别很大，这两个版本的隐含作者是两个完全不同的人格。

反过来说，多个作者参与同一叙述文本的写作，也就成为一个隐含作者。一百二十回的《红楼梦》的作者是两个人，但作为一本书，隐含作者是一个人，不然《红楼梦》不能作为一个叙述文本来读。网络接龙小说，隐含作者按叙述进程变化，"随时听取反应作调整"的西方电视剧也是如此。七十回本《水浒传》与一百二十回本《水浒传》隐含作者很不同，所以毛主席号召批判宋江的投降主义，这是因为"一部叙述"的范围变化。

当然，我们不能把隐含作者与作者完全分离，形成隐含作者人格的价值集合是由作者提供的，如果作者在写作时不是故作姿态或弄假作伪（例如奉命作文），那么隐含作者就是作者人格的一部分。美国叙述学家恰特曼认为，"没有理由去要求……真实的康拉德对《间谍》或《在西方眼光下》的推定作者的反动态度负责，也没有理由要求但丁对《神曲》隐含作者的天主教思想负责"。[13] 这个说法就未免过分了，当然他们要负责。我们只是不能把《在西方眼光下》的隐含作者看作康拉德的全部人格，从而认为这本小说背后的价值集合就是康拉德完整的世界观。

在文学理论中也有一个先有鸡还是先有鸡蛋的问题：先有诗人，还是先有诗？作品当然是作家所写，没有作品，作家不成其为作家，作家写出作品是无法闭眼否定的事。引入隐含作者的概念，这个问题就容易解决了：作品写成，隐含作者才诞生，他不可能脱离作品而存在。法国批评家布朗肖说："不是灵感把秘密赐给一个预先存在的诗人，而是把存在赐给一个尚未存在的人，因此我们说：诗创造诗人。"[14] 他这里谈的当然是隐含作者，实际作者当然先于作品存在，但是隐含作者的人格却是作品赋予的，当作者成为作家时，他接过了他所有作品隐含作者人格的集合。

例如谁是乔治·艾略特？真实作者还是隐含作者？布斯用两个例子说明隐含作者的力量。

玛丽安·埃文斯写小说为出版顺利用了乔治·艾略特之名，这个名字应当属于隐含作者。但是一旦成名，她已经无法恢复自己的原名，因为读者与出版商已经把她当作男人。[15] 因此，乔治·艾略特是文学史上的真实作者。因此，我们可以看到这样一个似乎不合理的推演顺序：生理作家→作品→隐含作者→作家人格。也就是说，文学史上的作家，是他的作品的隐含作者人格之集合体。

　　对于非虚构性叙述而言，例如日记，如吴宓《吴宓日记》的隐含作者是由对这个文本的阐释阅读推导出的，它只代表一种价值观念的集合，它与吴宓其他文本所推导出的隐含作者一定无法完全相同，它们都是作者本人价值观念的一部分，不能等同于作者本人，只要有文本，隐含作者永远不死，但是作者本人作为一个生物体，已经逝世多年了。而且一般来说，隐含作者很多都含有美化的成分，《吴宓日记》中的隐含作者比吴宓本人更加高尚。

　　对于虚构性叙述而言，沈从文的小说《边城》的隐含作者拥有宁静恬淡的人格，《丈夫》的隐含作者拥有世俗激愤的人格，它们都代表作者价值观的一部分，但都不是作者本人。这些隐含作者或是超脱或是充满正义，比作者本人在某种意义上高尚，因为作者曾自杀过，所以不超脱；作者曾在抗日战争中提出纯文学，所以不够正义和血气。当然，所谓高尚与否，还与文化所推崇的道德标准有关，不是绝对的。

例如，我们读《幻城》，感觉隐含作者是一个充满想象、向往自由、正直勇敢、刚强的人，但是实际上，作者郭敬明并不具备多少这些品质。《幻城》一出，即有网友指出其情节构思、人物设定等方面有抄袭日本动漫之嫌，只因拿不出确凿证据而作罢。之后，郭敬明又出版了小说《梦里花落知多少》，此书一出，即被指剽窃和抄袭庄羽的《圈里圈外》。最终，经法院判决，郭敬明败诉。

由此可见，任何叙述的隐含作者不能等同于作者本人。隐含作者是由读者阅读归纳、推断出来的一个人格，并不代表作者本人的人格。一般来说，隐含作者都比作者高尚，因为隐含作者是受社会道德、习俗、审美价值及文化形态等因素影响的，因此与作者本人相比，隐含作者是倾向于道德的、符合社会价值的人格。

说作者被作品创造，经由的顺序是从"第二自我"（隐含作者）进入"第一自我"（史存作者）。李怀霜在《吴趼人传》中说，《二十年目睹之怪现状》"盖低回身世之作，根据昭然，读者滋感渭。描画情伪，犹鉴于物，所过着影。君厌世之思，大率萌蘖于是。余尝持此质君，君曰：子知我。虽然，救世之情竭，而后厌世之念生，殆非苟然。"[16] 也就是说，不是吴趼人的厌世观使他创作了《二十年目睹之怪现状》，而是《二十年目睹之怪现状》的厌世观导致了吴趼人成为厌世者。这听来似乎奇怪，却是吴本人亲自作证于此。

再举一个有趣的例子。二十世纪初，美国新诗运动期间，诗风比较保守的诗人威特·宾纳，对新兴诗派之崇尚东方诗看不惯，他与另外两个诗人用假名字发起了一个"最新潮"的诗派"光谱主义"，到处发表宣言，发表诗篇，实际上是在嘲弄其他新诗派。诗界轰动，评论群起。两年后，他们自己宣布是个骗局，把上当捧场的同行好好嘲笑了一场。作者们固然是在搞骗局，但就光谱主义本身的诗而言，我们不能说这些诗的隐含作者是假的。有趣的是，骗局收场后，宾纳自己发现他已经无法摆脱"光谱主义诗人爱麦虞·莫根"（他用的假名）的幽灵："我现在不用力气就可以写出应当是莫根写的诗，我已经不知道他在何处结束，我从何处开始。"[17] 从那时起，他成为中国诗的崇拜者，他的作品是中西文学交流的一个佳例。

隐含作者往往比作者高尚，这样的例子极多，虽然要证明这一点，要越出叙述之外。《少年维特之烦恼》是曾经让无数的青年为之倾倒的一部小说，其隐含作者肯定是一位情感丰富的少年，他深谙维特之苦，他将维特引向了死亡；但是，歌德本人非常全面，理性和感性同样发达，如《维廉·麦斯特的学习时代》表现的一样具有理性控制和自我调控能力，所以他可以既是大文豪又是魏玛官员。作者本人显然没有沉浸在维特抒情的气质中，而隐含作者却难免沉浸其中，所以有人说，歌德利用这篇文章宣泄个人情绪，他"杀死"了维特，保全了自己。这也是后来的浪漫主义者开始讨厌歌德的原因所在。

元稹《离思五首·其四》（曾经沧海难为水，除却巫山不是云。取次花丛懒回顾，半缘修道半缘君）这首诗中的隐含作者是个对妻子、对爱情忠贞不渝，非伊莫属、爱不另与的痴情之人，用世间至大至美的形象来表达对亡妻的无限怀念，任何女子都不能取代韦丛。然而，真实世界中的元稹却与隐含作者截然不同，他风流浪荡，与薛涛、刘采春等女性有染。陈寅恪有言："巧宦固不待言，而巧婚尤为可恶也。"现实生活中元稹的为人与诗中的隐含作者极为不符，隐含作者更加高贵，更符合道德标准。

米兰·昆德拉的作品多年来一直受到众人追捧，而拥趸者们常常把昆德拉本人与他笔下的主人公们混淆起来，不知不觉间把他塑造成了无所不知、指点迷途的神启者。事实上，众人拥趸的并非生活中真实的昆德拉，而是他作品中的隐含作者，是他作品中体现出的一种抽象人格。《生活在别处》中的雅罗米尔青春激荡，热情呼唤革命的到来，为了革命，他可以牺牲一切，亲情、友情、爱情，所有都要为革命让路。雅罗米尔在这种隐秘热情的支配下，将女朋友一句戏谑的谎言信以为真，立即跑去告发了自己的女友与其哥哥，将他们双双送入监狱。我们的隐含作者在叙述这件事情时是冷静与高尚的，他同情与谅解雅罗米尔这种为革命所利用、失去自我判断力的青春激情，同时又隐含着批判时代、警醒世人的意图。这样的一个隐含作者，有谁不会欣赏敬佩？

然而将视角移至生活中的昆德拉，他就成了一个真实存在的人。他有七情六欲，会犯错，糊涂，同样拥有过年少轻狂、不甚厚重的时代。有资料显示，昆德拉在年轻时，曾与雅罗米尔一样，向当局告发过自己的密友，并导致其密友被判刑二十二年，在监狱中度过了十四个春秋。这件事情的前因后果已然辨不分明，可能是因为年少的革命激情，也可能是因为人性的怯懦，但是可以肯定的一点是，真实生活中的昆德拉与那个高尚完美的隐含作者相距甚远，任何叙述的隐含作者都不能等同于作者本人。

果戈理代表作《死魂灵》揭露了农奴制的腐朽和官僚统治的罪恶，其隐含作者描写了农奴社会的黑暗面，反映了农民疾苦，批判了俄国当时的黑暗现实。果戈理开辟了俄国的批判现实主义，形成了自然派，但他本人的思想则没有一直坚持批判的角度，他在写作《死魂灵》第二部时思想出现危机，政治观点日趋保守，转向追求道德上的自我修养，迷信宗教，维护封建宗法制度，甚至否定过去，为以前的创作忏悔，甚至否定了《死魂灵》。所以，《死魂灵》的隐含作者比果戈理本人高尚。

但也有些作品有意或无意地显示了隐含作者的某些不

正确的价值观，从而不比真实的作者高尚。偶尔可以看到，作者有意在作品中糟蹋自己，或是做自己私心里想做的人。也有反过来的，比如《苏幕遮》（酒入愁肠，化作相思泪）与《岳阳楼记》的隐含作者完全不同，范仲淹很可能比《苏幕遮》的隐含作者高贵。

下面抄录一段王小波访谈中的对话：

记者：你的作品大都是以第一人称去写的，主人公都叫王二，那就是你吧？

王小波：不，不能这么说吧，我觉得不能这么说。

记者：为什么？

王小波：因为这个小说的一些事儿都安在我一个人身上，我老婆都不干。因为我其实是个非常老实的人。

记者：是吗？那你老婆没有对你有怀疑么？

王小波：从来没有。说明我这个人确实是很可信的。

在这段对话中，记者只是想去询问王小波（作者本人）与小说主人公"王二"（大部分小说中"王二"也是叙述者）的关系，答案当然是明确的：不能等同。王小波的小说中描述了多种多样的爱情，还有各种大胆的性爱描写，尽管风格戏谑，作为读者也很容易从作品中推断，隐含作者一定是个性观念开放的人，然而王小波一生的确非常老实。如果我们能弄清为什么王小波只在作品里"放肆",为什么他故意制造"非我"的"我",我们就读懂王小波了。可惜,至今没有人能研究这个难题。

论心不论迹,论迹不论心,评判一个作家高尚与否,我们必须要考虑评判标准是论心还是论迹的问题,也许一个作家天天想着一些违背法律道德的事,但是却从来没有做过,我们是不是应该觉得他的道德低下?同样,如果一个作家很想为这个世界造福,但是因为客观条件没有如愿,我们是不是应该同样认为他的道德水准不高?我们不得不想到中国的一句古话:"百善孝为先,论心不论迹,论迹床前无孝子;万恶淫为首,论迹不论心,论心世上无完人。"评判高尚与否,究竟是以怎样的评判标准,这也是一个问题。

隐含作者,是不是写作时的执行作者,是不是作者写作某特定作品时全部有关的意识与无意识,他的有关的人格?理想地说,从对作品的批评中推论出来的隐含作者应与作为历史过程的执行作者重合。在理论上或实践上,这种重合几乎不可能完全证明。[18]叙述学只能把它当作一个工作假定。隐含作者概念的提出者布斯,实际上是依违于两者之间:执行作者是经验作者,甚至有血有肉,只是暂时的存在,"第二自我";而体现价值观的隐含作者是一个从文本中归纳出来的假定拟人格。我们只能讨论后者。如果肯定前者,就回到作者。热奈特说:"小说叙述是由叙述者虚构地生产出来，实际上由真实作者写出。两者之间无须有人辛苦。"[19]

正因为作者与隐含作者有这样复杂的联系，所以笔者不想赞同现代西方文论中一再出现的宣布"作者已死亡"的论点。福柯指出作者的存在靠批评分析来确定，"绝非自然而然的存在，它无法纯粹而简单地指一个人"。就这话而言，他承认隐含作者。福柯又说："必须剥夺主体的创造性作用，把它作为叙述中的一个功能进行分析。"[20]这就否认了执行作者（"第二自我"）的可能。

正如叙述者与叙述接受者是叙述行为中互相依存的一对，隐含作者与隐含读者也是叙述过程中互相依存的一对。而且，正如隐含作者不能等同于作者，隐含读者也不能等同于读者。隐含读者是从叙述作品的内容形式分析批评中归纳推论出来的价值观念集合的接受者、呼应者，是推定作者假定会对他的意见产生呼应的对象。

而且，正如真实的作者有时也可以与隐含作者认同，读者如果完全接受隐含作者传送给隐含读者的那套价值集合，那么他就是把自己放到隐含读者的地位上，与之合一了，如果他有保留，如果他对作品保持一个批评式审视态度，那么他与隐含读者就保持一个距离（参见本书第八章第五节）。

隐含读者也不能等同于叙述接受者，正如隐含作者不是叙述者。叙述者与叙述接受者直接与叙述行为有关，人物、情节等叙述文本中的成分是在他们之间的信息传递中产生的，而隐含作者与隐含读者只与作品的社会文化的、道德的或美学的价值有关。

作者一头，已经让我们够烦心的，但是比起读者这一头，可能我们会感叹作者问题之简单，可是读者问题至关重要。归根结底，作品是要在读者心中形成意义的，他是一切过程的完成者，没有读者的叙述只是一个潜叙述，没有接受者的符号只是潜符号。难的是，读者又是文学分析中最飘忽不定而且永远无法固定的因素。"读出来的意义"如果是一个具体的读者所为，那完全没有概括的可能。在叙述分析上，需要一个抽象的、有读出意义的能力的读者。这个人物，别林斯基称为"读者群"（"读者群是文学的最高法庭，最高裁判"[21]，可是，如何平均读者群的意见？），瑞恰慈称为"理想读者"[22]，燕卜荪称为"具有正当能力的读者"[23]，后来他又称为"合适读者"[24]，罗伊·哈维-皮尔斯称为"受过合适训练的读者"[25]，姚斯称为"真实读者"[26]，里法台尔称为"超读者"[27]，费许称为"有知读者"[28]，喀勒同意瑞恰慈，称为"理想读者"[29]，艾柯称为"模范读者"[30]，布鲁克-罗丝称为"被编码的读者"[31]。

这个叫那么多文论家捉迷藏的标准读者，这个没有性别、年龄、教育程度、文化背景和历史年代的"他"究竟在哪里？伊瑟根据茵嘉顿的文学现象学图式结构提出，隐含读者是"文本结构期待的读者"、预期的阅读和解释，既不是具体读者，也不是抽象概念。隐含读者是文本呼唤出来的，因此是邀请结构形成的"反映网络"。这是一个现象学的接受模型，但是从另一端呼应了隐含作者的建构方式。

可以说，能够归纳固定的，只有隐含读者，因为隐含读者的定义就是完全接受隐含作者全套价值观的假定读者。无法确定隐含作者，也就无法确定隐含读者，他们两人互为镜像。

布斯认为读者可以撇开隐含作者而与叙述者保持亲密关系或疏远关系，他的例子是卡夫卡《变形记》：叙述者在身体上、情感上与读者距离很远。相似的例子是格雷厄姆·格林《布赖顿硬糖》中的平基、莫里亚克《蝮蛇结》中的悭吝者。笔者认为这样的格局不可能。首先，叙述分析无法讨论读者，一如其无法讨论作者，真实的读者比真实的作者更遥远而不可究诘。其次，叙述分析只能讨论隐含作者和隐含读者。隐含作者是作品价值观的体现者，而隐含读者是其接受者，因此，二者只可能互为镜面，永远轴对称。

隐含读者的概念的确不太好捉摸。人类对艺术作品创作过程的研究已有几千年历史，但对于艺术作品接受过程的研究却是最近才开始的。笔者不打算在这里过多地纠缠这个困难的概念，在下文中我们还有几次机会谈及。

## 第四节　叙述文本的二元化

文学研究者很早就注意到叙述作品的一个特殊现象：同一个故事可以用不同形式写出来。灰姑娘的故事可以写成小说、叙事诗、电影、戏剧、舞剧，等等。即使在同一个文类中，也可以有不同的写法，哪怕大部分作品实际上并没有改编本，但每部作品都有这个潜在可能性，才有作者利用这种改写可能。鸳鸯蝴蝶派作家徐枕亚的第三人称小说《玉梨魂》在二十世纪初大获成功，他就再用第一人称日记体重写一遍，改题《雪鸿泪史》，依然很轰动。原书读者明知故事情节但还想再读新书。任何作品都可以假定为是同一故事的无数叙述表现之一。

在口头叙述中，这个问题几乎不言自明：每个口头叙述者的每次表演，都是师传的底本故事的再创作，他的每次表演都会有所不同，底本只是他即兴创作的一个基础，他完全不必按底本演述，但我们知道他"心中有底"。而文字的叙述，在大多数情况下，只存在一个文本，这个文本似乎是独立存在的，没有底本的。

有的批评家认为，艺术作品严格说都是一次性的、不可重复的，重新叙述一次，产生的是一个新的文本。但是，可以设想，这样改编重写所产生的文本，不管与原文本有多大不同，总有基本相同的一些因素，这些因素既存在于创作意图中，也存在于作品文本中。可以说，任何叙述文本都是基本情节线索变形而成的，不同的文本只在于变形方式不一样。苏联符号学家洛特曼与乌斯宾斯基对叙述下了这样一个定义："叙述就是转换，是各要素在内部变换位置。"[32]显然，他这个观点很接近语言学中转换生成语法学派关于深层结构与表层结构的观点。在从底本变换到叙述文本的过程中，一种强加于底本之上的文类组织性（诗歌的韵律、电影的蒙太奇、小说的叙述结构等）使文本固定在一个特殊形式之中。文本形式是不可变更的，但这只是就这部作品而言，而不是对底本而言。

俄国早期形式主义批评家首先注意到叙述的这两层关系，而且给它们取了两个名称："素材"和"情节"。"素材"即基本的故事内容，是与叙述有关的事件的集合，它是无形态的存在。而"情节"是把这些事件讲述出来的特殊形态，也是读者感知这些事件的方式。

许多现代文论家在这个二分式论证上花了很大力气，但他们的名称首先就不统一，里卡尔杜称之为 fiction 与 narration，热奈特建议称之为 histoire 与 récit，恰特曼称之为 story 与 discourse，巴尔特称之为 récit 与 narration，而托多洛夫称之为 histoire 与 discours。当然，各人的侧重点有所不同，各人有自己的一套定义，但基本的意义并没有很大的差别。由于英语作为知识界世界通用语的势力，恰特曼的术语story/discourse渐渐被学界接受。不过，恰特曼的定义"前者是'什么'，后者是'如何'"[33]，似乎并不恰当。述本的中心问题不是"如何"，而是选择。应当说底本是"有什么"，述本是"说什么"，叙述永远不可能"有什么就说什么"。

本书所用的汉语术语分别为底本与述本，西方文论家既然自己也不能统一，我来建议一对英文对应术语：底本可译为pre-narrated text，述本可译为narrated text。

底本与述本的区分看来很玄妙，其实有一系列对应关系。俄国形式主义文论家托马舍夫斯基认为，底本是按时间与因果顺序排列的一组意元，而述本同样是这组意元，但其顺序由作品作了特殊安排。[34]

这个说法之错，上面说过了，二者意元量即情节单元量，很不相同，绝不相同，前者无限，后者怎么长也是有限。但是，时间变形的确是两者明显的区别。巴尔扎克的《幻灭》中有一段情节，大尼埃指导吕西安如何写小说："最好先写情节。或者从侧面对付你的题材，或者从结尾入手；各个场面要有变化，避免千篇一律。"[35]这就是巴尔扎克的叙述学，他自己也依此为批评指导原则。在十九世纪中叶，他的理论是很新颖的，例如他指责司汤达《巴马修道院》的述本与底本的时间对应太拘谨，认为这本小说应当从滑铁卢大战开场，"在这之前发生的事件完全可以放在主人公法布利斯受伤躺在比利时小村庄时加以叙述"。司汤达是否应当采纳这个建议？在今天看来，巴尔扎克这种开场法已经是令人生厌的"小摆弄"，相反，《巴马修道院》的写法倒有一种编年史式的古朴味。不管时风如何，但只要叙述，就得有时间变形，完全"按本来面目"或"按原事件顺序"叙述，是绝对不可能的事。只是，变形程度问题，成为叙述风格的重要标志。

述本与底本不仅是时间顺序上不同，在空间上也不同。这点在电影中比在小说中清楚：底本是没有框子的，其空间是故事所涉及的全部空间，而述本空间是镜头切割下的部分。在小说中，底本空间是人物活动所及的全部空间，而述本空间是叙述文本中叙述者报告所及的"空间注意力的焦点"[36]。

而且，更重要的是，底本的事件是绵延的不中断的事件流，它没有文字，因此谈不上篇幅，可以说它是无限长的；述本总是只在底本的全部构成中挑选一部分加以叙述，而不可能详尽无余地报告全部细节，因为底本中究竟有多少细节是个无法观察的问题，我们只能就述本中实现的报告，感知到它的潜在数量：左拉的自然主义小说《小酒店》能花费几页篇幅写一家洗衣作坊的内部设施，在美国华人作家汤婷婷的《女斗士》中，只用半页描写主人公母亲工作的洗衣店；左拉用十多页写两个洗衣女工打架的场面，一部现代侦探小说可能只用几行字交代更加激烈的搏斗。

因此，述本的基本任务似乎是删削选择，不仅是伴随性事件，甚至主要事件也能加以割舍，这就使述本不得不是断续的、跳跃的，事件的因果链常被切断省略，而代之以暗示。这情形很类似于历史写作。譬如抗日战争，底本或许接近抗日战争的资料文件档案、亲历报告、新闻报道的总集，而任何一本历史只能从中抽选一部分材料。这抽选本身，就形成了完全不同、至今无法写定而且永远无法写定的历史叙述。

这一切的原因，是底本无叙述者，它不靠叙述而存在。小说既然是虚构的，底本也可以说是作者创造的，但它没有叙述者赋予它以文本形式；与之相反，述本是由叙述行为产生的，是叙述者控制的产物，叙述者对底本作了种种易位、限制、挑选、删节等等，并且给予文字形式，从而产生述本。叙述者的这些工作，我们可以称之为"加工"[37]。

叙述加工是叙述行为中普遍存在、时刻存在的现象，不可能想象一部没有加工的叙述，在所谓纯客观地描写场景时，依然需要选择，哪怕最场面性的艺术门类，如记录电影，依然有近景远景、淡入淡出的问题。恰特曼认为直接引用人物的对话（一般说，即加上引号的部分）就没有叙述者的加工了。[38]且不说引用语的挑选问题，底本中的人物言语是一种自然存在，述本把它变成文字，当然就舍去了语音、语气等诸种特征，这里当然有加工。恰特曼此言，依我看，大错。

恰特曼还认为，如果小说是一个被发现的书面文本，例如《二十年目睹之怪现状》是一个叫"死里逃生"的人在上海街头偶然购到的一个叫"九死一生"的人写的笔记；又如《红楼梦》是空空道人从石头上抄下来的文字；《狂人日记》是病人的哥哥交给"我"的日记本。恰特曼认为这时"叙述者就不成其为先决条件"，因为他只是一个剪贴者，从底本到述本的唯一变化只是从手写变成印刷。[39]

我想恰特曼可能不明白复合叙述者以及复合叙述者的各个组成部分的分工：《二十年目睹之怪现状》文本主要部分的叙述者是"九死一生"，"死里逃生"可以说只是参与加工；同样，《狂人日记》的讲述者是狂人"我"，而不是参与叙述的编辑日记的"我"；《红楼梦》主要部分的叙述者是把文字展现在身上的"石兄"，而不是抄录者空空道人。但是这些人物与主要叙述者组成复合叙述者，复合叙述者就是加工者，只有其中一个组成部分，才是恰特曼说的剪贴者。

总结一句：叙述文本的任何一个部分，都是叙述者加工后的产物，底本中的任何部分不经叙述加工而进入叙述文本，是不可能的。如此理解，并非形式文论的吹毛求疵，而是叙述文本的基本品格。

# 注　释

1　Jean-François Lyotard, *The Postmodern Conditions: A Report on Knowledge*, University of Minnesota Press, 1984.

2　需要说明的是叙述学与小说概论的关系。后者研究的许多方面，例如人物形象、主题经营、象征研究、风格学、创作论等，基本上与叙述学无关；而前者关于叙述信息传递的一般过程的研究可以说是超越小说范围的。但是，两者重合的部分相当大，把叙述学作为小说形式研究的最重要部分，我想大致上是不错的，只是目前国内小说概论书籍中讨论叙述学的部分相当粗疏。

3　类文本（paratextual），非叙述文本本身所固有的特征。有两种，一种是不同版本不能更改的，例如标题、副标题、标点符号、分段、分章节；另一种因版本而异，如印式、版式。但很多版本并不尊重这一分野，最明显的是古代白话小说的各种现代版本。注释有时称"作者注"，有时称"编者注"，就指明了类文本特征有两个范畴。这个问题本书将数次提及。

4　作者是通过某种他虚构的安排，听到并抄录这叙述。有时这虚构并不一定要清楚，有时甚至很不合理。老舍《月牙儿》叙述者主人公在监狱望月想起一生，她并没有记日记、讲故事、写信，作者用一种不必讲清楚的方式听到并记下她内心的回忆。关于这个问题，还可以参考弗南德兹的说法：一个人讲自己的经历，那是自传；一个人想象出一个人物来向我们讲他的经历，那就是小说。参见 Robert Scholes, "Toward a Semiotics of Literature", *Critical Inquiry*, Vol. 4, No. 1, 1977。

5　Gérard Genette, *Figures III*, Éditions du Seuil, 1972, pp. 255-256.

6　这话当然是说得很教条。实际上把《祝福》与《故乡》中的"我"视为鲁迅本人，是批评家们的一种敏感。我想说的只是此种做法如果变成常识，不需要证明，就会让批评家落入自设的陷阱。许多文章引用鲁迅小说中的"我"，就像引用鲁迅本人的话，恐非合宜。

7　Gerald Prince, "On Readers and Listeners in Narrative", *Neophilogus*, 1971, p. 118. 另请参见西格弗里德·许密特对信息传达行为的研究，（传达行为）的原则性特征之一是它必须由传达伙伴作角色互补，因此它至少必须由　一个言语行为和一对发送者接收者组成。

8　Robert Scholes, "Toward a Semiotics of Literature", p. 105.

9　美国文论家韦恩·布斯在一九六一年出版的《小说修辞学》中首先提出"implied author"这一概念，一般汉译为"隐含作者"。我觉得这个英语术语及其汉译都不清楚，我们必须通过批评操作才能从作品中推论出这个人格的存在，不然它只是叙述信息过程中的一个功能，而不是一个拥有主体意识的人格。因此，这个人格应当是"推定作者"（deduced author）。但布斯的术语已被广泛接受。术语而已，何不从众？但至少应译作"隐含作者"。

10　游国恩等主编：《中国文学史》第二卷，人民文学出版社，1963年，第356页。

11　申丹：《再论隐含作者》，《江西社会科学》2009年第2期。

12　布斯：《隐含作者的复活：为何要操心?》，载詹姆斯·费伦、彼得·J.拉比诺维茨主编《当代叙事理论指南》，申丹等译，北京大学出版社，2007年，第63-80页。

13　Chatman, 1983, p. 54.

14　Blanchot, 1956, p. 13.

15　乔国强：《"隐含作者"新解》，《江西社会科学》2008年第6期。

16　转引自阿英《晚清小说史》，商务印书馆，1937年，第24-25页。

17　James Kraft (ed.), *The Works of Witter Bynner*, Farrar, Straus and Giroux, 1979.

18　不可能的原因，是阐释学理论中所谓阐释循环的问题。对此问题的讨论已相当多了，此处不再深论。

19　Gérard Genette, *Narrative Discourse Revisited*, (tr.) Jane E. Lewin, Cornell University Press, 1988, pp. 139-140.

20　Foucault, 1969, p. 283.

21　《别林斯基选集》第二卷，满涛译，上海译文出版社，1980年，第222页。

22　I. A. Richards, *Principles of Literary Criticism*, Kegan Paul, Trench, Trubner, 1924, p. 86.

23　William Empson, *Seven Types of Ambiguity*, Chatto & Windus, 1935,

p. 248.

24　William Empson, *The Structure of Complex Words*, Chatto & Windus, 1950, p. 375.

25　Roy Harvey Pierce, *Historicism Once More: Problems and Occasions for the American Scholar*, Princeton University Press, 1969, p. 7.

26　Hans Robert Jauss, *Toward an Aesthetic of Reception*, University of Minnesota Press, 1982, p. 85.

27　Michael Riffaterre, *Semiotics of Poetry*, Indiana University Press, 1978, p. 135.

28　Stanley Fish, *Is There a Text in This Class? : The Authority of Interpretive Communities*, Harvard University Press, 1980, p. 127.

29　Jonathan Culler, *Structuralist Poetics: Structuralism, Linguistics and the Study of Literature*, Routledge & Kegan Paul, 1975, p. 15.

30　Umberto Eco, *A Theory of Semiotics*, Indiana University Press, 1976, p. 212.

31　Christine Brooke-Rose, "The Readerhood of Man", (ed.) Susan Suleiman and Inge Crosman, *The Reader in the Text: Essays on Audience and Interpretation*, Princeton University Press, 1980, p. 122.

32　Jurij Lotman, *The Structure of the Artistic Text*, University of Michigan Press, 1977, p. 67.

33　Seymour Chatman, *Story and Discourse: Narrative Structure in Fiction and Film*, Cornell University Press, 1978, p. 82.

34　Boris Tomashevsky, "Thematics", (tr.) Lee. T. Lemon and Marion J. Reis, *Russian Formalist Criticism: Four Essays*, University of Nebraska Press, 1965, p. 153.

35　《傅雷译文集》第四卷，安徽人民出版社，1982年，第244页。

36　Seymour Chatman, *Story and Discourse: Narrative Structure in Fiction and Film*, p. 102.

37　"加工"是我的术语，一般西方文论称为mediation，汉译为"调节"或"斡旋"，意义不太清楚，听起来似乎分量太轻。

38　Seymour Chatman, *Story and Discourse: Narrative Structure in Fiction and Film*, p. 166.

39　Seymour Chatman, *Story and Discourse: Narrative Structure in Fiction and Film*, pp. 169-170.

# 第二章　叙述主体

## 第一节　主体层次

主体，即文本所表达的主观的感知、认识、判断、见解等的来源。

从上一章所分析的叙述信息传递过程，可以看到在叙述文本中，言语主体[1]变得很复杂。传统文学理论把作者看作叙述行为的唯一主体的观点，不仅是陈旧的，而且阻碍对叙述的复杂性进行真正的批评操作。

叙述文本中的主体分化并不是一个纯理论问题，而是我们分析任何叙述文本时不得不明白的事：叙述主体的声音被分散在不同的层次上，不同的个体里，这些个体可以是同层次的，也可以是异层次的，用语言学家的术语来说是"分布性的"或"整合性的"。[2]从叙述分析的具体操作来看，叙述的人物，不论是主要人物还是次要人物，都占有一部分主体意识，叙述者不一定是主体的最重要代言人，他的声音却不可忽视，而且叙述者很可能不止一个人，《十日谈》有同层次的十个叙述者，《狂人日记》有异层次的两个叙述者。最后，隐含作者应当说一部作品只有一个，但在他身上综合了整部文本的价值。

主体的这三层组成的各个组成部分，各人物、（各）叙述者、隐含作者有可能一致，有可能意见相左，也有可能完全冲突，这样就使叙述的意指过程戏剧化，叙述内部关系紧张而复杂。

主体离心化的过程，自二十世纪初起就被文学理论家注意到了，虽然他们没有能给予精确的分析。

首先使文论家们注意到的是所谓"面具"（拉丁文personae），即人物作为作者的化身出现，似乎作者戴上化装面具进入情节。这个术语在美国诗人埃兹拉·庞德的同名诗集发表后（一九二二年）成为文论界通用的术语。在这之前，不少作家已经从创作实践中感到作家应当从叙述中退出。早在十七世纪，英国作家约翰·德莱顿分析古罗马作家奥维德时就指出，奥维德使其人物取得一种最高度的参与，他使人物戏剧化，而不是自己出面去叙述这些人物的故事。人物当然本来就是戏剧化的，约翰·德莱顿想说的是人物把作者的思想意识变成他们自己的言语行动。

中国文学研究者也注意到用面具分割主体的现象，"在很多诗篇里，鲁仲连、严子陵、诸葛亮、谢安等人的名字，也往往被李白当作第一人称的代用语，让古人完全成为他的化身"[3]。

需要说明的是，作品中的面具"我"，不同于非面具的"我"，其所占有的主体意识成分比较大，但是他也决不可能占有全部主体意识，或与隐含作者完全合一。即使在上述李白诗中，主观色彩毕竟还是减弱了一些，不多而已。

阿英在《晚清小说史》中论到《老残游记》，有一段话很有意思，他说："人物方面，老残是代表了作者自己，可是这自己，是指的实体的刘铁云。他还有一个理想之身，也托附在书里的异人身上，那就是初集里的玙姑，二集里的逸云。"[4]因此，老残是作者"真实的自己"，而后二人是作者"理想的自己"。

阿英的确认识到了主体分化现象，但是他的表达不准确。小说的主角人物老残，担当了主体意识的很大分量，但这个主体意识是否就是作者"真实的"或"实体的"自己，却是大可怀疑的，因为正如阿英自己说明的，"理想之身"还附在别的人物身上。把某一人物作为作品全部主体意识的占有者，是不妥当的，而把作品的主体意识等同于作者意识，更是危险的。可是我们偏偏经常读到像这样的论点："《莺莺传》中的张生，就是作者自己，那是无疑的。所以故事的发展，心理的活动，都有实际的经验，决非出于虚构，因此写得格外真实动人。"只要有足够的文学史根据，当然某个人物可以"无疑"地是"作者自己"，这样"故事的发展"才可能"决非出于虚构"，因为这时此叙述作品就完全是自传。如果《莺莺传》不完全是自传，那这一段论述及推理就站不住脚了。在作出证明之前，就说"无疑"，至少是绝对化了。

现在再看叙述者身上体现的主体意识。在文学理论界有一种传统的看法："第一人称小说主观性强，第三人称小说比较客观。"用我们的术语来说，就是第一人称叙述者所占有的主体意识量比后者大得多。这样的说法，看来是太笼统了，而且表达得很不准确。

固然，正如我们在第一章中已谈到的，叙述者在第一人称小说中是现身式的，而在第三人称小说中是全隐身或半隐身的，这只是就叙述者的身份而言，无论哪种方式，全部叙述都是叙述者的声音，因为叙述信息不可能没有叙述者而自动发出。

这两种叙述者究竟哪一个更能表现主体意识？从表面上看来，现身式叙述者兼人物最为合适，这就是为什么人们觉得"第一人称小说主观性强"。实际上，在具体作品中，情况不一定如此。《孔乙己》的叙述者酒店小伙计是现身式的，而且兼叙述中人物，但他对于叙述是超然的，旁观的，他很少参与主体意识的营造。而像姚雪垠《李自成》那样加入大量叙述评论的小说，叙述者虽然是隐式的，却几乎是作者主体意识的相当忠实而直接的体现者。因此，说"第三人称小说比较客观"难以成立。

我们在这里讨论的主体分化问题，决不是一个纯理论问题，它是具体文学批评，甚至在一般阅读中也不能不考虑的。

苏联文论家沃洛希诺夫（不少人认为这是巴赫金的笔名，存疑）曾对陀思妥耶夫斯基的一篇小说《淫秽的故事》提出过一个精彩的分析。这篇小说是这样开场的："从前，在一个寒风凛冽、雾气迷漫的冬夜，将近午夜时分，三位十分尊贵的老爷坐在彼得堡岛上一幢漂亮的二层楼房的一间舒适的、可以说是装饰豪华的房间里，专心致志地对一个极为出色的问题进行举足轻重的极为高尚的探讨。"沃洛希诺夫指出，乍一看这段文字相当"俗气"，如果出自屠格涅夫或托尔斯泰那样不经常把各种主体的声音糅合的作家的手，这段文字的确要不得。但陀思妥耶夫斯基的典型手法是让这些文字成为两种语气、两种观点、两种语言行为会合和交锋的场所。具体来说，这些形容词"并不是来自作者的思想（应当说并不是叙述者的声音），而是来自将军的头脑，他在玩味他的舒适，他的房子，他的地位，他的头衔"。[5]

这是在叙述中，人物大规模地、持续地夺过叙述者的发言权。这样的情况是不多见的。在大部分小说中，抢夺发言权是不知不觉的，造成的变化更为细腻。

《三国演义》第十六回"曹孟德败师淯水"写到曹操在宛城被张绣打得惨败，其中说，曹操"刚刚走到淯水河边，贼兵追至"。这个"贼"字，当然是贬语，《三国演义》的叙述者并不掩盖他的用词方式，例如写到黄巾军时，一律称贼。但这里怎么会出现贬语的呢？在曹操和张绣之间，恐怕这个叙述者的同情还在曹操一边。唯一的解释是在这个字上，曹操或曹军方面的声音暂时取代了叙述者自己的声音。

在上述例子中，弄不清谁的声音或许还不至于妨碍一般性阅读，有时候，弄清主体成分往往是理解作品的关键。

现代诗人卞之琳有一首带叙述情节的诗《春城》，作于一九三五年华北危机之时，据诗人自己说，是对兵临城下的故都（包括身在其中的自己）作的冷嘲热讽。诗中有这样的句子：

那才是胡闹，对不住；且看
北京城：垃圾堆上放风筝。
…………
蓝天白鸽，渺无飞机，
飞机看景致，我告诉你，
决不忍向琉璃瓦下蛋也……

某些读者不了解这里复杂的主体分化，竟指责诗人"太没出息"、"丧心病狂"。在这里，虽然"我告诉你"证明叙述者以第一人称拥有对全诗的发言权，但是叙述者同时作为诗中的人物把叙述戏剧化了。因此，"没出息"的是作为人物的我，麻木的是作为叙述者的我，而义愤地讽刺的是作为隐含作者的我。正如诗人自己承认的，他讽刺的对象包括自己。要理解此诗，必须弄明白多层主体问题：一句话，可以是几个人说的。

　　现代文学理论十分重视主体分化问题。著名苏联文学理论家巴赫金认为陀思妥耶夫斯基的小说是一种"对话小说"，或称"复调小说"，这样的小说比传统的独白小说高明，因为它拒绝使用单一的叙述者意识来总括所有人物的意识。陀思妥耶夫斯基的小说能做到这一点，正是因为其中不存在孤立的、高于其他意识之上，并充当全体人物语言叙述者的意识，这样，作品中的人物就相对来说具有独立的人格。[6]

　　我们可以看到这实际上是主体分化现象的另一种表述法。本书并不试图阐述巴赫金的复调理论，而是更具体地，具体到叙述形式之上，尤其是下面将说到的跳角、跨层、抢话、元小说等具体技巧，来说明叙述文本中的主体之间的张力。

　　主体分化是任何虚构叙述行为都有的普遍现象，不同叙述作品主体分化只有程度上的不同。只有像卢梭《忏悔录》这样自传性非常强，叙述者、主人公与隐含作者身份合一，而他们的价值观又完全一致的叙述作品，主体的分化才几乎消失。

巴赫金把复调视作一种评价性理论，主体分化越严重，作品就越出色。笔者把主体分化看作一种描述性理论（实际上叙述学的任何命题都应当是描述性的），因为决定作品价值的因素太多。

## 第二节　指点干预

比起人物来，叙述者是很不自由的，他虽然控制着整个叙述，但他无法描述自己，因为他无法摆脱叙述这个任务。正如托多洛夫所说，"言语行为的主体，从本质上说是无法表现的"[7]。

他要描述自己，只有两个方法，一是把自己作为一个人物出现在叙述中，这就是现身式叙述者兼人物，例如《祝福》中有不少地方写"我"的心理活动；二是借对叙述中的人和事的评论间接地显示自己的思想，例如《阿Q正传》中的大量叙述者评论。在同一层次上运动，是无法了解这一层次的。但是，叙述者有一个特权，他可以对叙述指指点点地发议论。叙述者对叙述的议论，称为干预。

干预可以有两种，对叙述形式的干预可以称为指点干预，对叙述内容进行的干预可以称为评论干预。恰特曼把干预分为两种，对述本的干预和对底本的干预[8]，意思是内容属于底本而形式属于述本。笔者认为他再次忽视了叙述者对内容的控制能力：选择，是形式，也是内容。叙述者评论的内容，是已经经过叙述加工的内容。叙述者加工与叙述者评论，同样是道德行为。

照例说，叙述者对叙述进行方式有全部控制权（热奈特称为指挥功能，见本书第一章第一节），他不必把他的指挥方式公诸文字。例如，当叙述在某个地方分章，叙述者完全不必说一句"且听下回分解"，读者完全能看得出这一章已结束。指点干预的目的实际上是为了显示叙述方式的某些风格性特征，真正行文不清楚、需要加以指点的情况是比较少见的。

这就是为什么中国传统小说中指点干预特别多。中国古典小说的常规叙述方式是制造一个假性的口头叙述场面，仿佛是叙述文本在书场中把说书人的叙述照实记录下来写成的。为了制造这种效果，叙述者（他自称为"说书人"）一有机会就想显示他对叙述进行的口头控制方式，其目的则是诱使读者进入书场听众这一叙述接受者的角色，以便更容易感染读者。当然，到后来，这种手法变成了程式，变成了一种风格特征，这些指点就成为一种风格标志，原目的就淡漠了。

《红楼梦》第一一三回："宝玉正在这里伤心，忽听背后一个人接言道……这一句话把里外两个人都吓了一跳。你道是谁，原来却是麝月。宝玉自觉脸上没趣。"这个"你道是谁"是叙述者与叙述接受者直接对话的口吻，目的不仅是让叙述接受者注意这个细节，而且把宝玉的心理活动戏剧化，它不是对读者的提问。

《孽海花》中有一段类似的指点干预。第十二回金雯青给北京友人写信："直到信末，另附一纸，说明这张摄影的来由，又是件旷世希逢的佳话。你道这摄影是谁呢？列位且休性急，让俺慢慢说来：话说……"这一段指点干预很长，几乎长得没有必要，似乎很啰嗦。实际原因是下面有几乎一回的篇幅倒述照片的来历，这种大规模的倒述方法在晚清是一个很新颖、很大胆的手法。叙述者强烈地自觉到这一点，所以要叙述接受者配合，"且休性急"。在这个风格变化时期，叙述者似乎比作者更缺乏自信。

不能说中国古典小说中的指点全都是风格性的程式，在某些地方，可以看到指点是叙述环境的需要。《水浒传》第四十五回写到杨雄的妻子潘巧云与和尚海阇黎相约"血盆忏愿心"一计："不想石秀却在板壁后假睡，正张得着，都看在肚里了……次日，杨雄回家，俱各不提。饭后，杨雄又出去了。只见海阇黎又换了一套整整齐齐的僧衣，径到潘公家来。"这个"只见"没有主语，不是指石秀看见，好像是指叙述者看见。但叙述者本来就能看见全部情节，他不需要"只见"，这个"只见"是为了把叙述空间集中到某个场面上。

类似的限定性指点在现代小说中依然使用。茅盾的《子夜》第一章开场，写到上海市的景致："向西望，叫人猛一惊的，是高高地装在一所洋房顶上而且异常庞大的霓虹电管广告，射出火一样的赤光和青燐似的绿焰：Light，Heat，Power！"这"向西望"，是谁向西望？小说中的人物一个还没有出场。是不是隐身的叙述者邀请隐身的叙述接受者向西望？也不是，因为《子夜》完全不用中国传统式的叙述者与叙述接受者直接呼应手法。这个"向西望"与上面引的《水浒传》例中的"只见"一样，是叙述者控制叙述空间的方式。

指点干预在西方小说中，在很长一段时间内，从塞万提斯，到伏尔泰，到萨克雷，都是一种常用的手法，只是有的小说使用得很少，有的很多，呈现出一种风格上的多样性，而不像中国古典小说指点干预数量和方式的相仿，使指点变成了套语，使叙述方式程式化。

指点特别多的叙述，表现出一种强烈的自觉性，似乎是叙述者时时提醒叙述接受者注意他在"讲故事"，而且这故事是他编出来的。最极端的例子恐怕是狄德罗的《宿命论者雅克和他的主人》：“读者诸君已经看到我如何开场：我让雅克离开主人，又使他经历了诸多惊险。我想给他多少惊险他就得挨上多少惊险；一切由我作主，让你们跟着雅克的艳遇走上一年、二年、三年。”这种“过分”的指点明显是拿叙述接受者开玩笑，读者却被提醒与作品保持距离：“亲爱的伙计，你和我还得把脑子收回来干我们的正事，不然我们一辈子也听不到我想讲的故事；而你——由于你捡起这本书时就自愿签了合同——不得不同意我们把这个气势汹汹叫人烦恼的女人拉回来。”这里夸张的指点是叙述者强调他对叙述内容的充分控制权。霍夫曼的幻想小说《金罐》中的干预似乎是拿自己开玩笑：“善良的读者，我有理由怀疑，你也曾领略过给关在玻璃瓶里的滋味。”而某些指点则强调叙述者对叙述方法的充分控制权，比如斯特恩的《项狄传》：“走二段楼梯的事儿写上二章，这有啥了不起？我们至今还没有走到第一级的平台，下面还有十五级要走呢！”

很明显，指点干预很可能破坏叙述的逼真性的，夸张的指点的目的之一就是不让读者保持“现实幻象”。因此，到了十九世纪后的现实主义小说中，指点干预就日见其少（也有例外，如公认为十九世纪英国现实主义的名著《名利场》，但萨克雷的其他小说并没有这么多的指点）。二十世纪的小说中，指点几乎完全隐藏了起来，只有个别时候，指点干预的突然出现给叙述一种突兀的起点或转折。例如 E. M. 福斯特的小说《霍华兹海角》这样开头：

> 我们不妨用海伦写给她姐姐的信开场。
> 寄自霍华兹海角
> 星期二
> 亲爱的梅格……

这里为什么有一个指点呢？或者说，我们为什么不觉得在一部现代小说中用这么个指点开场是很刺眼的事呢？这是因为这个直接抄录开场方法很特殊，完全省略了任何背景介绍或气氛的营造，使这条指点干预成为一件自然而并不做作的事。

《红楼梦》中的指点干预看来比任何中国古典小说来得少，但第六回这一个指点显然有必要："按荣府中一宅人合算起来，人口虽不多，从上至下也有三四百丁；虽事不多，一天也有一二十件，竟如乱麻一般，并无个头绪可作纲领。正寻思从那一件事自那一个人写起方妙，恰好忽从千里之外，芥荳之微，小小一个人家，因与荣府略有些瓜葛，这日正往荣府中来，因此便就此一家说来，倒还是头绪。"这段指点很长，因为叙述者作了一个很出格的安排，从不相干的小人物刘姥姥来访开始整个叙述，这样的安排需要一定的辩护。那个时代，并不赞许小说的叙述方式创新，《红楼梦》

也不是实验主义的小说，放进一些指点干预能缓解叙述方式非程式造成的不安。

总结一句：指点干预就像戏剧中的舞台说明。指点只与叙述方法有关，就像舞台说明只与演出方式有关。因此，如果叙述者想在书中插入他对小说技巧的看法，他就可以利用指点干预的机会。《孽海花》第二十一回："话说上回回末，正叙雯青闯出外房，忽然狂叫一声，栽倒在地，不省人事，想读书的读到这里，必道是篇终特起奇峰，要惹起读者急观下文的观念，这原是文人的狡狯，小说家常例，无足为怪。但在下这部孽海花，却不同别的小说，空中楼阁，可以随意起灭，逞笔翻腾，一句假不来，一语谎不得，只能将文机御事实，不能把事实起文情，所以当日雯青的忽然栽倒，其中自有一段天理人情，不得不栽倒的缘故，玄妙机关，做书的此时也不便道破，只好就事直叙下去，看是如何。闲言少表。且说雯青一跤倒栽下去……"《孽海花》的分章节法与传统章回小说比，没有任何不同之处，雯青这一跤的确是"小说家常例"、"文人（程式化）的狡狯"。然而曾朴又是中国最早的西方文学研究者之一，他想努力求新，脱尽陈套。他想这么做，却没有找到一套方法。《孽海花》作为中国最后一部传统小说，充分表现了内容与形式的不相容，新与旧的不调和。这段指点干预本想说出此书在叙述上求新的意图，但其场合，其方式，甚至其措辞，却完全是旧小说的程式。这段指点想说明的是新形式，但我们看到的却是新形式的阙如。

和西方现代小说相似，中国现代小说中的指点干预也越来越少，只有像《阿Q正传》这样充满讽刺语调的作品用过分的干预来调弄叙述。但是，追求传统小说风格或民间文学风格的作品，依然有大量的指点干预——实际上指点干预成了这一类小说的风格标记。古华的小说《芙蓉镇》有一例："'芙蓉姐子'米豆腐摊子前的几个主顾常客就暂且介绍到这里。这些年来，人们的生活也像一个市场。在下面的整个故事里，这几个主顾无所谓主角配角，生旦净丑，花头黑头，都会相继出场，轮番和读者见面的。"这段指点干预与传统小说的指点干预已经很不相同，整部小说中的指点干预段落也不是中国传统小说的程式化指点，作者本意怕也是求新。但是，此类指点干预之存在本身，就指向了传统叙述风格，恐怕是每个读者都能感觉到的吧。[9]

最后我们谈一下一种非常特殊的指点干预手法——超文本手段干预。有时这种干预非常奇特，有时让人不知如何分析才好。晚清王濬卿的小说《冷眼观》第五回有这样一段，实际上是给叙事文本加注释："黄胖子见姓吴的眯着一双近视眼，尽管凑在他老婆身上慢慢的赏识，不觉发急问道：'先儿，唔贱内的相貌，可能配得上拿这个五千银子？（此句是南京人方言）'"

在上一章中，我们说到过，叙述者把底本人物言语变成叙述中的引语时，不得不舍弃语音语调特征，可以保留某些风格性文字记号，例如这一段中的"唔"。但是，如此关于方言语音的形式指点，显然是超出文本之外的关注。我想这就是为什么此小说的现代编者阿英不得不用一个很尴尬的括号。

有的超文本指点干预设计巧妙，意味深长。法国当代作家赛贵尔的小说《投降》中有一段是这样的，叙述中的一个人物在读一本小说，有个旁观者看到他正读到第一百四十四页，而这时，《投降》这本小书也正进行到一百四十四页。这是一种用类文本的印式手段（参见本书第一章第一节）来象征叙述现实与客观现实之对应。

小说不同于科学性的叙述（包括历史叙述等），它完全不必加脚注，编辑加的技术性脚注，也是类文本，不属于叙述文本的一部分。但有时，脚注被利用来作为一种叙述干预手段。法国十八世纪著名小说《危险的关系》是一本书信体小说，但却有许多脚注，大都是说某封信可以与某封信印证，某个事件在某个地方有记录等。这些脚注实际上是叙述文本的一部分，但它仍具有超文本的假象，假象被利用来作为一种特殊的干预手段，以增加文本的逼真感。

法国当代作家萨缪尔·贝克特的小说《瓦特》有个调动文本指点的例子。小说中有一句："凯特二十一岁了，很漂亮的姑娘，只是有血友病。"该页有个脚注："血友病如前列腺肿大一样，是个男性的疾病，但在这本小说中无此限制。"恰特曼引了这个例子[10]，并认为这条自我坦白自称本作品为虚构是谎言，反而使叙述具有独立的价值，不依赖于叙述外的其他价值体系。

## 第三节　评论干预

叙述中的评论，布斯称为"作者干预"。既然叙述是由叙述者所控制的，叙述文本中的每个字都是叙述者说出来的，作者无法直接进入叙述，作者即使要发表评论，也必须以叙述者评论的方式出现，因此，布斯这个术语是不合适的，笔者建议改为"叙述者干预"（建议英译narratorial intrusion）。

这种评论干预可以很长。罗曼·罗兰的小说《约翰·克利斯朵夫》第九卷《燃烧的荆棘》第一部用了整整十多页篇幅评论革命理想问题，这些评论完全不受叙述时间空间的限制，甚至可以预示未来："一七八九年份的酒，如今在家庭酒库中只剩几瓶泄气的了；可是我们的曾孙玄孙还会记得他们的祖先曾经喝得酩酊大醉的。"[11]作如此长的评论时，叙述流暂时中断了，但大部分的评论却是在叙述并不中断的情况下进行的。常常，这种评论短到只有一句，半句，甚至一个词，尤其常是形容词、副词或插语。这样的评论在几乎任何叙述中都随处可见，如姚雪垠的《李自成》第二卷上册中的一段："李自成镇定而威严地向全场慢慢地看了一遍。奇怪，仅仅这么一看，嚷叫和谩骂的声音落下去了……"巴尔扎克的《夏倍上校》："夏倍因为不得不在卧房里接待客人，脸上很难堪。的确，但尔维在屋内只看到一张椅子。"[12] 伍尔夫的《到灯塔去》："明达·道伊本能感受很细腻，她直率地，荒唐地说她不相信有人会喜欢读莎士比亚。"这最后一个评论是反讽式的，隐含作者明显地同情明达之直率。

有时候，评论干预被仔细掩盖起来，几乎没有形迹。《到灯塔去》第二章第二节是这样开头的："因此，当所有的灯都熄了，当月亮沉下去，当细雨敲打着屋顶，无边的黑暗开始涌来。没有任何东西看来能逃脱这黑暗的潮水……"这里的"看来"是个插语，由于它是过去的，所以似乎不是叙述者插入的口吻，因为叙述时间总是现在时。但它还是一个伪装的叙述评论，它隐指着一种主观的评价（在谁看来），一种对情景的猜测估量，从而给叙述一种不确定的语气。

有时，评论干预可出现在类文本手段之中，例如副标题：《红楼梦》的回目"薄命女偏逢薄命郎"，"痴女儿遗帕惹相思"，等等。有时，评论会直书在标题里，如《忠义水浒传》、《三侠五义》。

为什么叙述者要离开他讲述故事的"本职工作"而对叙述中的人和事进行评论？布斯认为"评论者最明显的任务是告诉读者他们自己不太容易搞清楚的事实"[13]。这种看法只是在很有限的场合才是正确的，即只在所谓解释性评论中才是如此。《醒世恒言·卖油郎独占花魁》中有一段："又过了一年，王美年方十五。原来门户中梳弄也有个规矩，十三岁太早，谓之'试花'。皆因鸨儿爱财，不顾痛苦，那子弟也只博个虚名，不得十分畅快取乐。十四岁，谓之'开花'。此时天癸已至，男施女受，也算当时了。到十五，谓之'摘花'。在平常人家，还算年小，惟有门户人家，以为过时。王美此时未曾梳弄，西湖上子弟，又编出一只《挂枝儿》来：王美儿，似木瓜，空好看。"这的确如布斯所说，是读者自己不太容易搞清楚的事实。当然，可以用另外的方式介绍这梳弄的规矩，例如通过人物的口，在谈话中说出来，但像中国古典短篇小说这样紧凑的叙述风格，过多的转述使行文变得松懈。反正拟话本的小说叙述者可以假定自己处于说书人那样有利的地位，可以自由发表评论，因此不妨直接用个"原来"交代背景知识。

　　罗曼·罗兰《约翰·克利斯朵夫》第三卷《少年》的第二部讲述了主人公与女裁缝萨皮纳之间没有结果的爱情故事。在这一部的结尾处，叙述者忍不住抢过了克利斯朵夫的话头，自己抒起情来："克利斯朵夫也知道，在他心灵深处有一个不受攻击的隐秘的地方，牢牢的保存着萨皮纳的影子。那是生命的狂流冲不掉的。每个人的心底都有一座埋藏爱人的坟墓。他们在其中成年累月的睡着，什么也不来惊醒他们。可是早晚有一天，——我们知道的，——墓穴会重新打开。死者会从坟墓里出来，用她褪色的嘴唇向爱人微笑；她们原来潜伏在爱人胸中，象儿童睡在母腹里一样。"[14]这段评论是代克利斯朵夫不继续这段恋情说出理由，实际上是"我们知道的"，是"常识辩护"。

补充性评论所提供的不一定是背景知识，也可能提前说出未来发生的事。恰特曼举过特罗洛普《巴彻斯特修道院》中的一个例子："软心肠的读者别担惊受怕，爱莉诺并不是命中注定将来一定会嫁给斯洛普先生或伯梯·斯坦霍普。"恰特曼认为这个例子是对述本发表评论，也就是说是个叙述形式的指点。[15]笔者觉得这恰恰证明区分形式与内容，甚至区分底本与述本，都不是一件容易事：这个评论，既指出形式（预述）又评论了内容。

布斯说评论的目的是提供读者不容易了解的事实背景，但我们发现大部分叙述评论并不提供事实，而是与叙述接受者作道德判断上的呼应，是一种主体性整合的方式。

在人物做了一个按常理来说是出格的行为时，往往用这种评论——我们可以称为解释性评论——来说明这种行动的合理性。还是《醒世恒言·卖油郎独占花魁》的例子：

"你道天地间有这等痴人，一个做小经纪的，本钱只有三两，却要把十两银子去嫖那名妓，可不是个春梦？自古道：'有志者事竟成。'"《二刻拍案惊奇》卷二十六"懵教官爱女不受报"有评语说："老人家眼泪极易落的。"

不用再引了，随便一翻就可拣个满箩满筐。传统小说此类解释性评论有一个共同的特点：它们讲的道理，并不是读者不容易理解的高深哲理，也不是曲里拐弯的强词夺理。恰恰相反，大多数情况下解释性评论是老生常谈。一般解释性评论正是试图用社会上大家都同意的规范来解释情节中的离奇行为（不奇就不成其为小说）。《金瓶梅》写到西门庆与朋友花子虚的妻子李瓶儿私通，花子虚想请西门庆吃酒，趁机向他逼还几百两银子的借款。但李瓶儿"暗地使冯妈妈过来对西门庆说：'休要来吃酒，只开送一篇花帐与他，说银子上下打点都使没了。'"。此时，来了一段评论，谈"御妻之方"："看官听说：大凡妇人更变，不与男子一心，随你咬折铁钉般刚毅之夫，也难测其暗地之事。自古男治外而女治内，往往男子之名都被妇人坏了者，为何？皆由御之不得其道；要之，在乎容德相感，缘分相投，夫唱妇随，庶可保其无咎。"解释性评论绝大部分是如此老生常谈，并非作者低能，请注意，这些评论从叙述学角度说，是叙述者作的（例如上引段是"说书的"对"看官"说的话），我们看到的，是叙述者的文化规定性：传统白话小说的文化功能不允许叙述者超越规范。

吴趼人的小说《九命奇冤》第三十二回也有一段有趣的解释性评论："看官！这几行事业，是中国人最迷信的。中国人之中，又要算广东人迷信得最厉害，所以苏沛之专门卖弄这个本事，去戏弄别人。我想苏沛之这么一个精明人，未必果然也迷信这个，不过拿这个去结交别人罢了。"这段叙述者评论，以补充性评论开始，然后转入解释性评论。叙述者直接点明这段话是他的解释，而解释的基础也是常理——精明人借卜相与人交往，自己决不会相信。有趣的是，这个苏沛之是陈枲台的化名，他微服私访，装作会卜卦相面，以打入罪犯集团内部去掌握证据。这个秘密，要等四章之后才会揭开，是小说这一段的关键悬疑。然而在此，为了作这个解释性评论，叙述者心甘情愿地过早捅开秘密。由此可见，这种我们看来似乎不太必要的评论对晚清科学世界观刚引入时的叙述者如何重要。

但是数量最多的，要算评价性评论，即叙述者跑出来对人对事直接作判断。茅盾的《子夜》第二节中写到公债要跌的消息传到吴公馆的客厅："这比前线的战报更能震动人心！嘴唇上有一撮'牙刷须'的李壮飞固然变了脸色，那边周仲伟和雷参谋的一群也赶快跑过来探询。这年头儿，凡是手里有几文的，谁不钻在公债里翻筋斗？"小小一段，有两个评论，后一个是我们已讨论过的提供事实的补充性评论，前一个不是人物说的话，是叙述者对消息惊人程度作的评价性评论。

我们前面说过的可以短到半句一字的评论，几乎全是评价性评论。但是借形容词作评价太容易把叙述者态度强加给叙述，《李自成》小说中这种例子就太多："刘仁达被李自成的这种威武不能屈的英雄气概和毫无通融余地的回答弄得无话可说……""毫无通融余地"是来劝降的刘仁达这个人物作的评价，"威武不能屈的英雄气概"却是叙述者的评价性表态。评论把一种价值观直接加在叙述上。

在中国古典小说中，评价性评论常常用风格断裂的方法推出叙述层次之外，用"有诗为证"、"好事子弟们又有只桂枝儿"等话头引出一段诗词，使评价强加于人的色彩淡一些，引用别人，又似乎使叙述者与这些评价保持了一点距离。所有的"有诗为证"均为评论干预。《三国演义》第一回："人情势利古犹今，谁识英雄是白身？安得快人如翼德，尽诛世上负心人！"《醒世恒言·卖油郎独占花魁》中"西湖上子弟们，又有只《挂枝儿》"："刘四妈，你的嘴舌儿好不利害！便是女随何、雌陆贾，不信有这大才。说着长，道着短，全没些破败。就是醉梦中，被你说得醒；就是聪明的，被你说得呆。好个烈性的姑姑也，被你说得他心地改。"

既然是叙述评论，就是脱离了文本的叙述流。这才能解释一些离奇的现象，例如《水浒传》中写武松初见潘金莲："武松看那妇人时，但见：眉似初春柳叶，常含着雨恨云愁；脸如三月桃花，暗藏着风情月意。纤腰袅娜，拘束的燕懒莺慵，檀口轻盈，勾引得蜂狂蝶乱。玉貌妖娆花解语，芳容窈窕玉生香。"而《红楼梦》里宝黛初见的场面，也有点类似："厮见毕归坐，细看形容，与众各别：两弯似蹙非蹙罥烟眉，一双似泣非泣含露目。态生两靥之愁，娇袭一身之病。泪光点点，娇喘微微。闲静时如姣花照水，行动处似弱柳扶风。心较比干多一窍，病如西子胜三分。"这两段并不是描写武松或贾宝玉的观感，不是陈述他们心中的想法，这是叙述者用读者的标准对人物作的评论。应当说老生常谈到违反整部小说的风格的地步，用词陈腐，与整部小说不类。

评论干预的风格标注能力，一般说来不如指点干预那么强（往往一个陈旧指点套语，例如"且说"就让人知道是在依循某种文风），但是叙述中评论干预的数量，依然是叙述风格的重要组成部分。

与指点干预相似，评论干预一般来说越到现代越少。在十九世纪欧洲现实主义小说中，指点干预已相当少了，评论干预却依然很多。巴尔扎克的作品中充满了"这就是为什么……"、"这里需要解释一下……"这样的训示句，用来导出各类评论。[16] 甚至连福楼拜这个现代叙述艺术的开山始祖，也保留不少评论干预，当他描写包法利夫人时，直接说她"无能力理解她没有经历过的事，也无能力认识不是用陈词滥调说出来的道理"。当代作家会认为这样的性格描写未免太省力，也太一目了然。

自十九世纪中叶起，很多作家就开始认识到评论干预是应当尽可能避免的东西。萨克雷认为："小说作者常犯的罪过，是夸而无当，是大言不惭……可能在当今所有玩小说的人中，鄙人的说教瘾最大。难道他不是老停下故事向你说教？他本应照看自己的事务，却老是拉着诗神的袖子，用嘲弄的宣讲使诗神厌烦。告诉你，我想写一篇小说，其中完全没有惟我中心主义——没有思考反省，没有讽嘲讥评，没有老生常谈（以及其他此类东西），每隔一页就有一个事件，每一章都有一个坏蛋，一场战争，或一件神秘的事。"[17]

萨克雷是十九世纪英国主要作家中最喜欢干预的，他似乎明白这一点，他自己嘲弄自己。在《名利场》以后的小说中，例如《纽可姆一家》或《亨利·艾斯蒙德》，干预就越来越少。

自十九世纪末起，西方小说越来越严峻地排斥干预。福斯特在其名著《小说面面观》中指出，作者"不应当向读者说关于人物的知心话……因为这种亲密是以丢失幻想和崇高性为代价的"，但是他认为"不妨与读者说说关于宇宙的知心话"。[18]福斯特似乎认为深刻的题目上不妨干预，可是哪位作者的哲理式干预不是陈腔滥调？可能只有昆德拉做得比较成功。

到当代，干预名声已很糟。法国新小说家娜塔丽娅·萨洛特就宣称："不允许任何作者干预，不管如何轻微，来打破我的小说的延续性。"[19]

但也有一些批评家和作家认为在干预问题上不必如此严格。法国当代作家莫里亚克的名著《苔蕾丝》系列小说干预就不少，其最后一部《黑夜的终止》出版后，萨特写了一篇极为尖锐的长篇评论，指责莫里亚克小说中的评论干预过多，作者对其人物"扮演上帝角色"。萨特认为作者不应当显示自己控制叙述的任何痕迹："小说家可以是个旁观者，也可以是同谋犯，但不能同时扮演这两个角色。"萨特把他的这个不干预原则比之于爱因斯坦的宇宙观，他说："在真正的小说中，与在爱因斯坦的世界中一样，没有一个全权观察者……上帝能穿透表象、超越表象，他眼中没有小说，没有艺术，因为艺术正是在表象上生存。上帝不是艺术家，莫里亚克先生也不是。"[20]

所谓"旁观者"，即隐身式叙述者；所谓"同谋犯"，即兼人物的现身式叙述者（请参看本书第一章第一节）。的确，干预实际上是越出了隐身式叙述者的本分，企图使叙述者成为小说的"全权主体"。而正如本书已一再解释的，叙述文本中的叙述者只是一套功能。干预，尤其是评论性干预，实际上是隐含作者对叙述者功能施加过大的压力，使叙述者完全屈服于他的价值观之下。评论干预实际上是一种统一全书的价值观、把分散的主体集合在一种意识下的努力。

看来，唯一能击破这种整体化压力的，是叙述者逆向干预，即反讽干预。这问题太大，只能另起一节。

## 第四节　叙述可靠性

《红楼梦》第二十九回："原来那宝玉自幼生成有一种下流痴病，况从幼时和黛玉耳鬓厮磨，心情相对；及如今稍明时事，又看了那些邪书僻传，凡远亲近友之家所见的那些闺英闱秀，皆未有稍及林黛玉者，所以早存了一段心事，只不好说出来。"

《红楼梦》的隐含作者对宝玉黛玉的恋爱抱同情的态度，而《红楼梦》叙述者却不然，他不愿意在情节问题上表态，因此他用反话评论来取得一种平衡。

这样一种评论，我们可以称之为反讽式评论，它是评价性评论的一种亚型。如果一般的评价性评论是取得叙述主体各部分之间意见一致的手段，那么反讽性评论就很明显地暴露主体各成分之间的分歧，使主体的分化变成主体的分裂。

这个情况，《红楼梦》的早期研究者就已经发现。戚蓼生在《石头记序》说："第观其蕴于心而抒于手也，注彼而写此，目送而手挥，似谲而正，似则而淫……写闺房则极其雍肃也，而艳冶已满纸矣；状阀阅则极其丰整也，而式微已盈睫矣；写宝玉之淫而痴也，而多情善悟不减历下琅琊；写黛玉之妒而尖也，而笃爱深怜不啻桑娥石女。"戚蓼生已经看出《红楼梦》的叙述经常是"所言非所指"，也就是说，叙述者的话与小说实际上的倾向好恶（也就是隐含作者的价值观）不一致。

如果我们仔细研究优秀的叙述作品，可以发现大部分作品中，主体的各个组成部分拒绝合作，谁都不愿服从一个统一的价值体系。可以说，主体各组成部分不和谐是现代叙述艺术的成功秘诀，这种不和谐非但不损害作品，相反，主体各部分的戏剧性冲突，叙述作品使各种声音共存的努力，使作品的意义多元。

主体各层次之间关系中最突出的不和谐因素，还是来自叙述者，因此，叙述者的声音是否可靠，也就是说，是否与隐含作者体现的价值观一致，是分析叙述主体的关键。

在现代叙述学研究者中，布斯对叙述可靠性问题作了比较深入的研究，他认为在某些作品中，叙述者与隐含作者完全一致，甚至完全合一，这就是"叙述者本人没有被戏剧化"的作品，他甚至认为在这类小说中叙述者即作者的"第二自我"。[21]

布斯所谓"叙述者本人没有被戏剧化"，指的是全隐身式的叙述者（参见本书第一章第一节），其典范作品，据布斯说，是海明威的短篇小说，如《刺客》。我们还可以加上一些例子，如法国作家阿兰·罗伯-格里耶的《橡皮》。但是，即使叙述者完全做到了全隐身，叙述者也不能说这是作者的"第二自我"。就拿《刺客》来说，叙述者任何态度任何情绪的确都没有显示。主人公尼克·阿丹姆在相当大的程度上也占有主体意识。尼克见到人世之无情，心灵受到很大震动，决心离开这地方，小说的隐含作者同样感到震动，同样对世界的冷漠感到苦恼。由于叙述的冷漠风格，可以说这篇小说的叙述者并没有这些情绪。叙述的冷漠实际上加强了其他主体组成部分的比重。在冷面叙述中，作者的"第二自我"（隐含作者）与叙述者不可能一致。布斯的说法并不正确。

有没有叙述者与隐含作者完全一致的小说？有。但那与叙述者是否现身，或用布斯的话来说，叙述者是否把自己戏剧化没有关系。相反，如果叙述者完全隐身，无法找出其价值观，隐含作者就不可能与虚无合一。叙述者与隐含作者的一致，只见于叙述者绝对可靠的作品，也就是说叙述者现身，发表评论，而这些评论与作品的总的价值观一致。中国传统的讲史小说，如《三国演义》等，叙述者大量地进行评论干预，实际上是在替隐含作者（即由《三国演义》的历代改写者合成的价值集合）作儒家历史哲学的说明。这时，叙述者与隐含作者基本上一致。

　　如果作品中没有很多评论干预，是否能判断叙述的可靠性呢？回答是可以的。加缪的《鼠疫》可作一例。《鼠疫》通篇用第三人称作绝然冷静的客观叙述，其中也有评论，作评论的是主角人物里厄大夫。直到快临近结尾时，出现了这样一句话："现在是里厄大夫承认自己就是叙述者的时候了。"但这并没有影响全书的叙述方式，余下的叙述依然用第三人称方式进行下去。这一条声明充其量起的作用，是使人们认识到，自认叙述者的主角里厄的价值观，与全书的隐含作者基本一致。据报道，这本小说在一九四七年出版时，轰动的读者界和批评界一致认为里厄医生就是加缪自己的化身，是存在主义哲学最积极的表现。

　　"假性第三人称"的确是可靠叙述的确凿标记，正如凯撒的回忆录式历史著作《内战记》用第三人称写自己一样，取得了叙述的几乎绝对可靠性，给人叙述客观性的印象。《追忆似水年华》中有一段："在很长一段时期里，我都是早早就躺下了。有时候，蜡烛才灭，我的眼皮儿随即合上，都来不及咕哝一句：'我要睡着了。'半小时之后，我才想到应该睡觉；这一想，我反倒清醒过来。我打算把自以为还捏在手里的书放好，吹灭灯火。睡着的那会儿，我一直在思考刚才读的那本书，只是思路有点特别；我总觉得书里说的事儿，什么教堂呀，四重奏呀，弗朗索瓦一世和查理五世争强斗胜呀，全都同我直接有关。"²² 如此自认，这个叙述者"我"在某种程度上就是隐含作者的代言人。

但是，如果要检查的作品没有用这种方式点明叙述者的可靠身份，如何判断叙述是否可靠呢？当然，把隐含作者的价值集合总结出来，我们也就可以看出叙述者是否与其一致。这听起来是一种循环论证，因为隐含作者的最后确定是靠整个作品。实际上，每个读者和批评者自觉或不自觉的具体的做法，正是在阅读中来回推究思索。确定各主体层次之间的关系，是阅读游戏中最迷人的部分。

要判定叙述者是否可靠，一个最常用的标记是叙述语调：叙述的文体特征给我们很明确的暗示。福克纳的《喧哗与骚动》的四个部分，分别由四个叙述者叙述：第一部分是一个性倒错者在自杀前混乱的思想；第二部分是一个白痴的模糊杂乱的感觉和记忆；第三部分是个极端自私者激动而愤怒的自述；第四部分转为第三人称叙述，从一个黑人女仆的视角回忆并观察事情的前前后后。前三个部分的语调都让我们觉得他们的叙述很不可靠，第四部分平静的语调使我们明白黑人女仆的观察无论如何比其他三人可靠程度大得多，而这种可靠程度的对比正体现了隐含作者的价值观。

叙述者的智力或道德水平离一般的社会认可标准相差太远时，会使叙述变得不可靠。当然，智力和道德是两码事，由于小说的评价主要是道德观，因此道德上的差异很容易被认为是不可靠的标记。

与道德差距正相反，智力上与社会认可标准的差异，反而是叙述可靠的标记，因为小说用智力上成问题的人物兼作叙述者，往往就预先埋伏了这样一个判断：被"文明社会"玷污的智力与道德败坏共存，现代社会文明过熟，文化不够者反而道德可靠。因此，半文盲流浪儿（马克·吐温《哈克贝里·芬历险记》）、乡镇理发匠（王蒙《悠悠寸草心》）、妓女（老舍《月牙儿》），甚至动物（夏日漱石《我是猫》）都可以成为比较可靠的叙述者，也就是说，比较能体现隐含作者的价值观。

现代小说制造智力上不可靠叙述常用的办法是限制叙述者的视界，由于这种方法可用于隐身式叙述者，其应用就更为广泛。卡夫卡的作品，如《变形记》、《审判》或《城堡》，叙述者对发生在主人公身上的各种事件没有提出任何解释性评论，似乎完全没有能力解释，事件的因果关系中有过多的、过于重大的缺失，使作品的叙述无法成为可靠叙述。

另一种叙述不可靠的标记是叙述者与其他主体意识发生冲突，这时叙述者的意识落入对比之中。上述《喧哗与骚动》中前三个叙述者，尤其是第三个极端自私者的叙述，与道德上和心灵上正常的黑人女仆的叙述正成对比。莫应丰的小说《妻子的梦》中，叙述者妻子的不可靠叙述对比于小说的正面主人公——她的丈夫，一个道德高尚的新干部——的言行。鲁迅《一件小事》中叙述者"我"对人和事的不可靠叙述被小说中的人物一个车夫所修正。

不可靠叙述的不可靠程度可以相差很大，原因也千差万别，最多的却是道德上的差距。布斯曾列举造成叙述不可靠的六种原因：叙述者贪心（如《喧哗与骚动》中的第三个叙述者杰生）；痴呆（如《喧哗与骚动》中的第二个叙述者班吉）；轻信（福特·马道克斯·福特《好大兵》中的道林）；心理与道德迟钝（亨利·詹姆斯《野兽与丛林》中的马切）；困惑、缺乏信心（康拉德《吉姆爷》中的马洛）；天真（马克·吐温《哈克贝里·芬历险记》中的哈克）。

这个单子还可以开下去，但像布斯这样把叙述的不可靠性完全归因于叙述者兼人物的性格上的缺点，是不合适的。首先是性格上有缺点不一定是叙述不可靠的原因，例如《哈克贝里·芬历险记》叙述基本上是可靠的，可靠的原因恰恰是这个流浪儿童的无知。此外，即使叙述者不兼人物，也就是说不现身，无性格可言，叙述也照样可以不可靠，上面举的卡夫卡诸作品，就是佳例。

所谓反讽，并不是讽刺，按美国新批评派文论家克林斯·布鲁克斯的定义，反讽是文学作品语言的根本性特点，即"所言非所指"[23]，也就是我们平时说的言不由衷、话中有话、阴阳怪气、绕圈子说话等，大部分文学作品多多少少都所言非所指，不然作品就过于直露。

可以说，叙述语言的反讽，非径情直遂，本是文学语言的根本特征，是一篇小说与一篇报道的主要区分点。说直白点，报道叙述是着意说清楚，文学是有意说得不清楚。说得不清楚是为了让叙述更加生动。但这还算不上不可靠，不可靠叙述产生于主体各组成部分之间的特殊关系。

某些作品中叙述者被特意安排成不可靠，用来达到明确的反讽效果，即给予作品中的人物以复杂性格。有趣的是，这样的叙述的效果也使叙述者自己性格复杂化。鲁迅《一件小事》中的复杂人物是"我"而并非车夫，《喧哗与骚动》中杰生的叙述讲的是别人与他之间发生的事，塑造的是自己贪婪而永远失败的形象。可靠叙述就无法取得这种反弹效果。《福尔摩斯探案集》的叙述者华生医师的叙述是可靠的，华生几乎无性格特征可言。《十日谈》的十个叙述者是可靠的，他们几乎只有名字，没有任何个性意义。

不可靠叙述塑造叙述者形象的佳例是布斯详细讨论过的亨利·詹姆斯的中篇小说《阿斯彭文稿》。这个中篇在叙述学上有意思，是因为小说进行了一大半，我们还认为叙述者"我"是可靠的，他描写的对象，一个性格古怪孤僻幽居的老太太，和她的其貌不扬已是中年的养女，都是不正常的怪人物。叙述者"我"是个出版家，千方百计想从他们手里搞到已故名作家阿斯彭的一批书信。老太太临死时表示同意，但条件是娶她的半老的养女。"我"大吃一惊，没想到有这么开条件的。但这时他观察这貌不惊人的老处女："她站在那间房的中央，一张温和的脸对着我，那种原谅的神色，那种宽恕的神色，使她简直象天使一般。它使她显得很美。"不久，他得知，老处女因为绝望，竟然已经把叙述者不惜代价以求的手稿烧掉了："有一刹那我的眼前的确感到一片漆黑。等这过去以后，蒂娜小姐还在那儿，不过那种美的变化已经过去，她又成为一个平庸、呆板的年长女人了。"[24]

布斯详细分析了这个中篇的原版与修改版，认为作者在叙述不可靠性上作了非常细腻的处理。直到最后他思考老处女是否还值得一娶时，我们才从他的观察变化之突兀发现这个出版家实在是被收藏欲迷了心窍，无法可靠地去观察与叙述。对叙述的不可靠性掩饰得好、暴露得恰得其时，可以造成极出色的叙述效果，使得不可靠的踪迹本身变得不可靠，叙述的言不由衷本身就成了一种意义的可能。

## 第五节　主体各层次间的亲疏格局

叙述的主体与客体之间关系之复杂，远远超过我们上一章中所说的几种情形。布斯和恰特曼都花了很大力气说明叙述各成分之间的关系问题。笔者认为他们的看法虽然极有启发，却有相当多地方需要修正。

我们需要讨论的是五种要素相互之间的六种关联式，这种关联只存在于述本，不存在于底本，因为就故事本态而言，只有人物，其他成分不存在。首先，让我们画出它们之间的基本格局。在绝对中性状态的叙述格局中，各部分等距，而且关联格局呈轴对称（如图2-1）：

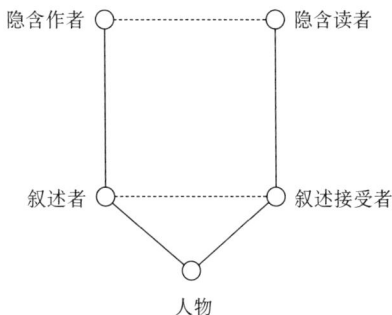

图 2-1

隐含作者与隐含读者之间，叙述者与叙述接受者之间，虚线相连，因为它们的关联并非叙述文本固有的，而是必须由阅读建立的。在第一章中我们已经谈到过作品中叙述者可能不止一个，作品中人物当然更不会只有一个。我们这里是为了讨论方便加以简单化了。换了一个人物或换了一个叙述者，亲疏格局就必须另外分析，也就是说，一部叙述作品中不止一个亲疏格局。

由于叙述者是整个叙述的中介，作者无法跳过叙述者来接近人物，隐含读者也无法推开叙述接受者与人物直接联系。

在我们上一节所讨论的不可靠叙述或反讽叙述中，叙述者离隐含作者的距离拉大了，其亲疏格局就大致上变成这样一个局面（如图 2-2）：

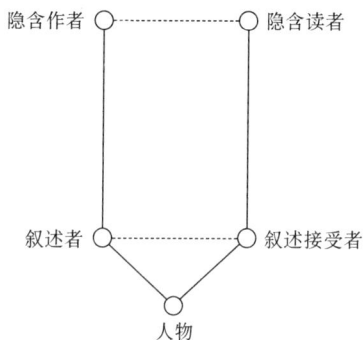

图 2-2

反过来，完全可靠的叙述，隐含作者与叙述者就几乎重合了。几乎无虚构意图的新闻报道，或追求类似现实感效果的小说，即此格局（如图 2-3）：

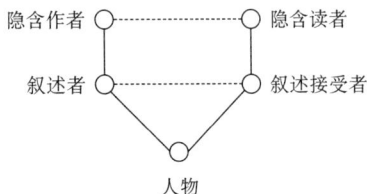

图 2-3

在很多感伤情绪比较浓的小说中，隐含作者不仅与叙述者距离很近，而且也指望隐含读者进入角色，分享他和她的一切悲欢喜怒，这时候，不仅主体分化几乎消失，主体与客体的关系也过于接近，很多所谓通俗读物，尤其是言情小说，就是靠此取得效果，我们可以称之为《啼笑姻缘》格局，五个成分挤到一起，价值观完全一致共享（如图 2-4）：

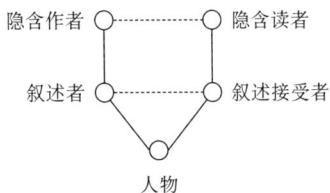

图 2-4

宣传作品也追求这种价值绝对同一的效果，因此宣传作品必然煽情。注意，这人物不一定是正面人物，对反面人物，否定价值观也是同一的。这才会出现观众拔枪把演坏人的演员打死的效果。比较世故的读者会拒绝站到隐含读者的位置上，这样，作品对他来说就达不到预期的感动效果。他会远远地站在这主体堆集之外。

成熟的作家在处理这种伤感性题材时，往往采取各种方法把主体各组成部分拆开。鲁迅的《伤逝》就是一个范例：故事是动人的，感伤的，但我们看到叙述者懦弱无能而过分容易被环境所支配，人物（包括他自己和妻子子君）幼稚而不负责任，因此叙述者与人物依然可以很近，但叙述已经是不可靠的，使得隐含作者和读者都与人物拉开了距离，成为图2-2的格局。

莫泊桑的《项链》采取另一种办法：第三人称叙述极为冷静，即使在故事最伤心处也保持不介入的态度，而当真相突然揭开，叙述却戛然而止，不给叙述者或叙述接受者留下伤感的余地。这样的叙述是可靠的，因此叙述者与隐含作者接近，但叙述者与人物的关系是冷漠的、非同情的，因此二者关系疏远（如图2-5）：

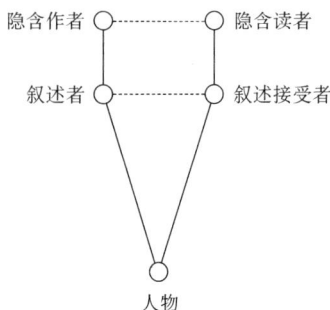

图 2-5

以上讨论的各种亲疏格局，都是对称性的，以人物为焦点，也就是说，以叙述文本为主轴线，主体、客体保持等距。

这个对称格局，是下面我们要讨论的一切不平衡格局的参照系，也是在实际文学活动中过于歧出多变的作者意图与读者理解的衡准线。从这个基本理解出发，布斯单独讨论读者的疏远就难以接受了，实际上他举的几个例子，叙述者兼坏蛋（布斯称为"现代小说能写成常人的道德堕落者"）的确是不可靠叙述，但他们离隐含作者和隐含读者同样远。不可能离作者近而离读者远。布斯对现代小说家对坏人的无动于衷写法看来很反感，这更是超出叙述分析之外的命题。

一般情况下，隐含作者与隐含读者之间的关系是接近的，而且总是对称的，因为他们是从作品中推论出来的人格，不是先于叙述而存在的，他们之间维持共同的价值标准，才使作品完成一定的传达功能。但是他们之间的联系，是价值判断上的对应，而不是叙述功能上的联系。因此，在我们的图表中，这两者之间的关系始终是虚线。

叙述者与叙述接受者之间的关系比隐含作者与读者的关系可能具体一些，尤其在两者都是现身式时（例如书信体小说），其关系就不只是功能上的了。

在一种特殊的叙述模式，即所谓戏剧性反讽中，隐含作者和隐含读者才共同享有某种至关重要的但叙述者和人物都不知道的信息。这种格局最典型的作品是被亚里士多德认为最杰出的古希腊悲剧，索福克勒斯的《俄狄浦斯王》。观众完全知道俄狄浦斯斗杀的人是他的父亲，他娶的女人是他的母亲，俄狄浦斯和其他剧中人却不知道此事，这才形成贯穿性的主要悬疑。但是隐含作者和隐含读者（预期观众）是知道的，不然也不会形成戏剧性紧张局面：观众为戏中人着急，眼看他酿造自己的悲剧。那么观众怎么会知道的呢？戏剧的程式，使俄狄浦斯拒绝听从预言者忒瑞西阿斯的预言，这段预先警告再清楚不过地把信息传达给了预期观众。

这是一部戏剧，本书已解释过戏剧作为叙述来读，情况过于复杂，我们暂不在此讨论。如果这是小说，那么叙述者对全部叙述有控制权，因此，无论情节如何安排，他必是预先知道悬疑的结局，叙述接受者无法知道被悬疑于法压下的信息。于是这里出现了不对称。由于悬疑（扣押信息）手法在侦探小说中最为典型，我们可以称下面这个图式（图2-6）为侦探小说格局：

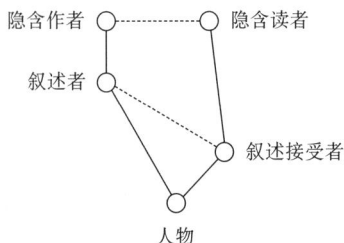

图2-6

在叙述接受者不现身的作品中，我们只是假定他在这样的小说中必然处于这样一个地位。由于叙述者与隐含作者距离不远，这种叙述是可靠的。

恰特曼认为第一人称天真叙述者，例如美国作家菲茨杰拉德《了不起的盖茨比》中的尼克，可以与人物（盖茨比）很接近，而与叙述接受者疏远。[25]尼克由于极为同情盖茨比，两个人的头脑都比较简单，因此他的叙述不可靠，而叙述接受者不应当像这两个人那么傻。因此，这个图式应当是图2-7所示：

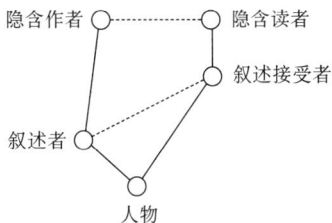

图 2-7

问题是，《了不起的盖茨比》中叙述接受者不是现身式的，我们不知道他是谁（因为他没有作为人物出现），我们也完全无法断定他就比叙述者尼克或人物盖茨比聪明。因此，恰特曼提出的这个不对称格局实际上无法证明，只是悬测。这与我们上面谈到的侦探小说格局不同，侦探小说中的叙述接受者不管现不现身，不管我们是否能加以考察，叙述的机制（悬疑）决定了他无法与叙述者处于同一认识水平，因为有关情况没有说出来。由于叙述者与隐含作者距离远（叙述者太愚蠢），这种叙述不可靠是无可怀疑的。

因此，叙述可靠性的主要衡量标志，是叙述者与隐含作者的距离，也就是叙述者的价值观与隐含作者所体现的全文价值观之间的差距。关于不可靠叙述的讨论，在国际叙述学界已汗牛充栋，但说清楚的实在不多。在此提供的是笔者自己的一点意见。

我这测定法当然没有躲得过不可靠叙述研究中的一个大难题，即作品价值观如何确定。隐含作者的价值观是靠批评阅读从作品中推断出来的，虽然这个价值观本身并不是作品意义的所在，作品意义可能很复杂，而隐含作者的价值观却比较稳定。但是，它既然是要通过批评阅读才能确定，就可能有仁智各见的问题。金圣叹发现《水浒传》的叙述是不可靠的："盖作者只是痛恨宋江奸诈，故处处紧接出一段李逵朴诚来，做个形击。其意思自在显宋江之恶。"《水浒传》隐含作者是否认为宋江奸诈？也就是说，《水浒传》的叙述是否有一部分不可靠？这牵涉到对《水浒传》整个隐含价值观的理解，即作品究竟是否赞许宋江式的忠义观。笔者认为金圣叹的理解是错误的。金圣叹作为批评家完全有权把自己的理解读入小说，但他不能说《水浒传》皮里阳秋。可能正因为价值观确定之难，法国派的叙述学研究者一般都拒绝深谈叙述的可靠性问题。

这个问题上一个有趣的例子是方纪引起很大争论的小说《来访者》。这篇小说的主叙述者主人公是一个拒绝思想改造、沦于右派分子之列的堕落知识分子康敏夫，但小说还有两个叙述者，超叙述的叙述者"我"，一个在党委机关工作的作家。另外，康敏夫的结局是另一个党委机关女干部去调查后叙述出来的。这两个干部叙述者基本上是一致的，因此小说最后是"她笑起来，我也笑了"，但是两个人并非没有分歧："我打断她的话，并且想：完全女人见识，就是不会从政治上看问题。"那么这个男干部兼作家是如何从政治上看问题呢？是反右派斗争教的，"反右派斗争越深入，这个人的面目，在我心里越清楚了"。他原先对康敏夫的看法不清楚，"又激动又疲倦，象做了一个不祥的梦"。

这三个叙述者中，当然康敏夫最不可靠，女干部与男干部兼作家可靠得多，但没有一个是绝对可靠的，因为他们也等着反右派斗争来提高觉悟。女干部去调查后，对康敏夫的评论（"见了女人，象苍蝇见了蜜，赶也赶不开，把女人当做他荷包里的玩艺，私有财产，占有人家的心……"）被男干部认为"不会从政治上看问题"，而男干部本人也感到迷惘，不知道如何认识知识分子的复杂性。康敏夫的政治上"定性"是由这两个叙述者做的，而且做的方式有点奇特，女干部汇报说康敏夫自己要求加入右派分子队列去劳动改造："'他自己要求的？'我重复了一句，而且马上觉得，事情只能是这样，这是唯一的、必然的结果。我放心地叹了口气。"

应当说，这是对小说的不可靠部分纠正无力。当年，此小说遭劫的原因是《来访者》隐含作者对康敏夫同情，这个价值问题哪怕赞扬此小说的批评家也感觉到了。这与反右派斗争没有关系——隐含作者的确定，并非完全因人因时因地而变化，至少在某种程度上，他的位置并不完全依评者/读者主观意志为转移，甚至历年政治运动弄出过于复杂的历史背景，也没有使隐含作者像作者本人的命运一样大起大落。

# 注　释

1　托多洛夫对主体有个有趣的例解。他说，在"我跑"这简短语句中有三个主体，叙述主体、被叙述主体和被叙述的叙述主体，"跑的我与说的我两者不同，一旦陈述出来，'我'不是把两个'我'压缩成一个'我'，而是把两个'我'变成三个'我'"。

2　Roland Barthes, "Introduction to the Structural Analysis of Narrative", *Image-Music-Text*, (tr.) Stephen Heath, Hill and Wang, 1977, p. 10.

3　游国恩等主编：《中国文学史》第二卷，第406页。

4　阿英：《晚清小说史》，商务印书馆，1937年，第42页。

5　V. N. Voloshinov, "Reported Speech", (ed.) Ladislav Matejka and Krystyna Pomorska, *Readings in Russian Poetics*, The MIT Press, 1971, p. 170.

6　Mikhail Bakhtin, *Problems of Dostoevsky's Poetics*, (ed. and tr.) Caryl Emerson, University of Michigan Press, 1973.

7　Tzvetan Todorov, "Poétique", (ed.) Oswald Ducrot et al., *Qu'est-ce que le structuralisme?*, Éditions du Seuil, 1968, p. 121.

8　Seymour Chatman, *Story and Discourse: Narrative Structure in Fiction and Film*, pp. 115-179.

9　有的西方文论家甚至认为干预是中国传统，比如斯坦纳说："乔治·艾略特靠不断干预叙述来劝说我们相信在艺术上本来就很明白的事……这种干预很像中国戏剧的演出，舞台经理甚至跑上台来换布景。"（F. G. Steiner, "A Preface to Middlemarch", *Nineteenth-Century Fiction*, Vol. IX, 1955, p. 275）

10　Seymour Chatman, *Story and Discourse: Narrative Structure in Fiction and Film*, p. 184.《瓦特》中还有不少类似的注解，例如："此处数字错了，计算结果当然是双重错误。"

11　罗曼·罗兰：《约翰·克利斯朵夫》，傅雷译，人民文学出版社，1957年，第1239页。

12　《傅雷译文集》第一卷，安徽人民出版社，1981年，第44—45页。

13　Wayne Booth, *The Rhetoric of Fiction*, The University of Chicago Press, 1983, p. 169.

14　罗曼·罗兰:《约翰·克利斯朵夫》,傅雷译,第303页。

15　Seymour Chatman, *Story and Discourse: Narrative Structure in Fiction and Film*, p. 249.

16　热奈特认为巴尔扎克这样做是因为他的小说"对大众来说过分创新,但又过分小心或自负,无法取得不透明性"。转引自Seymour Chatman, *Story and Discourse: Narrative Structure in Fiction and Film*, p. 105。

17　Booth, 1978, p. 472.

18　E. M. Forster, *Aspects of the Novel*, Edward Arnold, 1927, pp. 111-112.

19　Wayne Booth, *The Rhetoric of Fiction*, p. 466.

20　Jean-Paul Sartre, *Literary and Philosophical Essays*, (tr.) Annette Michelson, Criterion Books, 1955, pp. 24-25.

21　Booth, 1978, p. 151.

22　马塞尔·普鲁斯特:《追忆似水年华》,李恒基等译,译林出版社,1989年,第3页。

23　Cleanth Brooks, *The Well Wrought Urn: Studies in the Structure of Poetry*, Reynal & Hitchcock, 1947, p. 241.

24　亨利·詹姆斯:《阿斯彭文稿》,主万译,百花文艺出版社,1983年,第170–172页。

25　Seymour Chatman, *Story and Discourse: Narrative Structure in Fiction and Film*, p. 260.

# 第三章　叙述层次

## 第一节　叙述分层

上文中说起过，一部叙述作品中，可能不止一个叙述者。这些叙述者可以是平行的，例如《十日谈》中的十个叙述者，或像靳凡《公开的情书》中的三个叙述者。但在更多的情况下他们是多层存在，例如《十日谈》中十位佛罗伦萨青年避疫于郊外讲故事消遣，这故事本身必须有另一个叙述者，居于他们所讲的一百个故事之上。

这种现象，称为叙述分层。高叙述层次的任务是为低一个层次提供叙述者，也就是说，高叙述层次中的人物是低叙述层次的叙述者。一部作品可以有一个到几个叙述层次，如果我们在这一系列的叙述层次中确定一个主叙述层次，那么，向这个主叙述层次提供叙述者的，可以称为超叙述层次，由主叙述提供叙述者的就是次叙述层次。[1]

叙述分层的这个标准，或者说，叙述层次的这个定义，是我提出的。对这问题讨论得最多的热奈特给叙述分层下的定义是："一个叙述讲出的任何事件，高于产生这个叙述的叙述行为的层次。"他说的"高于"相当于我说的"低于"，这里"高"或"低"的相对概念没有什么太大的区别，只是热奈特定义颇不方便：如何探究"任何事件"？而且怎么样才叫"高于"？如果不以叙述者身份为唯一判别，会闹出很多说不清的纠缠。《红楼梦》中贾宝玉游太虚幻境这一段"事件"的确是从《红楼梦》的主叙述中生出来的，或许"高于"或"低于"主叙述。但是，我认为这一段不是次叙述，因为这一段并没有换叙述者，这一段的叙述者与《红楼梦》主体的叙述者是同一个人。同样，《水浒传》中的"洪太尉误走妖魔"，《说岳全传》中的大鹏与女土蝠转世为岳飞和秦桧妻子的楔子，《隋唐演义》中关于隋炀帝转世为唐明皇的故事，都是一种"因果框架"，却不是超叙述，因为它们没有提供新的叙述者，它们与全书共用一个叙述者："说书的"。

由于叙述行为总是在被叙述事件之后发生的（参见本书第四章第一节），所以叙述层次越高，时间越后，因为高层次为低层次提供叙述行为的具体背景。这也是判别叙述层次的一个辅助方法。"洪太尉误走妖魔"发生在《水浒传》

主叙述故事之前，因此不可能是超叙述。贾宝玉游太虚幻境，不是他做了梦以后叙述出来的，不可能是次叙述。叙述分层就像建塔盖楼，越高的层次，在时间链上越晚出现。

显然，叙述的分层是相对的，假定一部叙述作品中有三个层次，如果我们称中间层次为主叙述，那么上一层次就是超叙述，下一层次就是次叙述；如果我们称最上面的层次为主叙述，那么下面两个层次就变成次叙述层次与次次叙述层次。这样一说，层次的名称似乎是主观任意的，实际上确立主叙述层次也并不是很困难的事：主要叙述所占据的层次，亦即占了大部分篇幅的层次，就是主层次。热奈特把《天方夜谭》中苏丹王与谢赫拉查达的故事称为主叙述，而把谢赫拉查达讲的故事称为次叙述层次，[2] 显然不妥当，因为很明显《天方夜谭》的重心在谢赫拉查达讲的故事，而不在她自己的故事。

但在有些情况下，主叙述的确定真不是一件容易事。例如《祝福》，有三个明显的叙述层次：

第一层次："我"在鲁镇的经历，"我"见到祥林嫂要饭，最后"我"听到祥林嫂死去的消息；

第二层次："我"关于祥林嫂一生的回忆讲述；

第三层次：在"我"的回忆中，卫老婆子向四婶三次讲祥林嫂的情形，祥林嫂自己讲儿子如何死。

第一层次占的篇幅很长，有约五分之二的篇幅，其内容也很重要（不像《天方夜谭》中谢赫拉查达自己的故事与她说的故事二者游离），如果我们称之为超叙述，那么第二层次是次叙述，第三层次是次次叙述。从内容上看，"我"的回忆比较前后一贯地讲述了祥林嫂的一生，因此，以第二层次为主叙述，第一层次为超叙述，第三层次为次叙述，这样的划分比较合适。因此，就《祝福》而言，两种划分法都是可行的，虽然从下文将讲到的各种层次不同的功能来看，第二种划分法更合理一些。

有时，叙述分层的关键点——某个人物变成叙述者，即讲起故事来——不很清楚。晚清王濬卿的小说《冷眼观》中主叙述者"我"遇见一个卖油炸干子的小贩，几个士兵吃了不给钱，被他三拳两脚打翻："我当下觉得这个人很古怪的，不觉请教他高姓大名。原来那人是合肥籍，名字叫做张树本，是个不得时的名将……"把张树本的经历讲完后，有这么一句："这是那挑担的人小小历史。我听了十分佩服。"张树本的历史是张树本自己说给"我"听、由"我"记下的，是次叙述。但是它没有用引语的方式，而是由"我"重新说过，成为"我"的主叙述的一部分。这样的低叙述层次便失去了常见的形式，或许我们应该称之为"隐式低叙述层次"。

古老的印度梵语小说几乎无一例外有个框架故事[3]，例如《本生经》、《五卷书》、《故事海》、《僵尸鬼故事二十五则》、《宝座故事三十二则》、《鹦鹉故事七十则》等，大都从标题上就看得出这是一连串故事，用一个框架给套起来，集合成一本书。据黄宝生先生介绍，这种框架结构由印度发源，然后传向阿拉伯，再传向全世界的。

说来奇怪，中国古代没有这样的框架结构。[4]因此在中国文学中，这种框架本身就带有异国风味的标记，例如沈从文《月下小景》，因为是用佛经故事为题材，就很自然地用了梵语文学的框架结构。中国没有这种框架结构的原因可能在于叙述文学在宋元之前实在不够发展。试观枚乘《七发》以吴客与楚太子问答为框架套七段散文诗，司马相如《子虚》、《上林》诸赋亦以主客问答为框架，扬雄用"子墨客卿"和"翰林主人"两个人物对话展开《长杨赋》，张衡用"凭虚公子"和"安处先生"展开《二京赋》。如果赋可以用来叙述，框架结构也就有了中国源头，明显独立于印度的源头。

两晋南北朝的志怪小说过于简短，类似笔记，叙述结构不得不极为简单。从唐传奇开始的中国叙述文学，一开始就以复杂叙述层次为其特色。唐传奇最早的篇章王度《古镜记》中有多段重要的次叙述：狐精鹦鹉讲她自己的经历；家奴豹生讲古镜与前主人苏绰的关系；属官龙驹讲梦见古镜化人；最后王勣携镜远游归来讲其路上诸种经历。如此复杂的次叙述镶嵌于主叙述之中，这在以后的中国文言小说中也不多见。

超叙述结构在唐传奇中是普遍的。沈亚之《异梦录》的开篇方式在当时是很普遍的:"元和十年,亚之以记室从陇西公军泾州,而长安中贤士,皆来客之。五月十八日,陇西公与客期,宴于东池便馆。既坐,陇西公曰:'余少从邢凤游,得记其异,请语之。'客曰:'愿备听。'陇西公曰……"这样的超叙述当然不是框架故事,因为它只包含一个故事,而且唐传奇故事本身不管如何富于幻想,超叙述却都追求一个目的,即让叙述者能借用作者的名字,因此尽量用史书笔法,绝不会用印度式的僵尸与人对话作为超叙述,这是中国小说与历史写作之间的特殊关系所致,在下文第八章中还会详细论及这个问题。

## 第二节　叙述层次间的复杂格局

叙述分层的原则似乎并不复杂,但是在具体的叙述作品中,层次之间的联系格局可以变得十分复杂,因为同层次可以有几条情节线索,每条情节线索可以派生出不同的低叙述层次。

现在我们分析几部小说的实例,看看叙述层次间的关系可以复杂到什么程度。

叙述分层的标准是上一层次的人物成为下一层次的叙

述者，从这个标准看《儒林外史》式的结构，以及晚清大量仿《儒林外史》的小说，一系列的故事是并列的，并没有层次上下的关系，因为前一个故事为后一个故事提供的是主角，前一个故事中的次要人物变成后一故事中新的主角，而不是新的叙述者。

在《儒林外史》中，这个总叙述者是传统的半隐半露式"说书人"。吴趼人《二十年目睹之怪现状》，被胡适认为是晚清小说中结构最杰出的，它的确超出了《儒林外史》式的同水平延续，而有了一个复杂的层次配列。小说第一回"楔子"写"死里逃生"闲住上海，偶尔遇到有人出售一本手稿，内容是"九死一生"写自己的一生所见所闻，于是他把手稿寄给横滨新小说社，逐期刊登。

这个层次结构固然比《儒林外史》复杂得多，这些次叙述与主叙述的关系似乎不清楚，众多的次叙述的穿插使主叙述本身似乎成了一个框架故事。夏志清先生说："九死一生身经各种奇遇，也确与狄更斯笔下的 Nicholas Nickleby 相似……二十年来他把所见所闻作了笔记。他受伯父和其他人欺凌的经验，使他也学乖了，因此跟坏人交往时，晓得处处提防。"[5] 这样，这本小说的两个主题，即"主角人物趋向成熟与日后看穿世情的心理历程，同时也是一本有关'蛇虫鼠蚁、豺狼虎豹、魑魅魍魉'恶行状的记录"[6] 就结合起来了，次叙述为主叙述的必要组成部分。这是一个很好的说明，虽然如此，次叙述过多，造成喧宾夺主的形势。

仔细检查《二十年目睹之怪现状》，可以看到作者很小心地不让次叙述中再出现新的叙述层次，而让"九死一生"始终做叙述接受者，让他的朋友做叙述者，尽量不让这些小故事中的人物再讲故事，也就是说，尽量不制造次次叙述。

一般说来，一篇叙述作品中的层次不会太多。恰特曼曾引了美国当代作家约翰·巴思的小说《梅内勒斯记》，小说中有八层叙述，一层套一层，每一层都牵涉到希腊著名美人海伦，最后海伦问答用了七层引号，表示是对七层叙述中都问到她的问题的总回答。这样的玩弄层次的小说，西方文论史上称为"中国套盒"结构。据说普鲁斯特曾很醉心于这种结构，他的早期作品《让·桑德依》就有相当复杂的叙述层次，但当他写《追忆似水年华》时，他使用了几乎是单层次到底的结构，全书都是马塞尔的回忆，只有个别段落，例如第一卷中那章著名的《斯万之恋》，用了隐身式第三人称叙述，叫人不得不把它视为与主叙述联系方式不明的次叙述。

西方最著名的小说中，爱米丽·勃朗特的《呼啸山庄》是叙述层次比较复杂的，洛克乌德的经历构成了主叙述，希斯克利夫的历史实际上是由女仆耐丽·丁长篇叙述出来的，但是耐丽的次叙述中又插了她对其他人所见情况的转述。例如第十三章中耐丽说她当年收到伊莎贝拉一封信，而且由于"认为很古怪"，她至今还保存着，于是，"现在我来把它念一遍",导出了伊莎贝拉长达十多页的信。这当然是次次叙述。其实这个结构并不复杂,只是因为篇幅大,让人觉得次叙述的叙述者耐丽实在饶舌,而次次叙述的叙述者伊莎贝拉实在是个过于出色的写长信者。

然而,在中国古典小说中,有比这结构更复杂,更出奇,却更自然妥帖的叙述分层结构,那就是《红楼梦》。《红楼梦》有两层超叙述结构,加上主叙述与次叙述,至少有四个叙述层次,但是《红楼梦》的超叙述特别复杂。

第一层超叙述是第一回开头的"作者自云"。这一段引出了一个接近传统的叙述者角色,下一段的开头"列位看官:你道此书从何而来?"就是这个叙述者的指点干预。同时,这个全书叙述者又突破了传统程式,加入了自己的感慨,因而不再是一个影子似的半隐半露的说书人。这一段引出了全书叙述者是无疑的,因此是最高层的叙述结构。

在这个开头后面的是另行起头的又一个叙述:女娲补天遗一石,而一僧一道(后文中称他们为茫茫大士与渺渺真人)带此石到"昌明隆盛之邦,诗礼簪缨之族,花柳繁华地,温柔富贵乡去安身乐业"。此后"又不知过了几世几劫,因有个空空道人访道求仙",看到石头上"字迹分明,编述历历",石头要求空空道人抄去,空空道人才"从头至尾抄录回来,问世传奇"。

最后,空空道人的抄本与一个叫"曹雪芹"的人关系点明:"后因曹雪芹于悼红轩中披阅十载,增删五次,纂成目录,分出章回,则题曰《金陵十二钗》。并题一绝云:'满纸荒唐言,一把辛酸泪。都云作者痴,谁解其中味!'"即此便是《石头记》的缘起。因此,石头是叙述者,空空道人是叙述的接受者,"曹雪芹"是编辑者。但是编辑、增删、选择、编排之类,本来就是叙述行为的题中应有之义,因此,出现了一个典型的复合叙述者。

一般说来,任何叙述都只需要一个叙述者,但是由上层叙述提供人物来做叙述者时,可以有几个人物插手。

另一个熟悉的例子,是鲁迅《狂人日记》。日记的作者狂人当然是主叙述的叙述者,但是超叙述中的"我"说他就"间亦有略具联络者,今撮录一篇,以供医家研究。记中语误,一字不易;惟人名虽皆村人,不为世间所知,无关大体,然亦悉易去"。这样,"我"就参与了主叙述的叙述行为,而且具体说明了他负责的叙述加工。主叙述已不再是狂人一个人写出的"原本"。

《二十年目睹之怪现状》第二回开始:"新小说社记者接到了死里逃生的手书及九死一生的笔记,展开看了一遍,不忍埋没了他,就将他逐期刊布出来。阅者须知:自此以后之文,便是九死一生的手笔与及死里逃生的批评了。"这么说,上书的主叙述里应当有两个人的声音。这可能是作者的原构思:正文中将有"九死一生的手笔"与"死里逃生的批评"（或许会有点像《老残游记》中每回的"刘鹗"评语）。可是此书目前无此结构，我们只能认为此小说主叙述有一个双成分复合叙述者。

我们知道《红楼梦》后四十回是高鹗续写的，在超叙述的安排上，也留下了续写的痕迹。全书最后一回有这样一段："这一日空空道人又从青埂峰前经过，见那补天未用之石仍在那里，上面字迹依然如旧，又从头的细细看了一遍，见后面偈文后又历叙了多少收缘结果的话头……想毕，便又抄了，仍袖至那繁华昌盛的地方，遍寻了一番。"这就是说，空空道人抄过两次，第一次应以偈文告终，即第一回所说的"无材可去补苍天"偈文，第二次重抄多加了"收缘结果的话头"，这当然指的是后四十回。续作者硬要逼空空道人重抄一遍，可见在续作者看来这个超叙述结构能证明他的续作实属必要，而且来历分明。

《堂吉诃德》的超叙述也分成两段。该书第一部发表九年后，第二部才出版。第一部前八章一直是第一个叙述者"我"叙述，第八章末尾突然下文提供了叙述者："可是偏偏在这个紧要关头，作者把一场厮杀半中间截断了，推说堂吉诃德生平事迹的记载只有这么一点。当然，这部故事的第二位作者决不信这样一部奇书会被人遗忘，也不信拉·曼却的文人对这位著名骑士的文献会漠不关心，让它散失。因此他并不死心，还想找到这部趣史的结局。靠天保佑，他居然找到了。"[7] "我"这个编辑者随时推脱责任给这个阿拉伯的历史学家："假如有人批评这个故事不真实，那无非因为作者是阿拉伯人，这个民族是撒谎成性的。不过他们既然跟我们冤仇很深，想来是只讲得减色贬低，不增光夸大。"[8]

从现在回顾，塞万提斯与曹雪芹这两位作家，年代差了一个多世纪，但是在古代缓慢的日历中，他们差不多同时在东西方发明了"作者－传送者－编辑者"构成的复合叙述者。

《红楼梦》第一回下半部分与第二回上半部分甄士隐与贾雨村的故事，引出冷子兴对荣宁两府的介绍，这一部分没有提供新的叙述者，应当说与《红楼梦》的主叙述同一层次，在最后一回，贾雨村重见甄士隐，甄士隐说"这一段奇缘，我先知之"，又预言"兰桂齐芳，家道复初"，这并不说明他们站在比主叙述高的层次，他们的故事，直到此处，依然是石兄－空空道人－"曹雪芹"叙述的范围。他们的故事发生在荣宁两府主要故事之前，不是超叙述。

第二回林如海家的故事与贾雨村上京一事，甄士隐女儿英莲与薛家北上一事，两条线共同引出《红楼梦》主叙述，这两个相对独立的故事与《红楼梦》主叙述也是属于同一层次。

护花主人给《红楼梦》写的"总评"中说，"甄士隐、贾雨村为是书传述之人"。他显然不是从严格的叙述学角度来讨论的。

《红楼梦》的主叙述派生的次叙述按当时小说的标准并不多：江南甄宝玉的故事，第二回冷子兴说过一次，第九十三回包勇又增添一些。此外，还有第四十八回平儿说石呆子扇子案，以及第七十八回"老学士闲征姽婳词"，由贾政讲述林四娘故事，再由贾宝玉作叙事诗重述一遍。

因此，《红楼梦》的叙述层次可以总结如下：

| 叙述层次 | 叙述内容 |
| --- | --- |
| 超超叙述 | "作者自云" |
| 超叙述 | 僧道携石入世，石兄自录经历→石兄添"收缘结果的话头"<br>空空道人首次抄书→空空道人二次抄书<br>"曹雪芹"披阅十载→"曹雪芹"笑空空道人 |
| 主叙述 | 贾雨村、甄士隐、林如海故事，以荣宁两府为中心的故事 |
| 次叙述 | （平儿讲）石呆子扇子事，（贾政讲）林四娘故事等 |

《红楼梦》分层是中国小说中最复杂的，而且其超叙述提供三个人物参与叙述行为：石兄自录经历，空空道人抄录，"曹雪芹"编辑。我们只能说整个主叙述出于他们三个人之手，而且为了增加可信度，续作者在全书之末，让三人再次出场收结全书，并说明再次抄录续作的情况。

法国华裔作家程抱一的小说《此情可待》，情调类似《红楼梦》的苦恋，形式也模仿《红楼梦》最高层用复合叙述者。"我"是定居法国四十五年的华人学者，去罗亚蒙修道院开会，无意间发现法国传教士的手稿。道生与兰英的故事，由见证人甘儿写成，无名氏编辑成书。但是手稿再也没有找到，原文不知所踪。"我"在三十年后，凭记忆写出此稿。

聂华苓的小说《桑青与桃红》也构成了一个相当复杂的叙述层次。桑青与移民局官员的会见，桑青流亡于美国中西部，以及最后简短的"独树镇讯"报导桑青汽车失事，构成了最高层叙述，叙述者是隐性第三人称。桑青在流亡途中给移民局官员写的四封信，描述她流亡情景，显然是第二层叙述，因为这时桑青成了叙述者。桑青在信中所附的四本不同时代的日记，则是第三层叙述，叙述者不再是现时的桑青，而是过去的桑青。日记中转抄的桑女日记，则是第四层叙述。最后的"跋——帝女雀填海"，应当与全部各层次平行，因为它与哪一层叙述都"提供叙述者"关联：

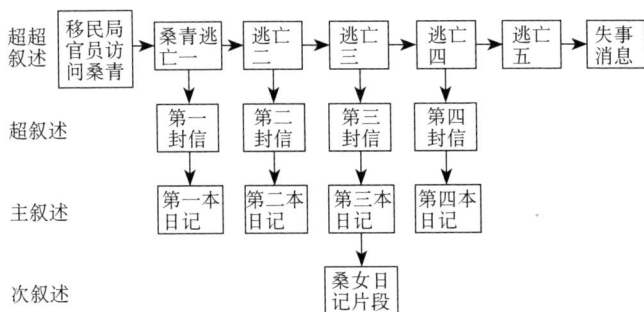

有趣的是,超超叙述中的逃亡一、二、三、四是假定的,在叙述文本中没有出现,只有四张地图告诉我们桑青逃亡到了什么地方,从这地方,我们假定她发出给移民局官员的信,说出她前一段的经历。这样,每个层次的四个部分前后相续,每个层次的每一部分又与上一层次的一个部分相应,构成了叙述在两个方向上展开的网络。

如果我们仔细分析一下叙述层次的关系,我们可以看到高一层次给低一层次提供的人物–叙述者有三种。

第一种,也是最常见的,上一层次中的某人物开始讲故事,他叙述这故事,但本人却没有介入这故事的情节中去,在次叙述中他是隐身式叙述者(如图3-1),《十日谈》、《天方夜谭》或者《红楼梦》的空空道人都是如此。

第二种,也很常见,上一层次的人物讲述他自己经历过的事情,因此他是下一层次叙述中的显身式叙述者,比如康拉德的名著《黑暗的心脏》中船在英吉利海峡行驶时马洛向船友(包括超叙述者"我")讲述他在刚果的经历,《老残游记》二编第五回逸云向众人讲述自己参破情网的经过(如图3-2)。

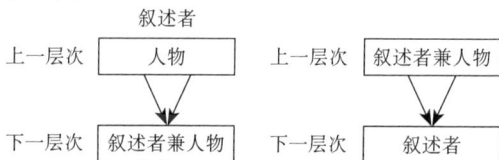

图 3-1

图 3-2

黄宝生先生在《古印度故事的框架结构》一文中说故事集与长篇小说的判别标准是："故事集中的小故事的主人公与主干故事中的主人公通常是不一致的，而长篇小说通常是一致的……古印度故事集只要跨出这一步，即做到框架故事主人公与框架中的故事主人公一致，就能转化为长篇小说。"9

这里恐怕要说明一下。用框架故事串结许多小故事，能否形成长篇？我想这是个文化程式问题，而不是叙述学问题。晚清小说有不少就是框架串结，甚至连框架也没有，只是短故事连缀（例如李伯元的《活地狱》），文学史上也视为长篇。人物说自己亲历的一串短故事（即上图中的下一层次化为一串方格）却依然被视为短篇集的，怕也不是没有。《敏豪森故事集》就是一例。

第三种情况就比较少见：上一层次的叙述者兼人物成为下一层次的叙述者，不管是隐身式还是现身式。巴尔扎克的《萨拉金》中"我"在一个豪华的晚会上遇到了美丽的德·罗什菲德夫人，晚会上他们看到一个奇怪的老人。第二天"我"到夫人家中，把这老人的一段历史讲给夫人听。显然，"我"是超叙述层次的叙述者兼主角，也是主叙述的隐身叙述者。热奈特认为，这种双层叙述者，《萨拉金》是文学史上唯一的例子。10 我来给热奈特加一个例子：鲁迅的《祝福》。在《祝福》中，"我"与祥林嫂相遇，被追问，最后听到祥林嫂死讯，构成超叙述；"我"回忆记述祥林嫂的一生，构成主叙述；两层叙述的叙述者是同一个"我"。

## 第三节　跨　层

上节的《红楼梦》叙述层次表尚非非常复杂，复杂的是图上没有画出来的各层次互相渗透的情况。甄士隐、贾雨村在书中虽然在洞察力上高于芸芸众生，但他们的事却还是石兄向空空道人叙述的范围，也就是说，是记录在石头上的。但在全书结尾时，空空道人在急流津觉迷渡口草庵中找到贾雨村，贾雨村介绍他到悼红轩找曹雪芹先生，这却不应当是空空道人能从石头上抄下的事。这是主叙述层次人物向上入侵超叙述。

而超叙述中的茫茫大士与渺渺真人则不断入侵主叙述，前后有七八次之多，由于他们在叙述层次上高一层，他们似乎自然应有在定命的范围内为主叙述人物解救灾难或指点迷途的能力。

至于作为全书关键的贾宝玉梦游太虚幻境，实际上是主叙述人物入侵超叙述，这倒不是因为太虚幻境是仙境，所以其所处叙述层次一定要高，而是书中点出太虚幻境是属于茫茫大士和渺渺真人的世界。第十二回贾瑞单相思病倒，跛足道人用风月宝鉴给贾瑞治病，并且说"这物出自太虚幻境空灵殿上，警幻仙子所制"。第一一七回和尚来讨玉，宝玉问他："可是从太虚幻境而来？"

像这样属于不同层次的人物进入另一层次，从而使两个层次的叙述情节交织，这种情况称作"跨层"[11]。须知两个层次就像神人两界，时空不相干，神仙下凡是特例，是跨层。

在中国古典戏剧中，这种跨层经常可以见到。关汉卿《蝴蝶梦》第三折本为正旦所唱（元曲每一折只有一个角色能唱），到了折末，副角王三忽然唱起来，另一副角张千责问他："你怎么也唱起来了呀？"王三说："这不是曲尾吗？"于是他唱了"端正好"、"滚绣球"二调。在这里，角色忽然跳出"被演出"（被叙述）层次，而进入"演出行为"（叙述行为）层次。我们可以看到，中国古典戏剧一直到现代的相声，插科打诨实际上经常采用这种跨层手法。

跨层手法在电影中也经常见到：人物从银幕上走下来，爱上或杀死观众。伍迪·艾伦的著名电影《开罗的紫玫瑰》就是一个佳例。

恰特曼举过一个例子：英国一九二四年拍摄的电影《福尔摩斯的儿子》，情节是一个放映员在放电影时睡着了……他穿过观众席，走到银幕旁，最后，在"情不自禁"的时刻跳进银幕进入电影，参加了一系列的冒险，最后当然是在最幸福的时刻醒过来。在这里，放映电影的场面是个超叙述，被放出的电影是主叙述,超叙述的人物跳进主叙述中。

这与《南柯太守传》或《阿丽思漫游奇境记》等梦境小说有什么不同呢?不同点在于叙述者的转换。放映电影的场面是某个隐身叙述者说出来的,而被放出的电影,叙述者虽然没有点明,却另是一个叙述行为。一般梦境小说没有这种叙述层次之间的跳动,南柯太守、阿丽思在醒时和梦中处于同一个叙述层次,都由同一个叙述者说出来。

热奈特认为跨层的目的是求怪诞、求滑稽,恐怕不一定如此,有的使用跨层的作品也可以很严肃很深刻。最著名的,也可能是最成功的跨层之作恐怕是意大利作家皮兰德娄的名剧《六个角色找作者》:剧场中正在排练皮兰德娄的一个戏,六个角色出现,剧场经理试图把他们的经历变成戏剧,但这些角色抗议说他们已经是戏中人,只是找个舞台演下去而已。这六个人是一家三代,他们之间的纠葛发展成无法调和的冲突,最后,儿子被开枪打死。这时"他是真死了还是假死了"就变成了一个问题,因为不清楚他到底是戏中人还是演员:如果这情节发生在主叙述中,他是戏中人;如果这情节发生在超叙述中,他是演员。最后剧场经理发了脾气,浪费了他一整天,把他们全打发去地狱。

在小说中,跨层可以运用得更巧妙,因为小说的叙述层次出入更自由。深受卡夫卡影响的阿根廷现代作家胡利奥·科塔萨尔有篇小说,主人公最后竟被他写的小说(次叙述）中的人物杀死。另一个更著名的当代阿根廷作家豪尔赫·博尔赫斯，有一篇小说，标题是"死镜"，副标题是"B/B"，意思是博尔赫斯对付巴尔特[12]，副标题当然是戏仿巴尔特的批评名著《S/Z》。故事是这样的：

博尔赫斯邀请了法国大批评家罗兰·巴尔特到他隐居的乡间别墅来帮助他解决一个"具有巨大文学批评重要性的理论问题"。巴尔特如约在下午五时到达，双方互致仰慕相见恨晚之情后，博尔赫斯请巴尔特看他刚写好的一篇小说，说其主题是文学与现实、写作与批评之间的复杂关系，他想听听巴尔特的反应，因为巴尔特作为当代文学批评大师，他的反应必然是最理想的。

于是，巴尔特坐下来读小说。小说中说，博尔赫斯邀请巴尔特到他的乡间别墅来读这篇小说，但是博尔赫斯已经在房间里安放了定时炸弹，定在下午六时爆炸，准备在巴尔特刚读完小说时就把他炸死。

这时，巴尔特（前一个巴尔特）不由得抬起头来朝时钟看，是五时四十分，于是他继续读下去。博尔赫斯的小说中写到巴尔特果然应约前来，但是两人会见后，博尔赫斯与巴尔特发生了理论上的争论，博尔赫斯认为小说世界与现实世界有关，巴尔特从符号学立场坚持认为无关，博尔赫斯就让他读小说。

当巴尔特（第一个巴尔特）快读到底时，他抬头看到时钟正是五时五十七分，这时他发现博尔赫斯不在屋内，他从一面镜子中看到博尔赫斯在门外，紧张地看着他。巴尔特有点不安，但又想小说只是小说，认真未免荒唐，于是继续读那篇小说的结尾，该结尾写到巴尔特不相信此小说，甚至看到博尔赫斯离开房子也不知警觉，而是继续读下去，直到时钟敲六下，炸弹爆炸。

这时时钟正敲六点，炸弹爆炸了，巴尔特被炸死。

这当然是篇讽刺小说，它以极端平行的主叙述与次叙述作两个世界的类比，最后以爆炸和死亡来联结这两层叙述。这个联络点很发噱，拿文学理论家们开心，也警告我们每个人，不要小看次叙述的威力。

相似的平行格局也见诸纪德的《伪币制造者》中的一个人物，作家爱德华，他也在就《伪币制造者》中同样的人物在写一本小说；英国作家赫胥黎的《对格》中的人物，作家菲利普·夸尔斯，他也在观察周围的人物并构思一本小说，使《对格》与其书中书构成同主题"婚姻的失败与逃避婚姻的苦恼"，而且同结构（音乐式结构）的变奏曲。但是，这两本小说都没有跨层现象，因为其主叙述与次叙述情节相似而已，他们并没有作为同一人物穿越叙述层次。

相反，有点常见的、不足为奇的手法，实际上是跨层。在人物视角的小说中，人物兼叙述者突然说出他作为人物不应见到的情节，（他作为叙述者知道一切）实际上是一种跨层。《祝福》中祥林嫂生平的故事是"我"的"先前所见所闻的她的半生事迹的断片"所组成的，叙述者的确也没有越出他作为一个人物所能够知道的范围，他所说的关于祥林嫂的情况都是发生在四婶家里而他能从四婶那里了解到的事，凡在四婶家之外发生的事，都是卫老婆子来向四婶报告的。但是，像这一段："'祥林嫂，你实在不合算。'柳妈诡秘的说，'再一强，或者索性撞一个死，就好了。'"既然"诡秘"，旁人如何能知道？作为叙述者的"我"，又从什么途径了解柳妈对祥林嫂说的话？这不是《祝福》的败笔，这是现代小说，哪怕是最严格地遵守"意识集焦"的小说，都偶尔用之的办法，而且除了像笔者这样研究叙述学的人，恐怕一般文学批评家都不会问此类拘泥规则的傻问题，更不用说一般读者了。这里所用的，是一个局部性层次升级，也就是说，本应用次叙述（即用卫老婆子向四婶讲祥林嫂改嫁情况那样的次叙述者转叙）的段落，直接进入了主叙述，因此这也是一种跨层。

普鲁斯特的《追忆似水年华》第一人称叙述者马塞尔几乎一直严守他的所知范围，但是最后一卷中过气明星倍尔玛晚会无人问津时的窘态、小说家倍尔戈特死亡时的情景，都应当有次叙述者向他讲述，却直接进入了他的叙述。马塞尔并没有说是谁告诉他这些情景。

广义上说，任何叙述干预评论都是一种跨层行为，是从叙述行为的层次（潜在的或显露的超叙述层次）进入被叙述的层次。狄德罗的《宿命论者雅克和他的主人》中有一妙句，很能点清其中的关系，叙述者说："当我在分析时，雅克的主人发出鼾声，就好像他在听我讲话一样。"叙述者的分析是评论干预，这种干预从上层次入侵下层次，于是好像被下一层次中的人物听到。

既然任何叙述中都有叙述者的评论或指点干预，那就是说，任何叙述中都有自上而下的跨层。从这一点，我们可以推论出：任何叙述行为，实际上都隐指了一个高叙述层次的存在，因为叙述者只能从这个超越的层次执行他的各种功能。可以说，单层次的叙述是不可能的，任何叙述都是复层次的，任何叙述世界都需要一个创造者。

## 第四节　分层的叙述学功用

从情节的维系上说，低叙述层次往往是为了解答高层次人物的疑问而设。在《呼啸山庄》中，洛克乌德对在希斯克利夫家遇见的怪事大惑不解，于是耐丽·丁来讲这家人的故事；《萨拉金》中"我"特地到伯爵夫人家来讲怪老人的故事，因为夫人好奇；《祝福》中"我"回忆祥林嫂的一生，是因为"我"听到祥林嫂冻死的事而情绪激动。热奈特说下层次的出现"满足这些人物的好奇心是假，满足读者好奇心是真"[13]。这话当然对，但是并无针对性，因为整部小说的任何技巧都可以说是为了满足读者好奇心。

叙述分层的功用远非如此简单。叙述分层的主要功用是给下一层次叙述者一个实体。本书第一章第一节就说到，自从叙述从口头艺术变成写作后，叙述者就被抽象化，成为一个功能，处于一种非虚非实的窘态。叙述分层能使这抽象的叙述者在高叙述层次中变成一个似乎是有血有肉的真实人物，使叙述信息不至于来自一个令人无法捉摸的虚空。

高层次不仅为叙述者提供实体，也往往为叙述接受者提供实体，而且，叙述信息传递似乎有了个清晰的过程，从而使叙述信息本身也变得更加可信。

当然，无论怎样分层，并不可能根本解决叙述者变成抽象功能后形成的困难，实际上分层只提供一个解决困难的假象。这个人物－叙述者毕竟也只是纸面的存在，而且无论加多少层，最高一个层次的叙述者依然没有一个"出身背景"，因此，叙述者的抽象化窘境不可能靠超叙述来全部解决。脂砚斋评《红楼梦》说："若云雪芹披阅增删，然则开卷至此，这一篇楔子又系谁撰？足见作者之笔狡猾之甚，后文如此处者不少。这正是作者用画家烟云模糊处，观者万不可被作者瞒弊了去，方是巨眼。"脂砚斋可谓先知先觉，一言道破了二十世纪末叙述学尚未纠缠清楚的问题。而且，他敏锐地感觉到《红楼梦》全文中在叙述分层上有不少有趣的处理，他赞之为"烟云模糊"的"狡狯之笔"。可惜的是，当代叙述学研究者没有古人脂砚斋的眼光。至今在浩如烟海的红学著作中，没有见到叙述层次的研究，而《红楼梦》是世界文学经典之作中分层、跨层用得最出色的。

叙述分层提供了一个解决叙述者实体问题的假象，但这假象在某些文化条件下会成为几乎不可或缺的程式、小说的标记写作法。我们只消看一下晚清小说纷纷采用超叙述开场，就可知此种方法之容易程式化。

我们很容易想到这可能是晚清中国文学界初次接触西方小说学到的技巧。但仔细检查一下，就可以发现晚清的翻译小说中，很少有超叙述分层，除了《茶花女》。《茶花女》是在晚清影响最大的西方小说，被称为"外国红楼梦"。看来《红楼梦》与《茶花女》互相引援，导致了晚清小说的超叙述热。

仔细辨别，我们可以发现这二书的影响并没有完全合流。晚清白话小说，凡有超叙述的，多用《红楼梦》式的"发现手稿"，例如魏子安《花月痕》、吴趼人《二十年目睹之怪现状》、王濬卿《冷眼观》、血泪余生《花神梦》、南支那老骥氏《亲鉴》等。而文言小说，多用《茶花女》格局，即超叙述者在某个场合遇到一个人，听他讲出主叙述，何诹《碎琴楼》、林纾《浮水僧》、周瘦鹃《云影》、徐枕亚《玉梨魂》等均如此。当然，可以说这是唐人小说叙述者现身式超叙述格局的余绪。看来，即使到了晚清，白话小说与文言小说之间的鸿沟依然分明。《茶花女》既被译成文言，其超叙述格局就难以进入白话小说。

例外当然是有的，梁启超的白话小说《新中国未来记》就采取"听讲故事"方式引出主叙述，这看来是受他自己用文言翻译的日本小说《佳人奇遇》的影响。但是，同为政治小说，陈天华的《狮子吼》、萧然郁生的《乌托邦游记》，却依然采用"发现手稿"格局。

罗兰·巴尔特说小说中用找到日记、收到书信、发现手稿等方式引出主叙述，是"资产阶级使叙述自然化的企图"[14]，从晚清小说超叙述结构的自发产生来看，他这话很有点道理。

叙述分层经常能使上层叙述变成一种评论手段，这样的评论，比一般的叙述评论自然得多。《呼啸山庄》中当耐丽·丁向洛克乌德讲述希斯克利夫的故事时，他们可以自由地讨论，发表意见，而完全不侵入次叙述中的故事本身。这种高高在上的评论也可以是反讽性的，例如鲁迅《狂人日记》的超叙述楔子中，叙述者说狂人的日记"多荒唐之言"，只能"供医家研究"。纪德《背德者》的超叙述楔子也是反讽性的："我"向一个官员写信报告主人公米歇尔请他们到他在非洲的别墅向他们叙述他的婚姻中发生的事，这个书信报告式的传统味十足的超叙述，与主叙述——米歇尔的自白——语言之傲慢，情节之混乱，而道德上极端挑衅，正成对比，实际上使米歇尔的道德困境更引人深思。同样情况也出现于方纪的《来访者》：超叙述中党委机关的环境，政治干部的身份，反右派斗争前夕的气氛，使康敏夫自白说出的疯狂的恋爱更显得缺乏理智，"脱离时代"。

反过来，下层叙述也能影响上层叙述。这种影响主要是主题性，或气氛性的。托多洛夫引用过《十日谈》中一个故事[15]，贝加尔曼来到异国某城市，梅西尔·卡纳逊请他吃饭，但最后梅西尔爽约，使贝加尔曼大受金钱损失。后来贝加尔曼遇见梅西尔，就给他讲了普里马和修道院院长德·克伦尼的故事，普里马没受邀请就到修道院院长那儿去吃饭，遭到拒绝，但后来院长感到内疚，就给了普里马不少好处作补偿。梅西尔马上明白这故事是影射他，于是就赔偿了贝加尔曼的损失。

巴尔扎克的《萨拉金》，据美国批评家芭芭拉·约翰逊的分析[16]，主叙述影响了超叙述。超叙述中的"我"讲故事的目的实际上是以萨拉金的恋爱故事来引诱美丽的侯爵夫人，但萨拉金最后发现他爱上的女歌手藏比内拉是个去势改性的男人，使他的爱情变成悲剧，从而使叙述接受者侯爵夫人得到与性挑逗相反的信息，因此，小说以"侯爵夫人一直在沉思中"这句话结束。

低层叙述评论高层叙述的例子还是相当常见的。陈冲的短篇小说《小厂来了个大学生》几乎每章都以杜萌与孙颖之间的信作结。在这些信中，杜萌从主叙述中的人物变成了叙述者以及叙述接受者，因此，这些信是安排得相当巧妙的次叙述。而当杜萌满怀理想精神地爱上小地方的新工作时，他的旧恋人孙颖却从最实用主义的角度对他的活动进行评论："你的情况，合眼一想，就能猜个八九不离十。我仍然希望你回头，虽然这已经跟我无关了，但终究对你有好处。"这封信出现在第六节尾上，第六节正是杜萌搞得最轰轰烈烈的时候，第七节他就被厂长一脚踢开，这个次叙述不幸而言中。

复杂层次的现代小说，如黑塞《荒原狼》：小说主人公哈勒尔自称荒原狼，第一部分《出版者序》虚拟了一个出版者对哈勒尔的手记作了简单的交代，采用第一人称叙述，以旁观者的角度描述了哈勒尔的形象和行为特征。第二部分《哈里·哈勒尔自传》是哈勒尔留下的手记，也是第一人称叙述，是对自我的解剖，其中较大篇幅描述魔术剧的场景，叙述者仍是哈勒尔，但他已脱离现实进入虚幻世界。叙述是这样开头的："我做了这样一个梦……"梦中情景都是由醒来后的哈勒尔回忆叙述的。自述中又插入一篇《论荒原狼——为狂人而作》的论文，采用第三人称叙述，只是交代了论文的来历，而没有提供具体的叙述者。所以叙述不仅有三个层次，而且层次交叠互相渗透。

电影《苦月亮》复杂层次互相影响，但不跨层：在游船上，某作家拼命要拉另一个游客听他讲他在写的小说。游客的妻子很不高兴听讲花掉的时间太多，游客只能向妻子转述他听来的故事，这样就出现了复杂的转述分层。游客的妻子后来看到作家的妻子，发现小说是真实的（次叙述对应了主叙述）。游客的妻子受到诱惑，与作家的妻子同性恋，被作家与游客发现，作家开枪打死自己的女人后然后自杀（次叙述与主叙述一道毁灭）。这个电影本身有点荒唐，似乎专门为实验叙述分层而请来一批名演员。

次叙述有时还能对主叙述起补足评论作用，尤其在不喜欢倒叙的中国传统小说中，似乎更常用。王度《古镜记》中王度的家奴豹生讲古镜原属于他的前主人，实际上是一段倒述。《红楼梦》第二回"冷子兴演说荣国府"，是长段倒述。由于叙述行为必然后于被叙述事件，所以次叙述全部是倒述。

不少小说把跨层当作一种主题暗示。我们上面介绍过的博尔赫斯的《死镜》，明显是嘲笑理论家不懂得小说世界与现实世界可以转化，同样，主叙述与超叙述也可以转化，叙述的分层造成了两个以上的叙述世界，这两个世界既可以影射小说世界与现实世界，更可以影射现实有几个世界。那么，当小说中出现跨层时，我们就得相信几个世界能够互相转化。拿这个手段来宣扬一种宗教或神秘主义的主题，当然是再顺手不过。这实际上就是《红楼梦》等小说原作者在复杂叙述层次上下功夫的目的。

多分层电影则更多，如柯南伯格的《X接触》：电玩公司发布一款新游戏，可以直接连上玩家的神经系统，对手公司极力破坏。发布会上，半路杀进一群暴徒，女老板与警卫双双逃进游戏世界，但是对方追进游戏世界。他们只能躲进更深一层游戏世界。这是游戏设计世界的寓言。

这种分层造成的世界幻觉，成为电影的热衷题材。《异次元骇客》中玩家进入一个虚拟的世界冒险，退出后发现自己所居住的世界也是别人造出来的。《黑客帝国》中有名句："尼奥，你曾经做过这样的梦吗，你坚信不疑的东西都是真的吗？你能从那样的梦中醒来吗？你能分辨出梦境与现实世界的区别吗？"当齐泽克写《黑客帝国或颠倒的两面》时，《黑客帝国2》正在拍摄，所有剧情都属于高度保密，齐泽克用哲学理论推理："也许，在《黑客帝国》的续集中，我们很有可能会看到，那个'真实的荒漠'只不过是由（又一个）Matrix生育出来的东西而已。"

博尔赫斯用现代眼光再次肯定这种理论："这种转化使我们看到如果小说中的人物可以变成读者或（另一故事的）见证人，那么，我们作为他们的读者和见证人也可能是虚构的。"[17]

我们很愿意用这段叫人毛骨悚然的话来结束这一章，

可惜，叙述分层可以用来达到完全相反的效果，使叙述变得更富于现实性。苏联作家帕斯捷尔纳克的名著《日瓦戈医生》有一个"附录"《日瓦戈诗集》，这就相当于一个次叙述，日瓦戈医生这个人物在这些诗中叙述他自己的心灵，虽然用的是诗的形式。小说中多次提到日瓦戈写的这本诗集，但当这本诗集赫然以单印形式出现在小说后时，却使我们不禁一怔：虚构的竟然可以突然变成现实。

## 第五节　自生小说与回旋分层

由于我们至今不知道的原因，十八世纪前后，非程式书场格局超叙述突然在三本中国小说中出现。艾衲居士《豆棚闲话》约作于一六六〇年至一六七〇年[18]，有一个《十日谈》式的超叙述框架。此书长期鲜为人知，也无人模仿，成为中国古典小说中唯一具有超叙述框架的作品。

中国第一本真正产生影响的超叙述小说是《红楼梦》。不鸣则已，一鸣惊人。《红楼梦》使中国小说的叙述结构跨出了极大的一步，它的特色不仅在于非程式的叙述分层，而且在于复杂的跨层，本章第三节已讨论过这问题。

到十九世纪初，《镜花缘》第一次给中国小说带来了回旋分层。超叙述的情节本是为了说明主叙述的来历（例如《红楼梦》中超叙述交代石兄经历一番后自述生平），但在回旋分层的小说中，主叙述自身说明来历，提供自己的叙述者。这样做在逻辑上是不通的，在神话学上可能也说不通，造物主总不能创造自身。但在回旋分层的小说中能做到。《镜花缘》第二十三回，林之洋面对淑士国卖弄学问的酸儒，胡诌自己不仅读过《老子》、《庄子》，还读过《少子》一书："乃圣朝太平之世出的，是俺天朝读书人做的，这人就是老子后裔。"林之洋接着长段描写《少子》一书，完全与《镜花缘》一书相附。小说最后一回，又说《镜花缘》一书编辑者是"老子后裔"，因此，《镜花缘》就是林之洋所读过的《少子》。[19]主叙述情节交代了主叙述的来历。但这样就形成了一个悖论：林之洋读过的书写明林之洋读过此书。

如果说这个回旋尚是暗示，不太明确，而且是林之洋开的玩笑，难以当真，那么，《镜花缘》尚有一个更明确的回旋超叙述：小说第一回群仙女赴王母宴，百草仙子说起"小蓬莱有一玉碑，上具人文"。百花仙子好奇，要求一见，百草仙子说："此碑内寓仙机，现有仙吏把守，须俟数百年后，得遇有缘，方得出现。"到第四十八回，唐小山来到小蓬莱，居然见到此碑，发现"上面所载俱是我姊妹们日后之事"，于是用蕉叶抄下。回到船上，同伴养的白猿竟然拿起来观看，于是唐小山开玩笑地托它"将这碑记付给有缘的"。到全书结尾，"仙猿访来访去，一直访到圣朝太平之世，有个老子的后裔……将碑记付给此人，径自回山。此人……年复一年，编出这《镜花缘》一百回"。

此处出现的，是类似《红楼梦》的超叙述格局，提供复合叙述者，空空道人的抄写者角色由唐小山担任；空空道人的传递者角色由白猿担任；"曹雪芹"的编辑角色由"老子后裔"担任；石兄书于自己身上的文字成了玉碑文字，却不知何人所作。叙述既有来路，讲述者是否具形就非至关重要。不同的是，在《红楼梦》中，这复合叙述者是由超叙述层次提供的，而在《镜花缘》中，却是由主叙述本身提供的，也就是说，主叙述提供了自己的叙述者。

这个结构逻辑上的悖论会造成结构上的困难。我们看到四十八回唐小山说她抄下的碑文是"姊妹们日后之事"，而"老子后裔"整理出来的却是全书一百回，包括直到唐小山抄下碑文的所有前事。直到今天，似乎没有读者或批评家注意到这个漏洞。

《镜花缘》的超叙述是隐性的，似乎是一个巨大的跨层，把整个超叙述下移入主叙述之中。跨层不再是分层的产物，而成为分层的前提，分层消失于跨层之中，跨层一大步似乎又踩回此岸。因此，这是一种自我创造自我增殖的回旋分层。红学研究者认为《镜花缘》明显受《红楼梦》影响，《镜花缘》的超叙述也有《红楼梦》的影子，但这超叙述的回旋却是李汝珍的创新。

除这三本小说外，非程式化超叙述分层似乎没有在其他十八世纪前后的中国小说中出现。到十九世纪中期后，中国小说似乎又回到传统老路，不再设置非程式超叙述。

二十世纪初，超叙述分层突然在晚清小说中兴盛，其使用之普遍，令人吃惊。

本章第四节已经讲到过晚清小说的超叙述有白话式的"发现手稿"与文言式的"听讲故事"两种。"听讲故事"很难发展成回旋分层，因为叙述行为过于直接，看来只有"发现手稿"超叙述才可能使叙述行为延展而造成本身跨层。晚清小说中的回旋分层，只在白话小说中出现。

李伯元的名著《官场现形记》将近结束时，甄阁学听他重病的哥哥讲梦中所见。病人梦到一个地方"竟同上海大马路一个样子"，见到一个洋房里，书局编辑们正在编一本书，"想把这些做官的先陶熔到一个程度"，但是"不多一刻，里面忽然大喊起来。但听得一片人声说：'火！火！火！'随后又看见许多人，抱了些烧残不全的书出来……又听见那班人回来，围在一张公案上面，查点烧残的书籍。查了半天，道是他们校对的那部书，只剩得上半部"。这本书当然就是《官场现形记》。这个超叙述结构很不完整，没有叙述者出现，甚至也没有叙述行为，但主叙述的来历是说明了。可以想象，李伯元是为他的写法作辩护："前半部是专门指摘他们做官的坏处，好叫他们读了知过必改。后半部方是教导他们做官的法子。如今把这后半部烧了，只剩得前半部。光有这前半部，不像本教科书，倒像个《封神榜》、《西游记》，妖魔鬼怪，一齐都有。"但他可能没有意识到的是，这样就出现了一个由主叙述自身提供自身来历的回旋式超叙述。

回旋结构更明确的是藤谷古香的《轰天雷》，此书讲晚清一著名政治案件：苏州沈北山上书抨击慈禧身边的权要，罹祸入狱，几以身殉。小说最后一章，主人公的故事结束后，他的一批朋友聚宴，席上以《水浒传》人物为酒令。鹅斋抽到"轰天雷凌振"，就说："吾前日在图书馆，买了一本小说，叫做《轰天雷》。"席后，"敬敷向鹅斋要《轰天雷》小说来看。开首一篇序文……"因此，书中书《轰天雷》的序文就成了小说《轰天雷》的跋文。但这两本《轰天雷》是同一本书。这是一个比《镜花缘》更清晰的回旋式超叙述。借、读《轰天雷》的敬敷和鹅斋这两个人物，是《轰天雷》一个个交代出场的。这样又出现了悖论，敬敷借的书，写到敬敷借书；鹅斋看的书，写到鹅斋看书。

可能作者根本就不觉得这是个超叙述，所以他在全书上又另加一个超叙述。一个叫阿员的人收到一个朋友寄来的邮包，附一信，说自己将去世，所以将他写的小说手稿托付给阿员。小说用日文写成。阿员不懂日文，所以与一个朋友合作（当时译书的通例）将此日文小说翻译成中文。这是《红楼梦》的"发现手稿"格局的延伸。

可骇怪的是，这个故事放在尾上，它正是主叙述人物敬敷读到的书中书《轰天雷》序文。这样的回旋分层不仅吞噬了超叙述，而且吞噬了超超叙述。也就是说，主叙述不仅为自己提供叙述来源，而且为超叙述提供叙述来源。其安排之复杂，其悖论之反常，细思之令人悚然。

"五四"小说开始了中国小说新的历史。虽然超叙述在"五四"时期还是比后来用得多，但比起晚清已截然减少。"发现手稿"的路子往往用于戏仿式反讽（鲁迅《狂人日记》、许地山《无法投递之邮件》），"听讲故事"相对而言用得较多，但每篇小说有其特殊处理方式（鲁迅《在酒楼上》、许地山《商人妇》、庐隐《父亲》、小酩《妻的故事》）。可能由于作家对技巧的充分自觉，隐含神秘主义的跨层已不再见到，当然以悖论为根据的回旋式超叙述更不可能见到了。

在中国现代小说大半个世纪的历史中，超叙述分层成为难得使用的技巧，茅盾的《腐蚀》是不多的几个例子之一。一种理性的明彻性，加上对现实同型性的顽强追求，使中国现代作家视小说的逼真感为最高成就，而视叙述分层为过分做作，或过分主观化，妨碍现实主义。方纪《来访者》被批判为"反现实主义"，固然并不是由于它的叙述分了层，有个人物讲自己的婚姻经历，但分层肯定加强了它的"反现实主义"倾向，因为叙述的极端个人化（一面之词）

使逼真性难以存身。中国现代小说中叙述分层之缺失，很可以与十八世纪前中国小说中分层之缺失相印证。

这种局面，一直到一九八五年新潮小说，尤其是其中先锋小说一翼的兴起，才得到改变。于是，我们在莫言的一系列作品（《红高粱》、《红蝗》、《玫瑰玫瑰香气扑鼻》、《酒国》）中看到越来越扑朔迷离的超叙述结构，在扎西达娃（《西藏，系在皮绳扣上的魂》）和格非（《褐色鸟群》）那里看到手法出奇的跨层。

但是，中国古典小说中特有的回旋分层，如今很少见到。

西方所谓自生小说，包括了很大一批现代主义与后现代主义的小说。[20] 这些小说往往让主人公经历了生活的种种酸甜苦辣，最后成熟了，决定拿起笔把自己的一生写下来。此类小说（常是第一人称式），似乎是启悟小说的现代变奏，大部分多少有点自传性质。因此，自然的理解是主人公想写的小说，应当类似我们刚读完的这本小说，甚至就是这本小说。

但是，这种类似，或这种等同，只是一种期待中的释义，不是叙述结构保证的结论。我们不太有把握认为《追忆似水年华》中马塞尔最后想写的小说，是否就是马塞尔·普鲁斯特写的《追忆似水年华》；我们更少把握说《改了主意》中的戴尔蒙在巴黎–罗马夜车上决定想写的关于自己一生的小说就是毕托写的《改了主意》，因为此小说是用对话意味极浓的第二人称写成的，全部情节只在四个小时之内，自传体小说很难这样写；我们大致可以肯定，《恶心》中的罗冈旦想写的关于自己的小说不是萨特的《恶心》，《恶心》的主叙述是日记体，一个写日记的人自称要再写一部同样的日记，总不太合情理。

所有这些小说，都没有一个明确的回旋结构，在小说中我们找不出任何情节依据，能说这些主人公已经写出他们想写的小说，而这本小说也就是我们已经读了的这本小说。如果主人公只是计划写小说，或开始写小说，就无法与此小说已在我们面前成形这事实相印证。因此，这种小说的自我生成可能，比林之洋开的玩笑都少，林之洋至少指出他读到的书已成形。

中国现代小说中，老舍的《月牙儿》结构最类近于这种自生小说。《月牙儿》主人公是个妓女，她以第一人称叙述回忆自己的一生，从童年开始。小说结尾她被关入监狱，最后一句是："在这里，我又看见了我的好朋友，月牙儿！多久没见着它了！妈妈干什么呢？我想起来一切。"这个结尾自然地回到小说开场，结尾最后一句可以说就是开场第一句。但没有根据说《月牙儿》自己产生自己，除非我们认为第一人称小说都有点自生的味道，因为它们都是第一人称叙述者主人公自己叙述出来的。这样推论下去，定义的过分宽松最终使范畴消失。

所谓自生小说还包括另一类作品，实际上可称为"写作寓言"。这类小说常描写写作活动，但写作的成果即自身的暗示更少，经常被人提到的有纪德的《伪币制造者》、赫胥黎的《对格》、劳伦斯·德勒尔的《亚历山大利亚四重奏》、纳博科夫的《淡色火焰》、多丽丝·莱辛的《金色笔记》、约翰·福尔斯的《尾数》等。就拿德勒尔《亚历山大利亚四重奏》来说，小说中写了不少写作活动，写到四个作家，其中最主要的达尔利最后的确写了本小说，但不是《亚历山大利亚四重奏》中的任何一本。多丽丝·莱辛《金色笔记》的主人公是写作不顺利的女作家安娜·沃尔夫，她有黑、红、黄、蓝四本笔记本，分别记她生活中四个不同方面的札记，在黄笔记本中她把自己的生活写成小说，小说的主人公叫爱拉，爱拉也是个小说家，出了一本小说。我们可以想到，"金色笔记"就是这四本笔记的集合，形成安娜的完整人格。但书中关于小说的一系列派生寓意情节，并不能自生出《金色笔记》小说本身。纪德《伪币制造者》中写到一个人物，作家爱德华，他也在就《伪币制造者》描写的同一批人物写一本小说，但没有任何迹象表明他写的小说就是《伪币制造者》。

批评家凯尔曼在讨论西方的自生小说时，热情地赞扬说："这种叙述技巧，实质上是对自身产生过程的记录，它是形式与内容的巧妙结合。我们同时面对过程与结果，追求与目标，母亲与孩子。"[21]

但是，所有这些小说，被称为自生小说，只是在题旨意义上，而不是在结构意义上；它们的自生是在释义中实现的，而不是在文本中就实现的，凯尔曼的赞扬缺少结构根据。

阿加莎·克里斯蒂的《罗杰疑案》中帮助侦探波洛破案的医生罗杰，最后"发现"自己是杀人凶手，也发现自己是写到自己的这本书的作者。最后一章《自白书》中，"我"写到了"我"是怎样写出这份手稿，如何把它公之于世的："已经是清晨五点，我感到精疲力竭——但我完成了任务。写了这么长时间，我的手臂都麻木了。这份手稿的结尾出人意料，我原打算在将来的某一天把这份手稿作为波洛破案失败的例子而出版！唉，结果是多么的荒唐……我对自己写的东西感到很满意……我承认，在门口跟帕克相遇使我受惊不小，这件事我已如实记录下来了……把手稿全部写完后，我将把它装进信封寄给波洛。"但是这只能说是一个精妙的自生小说。回旋分层小说与自生小说的差别，并不只是提不提及书名问题。回旋分层是叙述行为的一个曲喻，它延展叙述行为，使它扭曲成为一个跨层行为。为此，自生小说中常用的第一人称叙述就过于直接，而中国小说自《红楼梦》开始的复合叙述者（讲述者、抄写者、传送者、编辑者合起来完成叙述行为），就十分有利于这种延展。实际上，中国回旋分层小说几乎都缺失了讲述者，可能这更有利于延展叙述行为，因为这样叙述行为就更间接。

回旋分层小说与自生小说还有一个更细腻的差别：叙述行为从定义上说，是倒溯的，是事后的，它总在小说情节结束之后才发生。因此，自生小说的全书情节结束时，主人公才想到写小说或开始写小说，他不可能提前。这样，他想写的小说就很难是我们面前已经读毕的小说，这二者在时间上不共存，甚至在虚构的时间上都不共存。为了使整部小说文本与被文本叙述出来的文本在时间上共存（这样它们才能是同一本书），就必须制造一个悖论，文本自身写到本文的产生过程，这样，叙述行为就与情节同时展开。当叙述不再是事后式时，就只能让传送手稿与编辑变成事后式。逻辑上的反常固然会引向神秘主义，也得冒《镜花缘》中唐小山抄本与"老子后裔"编本之不一致这样的危险。

因此，自生小说作者们自觉地采用小说文本自生的技巧，却只完成了一个自生隐喻。我们提到的几部中国回旋小说的作者，似乎并没有充分理解他们在使用的技巧，李汝珍可能觉得他正在毕肖地模仿《红楼梦》的超叙述结构；李伯元同时写五部连载小说，不胜其苦，正在匆匆作结了事。但是，从叙述学意义上说，只有中国的回旋分层小说完成了文本结构上的自生。

# 注　释

1　热奈特称本文中的超叙述层次为"外叙述"（extradiagese），称次叙述为"元叙述"（meta-diagese），而主叙述称为"内叙述"（intra-narrative）。（见 Gérard Genette, *Figures III*, pp. 257-264）这三个术语命名极成问题。首先，这三个前缀互相缺乏对应，没有层次相依关系；而且，其取名绝对化了，不可能再有次次叙述或超超叙述。

2　Gérard Genette, *Figures III*, p. 238.

3　据黄宝生先生说，框架故事英语对应术语为 frame-story，我们不能用它代替超叙述这个术语，因为超叙述经常并不起框架即集合小故事的作用。Frame-story 又称 envelope structure（封套结构），笔者觉得后一个术语意思更显豁一些。

4　例外是有的，下文会谈到。

5　夏志清：《中国小说、美国评论家》，《明报月刊》1983年第9期。

6　夏志清：《中国小说、美国评论家》，《明报月刊》1983年第9期。

7　塞万提斯：《堂吉诃德》，杨绛译，人民文学出版社，1979年，第61页。

8　塞万提斯：《堂吉诃德》，杨绛译，第64页。

9　黄宝生：《古印度故事的框架结构》，载《外国文学研究集刊》第八辑，中国社会科学出版社，1984年，第210页。

10　Gérard Genette, *Figures III*, p. 229.

11　热奈特称"跨层"为 metalepse，这个术语原是希腊修辞学术语，指过于复杂地用典，此术语容易引起误会。我建议"跨层"英语可用 transgression（into another level）。

12　这篇小说作者署名是赫伯特·奎恩，不少批评家认为这是博尔赫斯自己取的假名。

13　Gérard Genette, *Figures III*, p. 245.

14　Roland Barthes, "Introduction to the Structural Analysis of Narrative", p. 51.

15　Tzvetan Todorov, "Poétique", p. 138.

16　Barbara Johnson, *The Critical Difference: Essays in the Contemporary*

*Rhetoric of Reading*, The Johns Hopkins University Press, 1980, p. 10.

17  Jorge Borges, *Other Inquisitions*, *1937-1952*, (tr.) Ruth L. C. Simms, University of Texas Press, 1964, p. 46.

18  这个写作年代是胡适的看法，见其《豆棚闲话序》，载《照世杯·豆棚闲话》，天一出版社，1974年。

19  Hsia, 1957, p. 169.

20  据说最早的自生小说是德国浪漫派作家诺瓦利斯在一八〇一年逝世时尚未完成的小说《亨利希·冯·奥夫特丁根》。但是，一般都认为自生小说的传统应自普鲁斯特《追忆似水年华》始。

21  Steven Kellman, *The Self-Begetting Novel*, Columbia University Press, 1980, p. 3.

# 第四章　叙述时间

## 第一节　双重时间

　　述本对底本的最明显的时间扭曲在时序上，即不按照底本中的事件顺序而加以颠倒换位。

　　时序问题，不只是我们通常说的倒述法或预述法的问题。叙述的时间问题，最贴近叙述的本体存在。叙述时间的最基本问题，是叙述行为时间，与被叙述时间的分离、对比、错位等造成的，有人称之为述本时间与底本时间。不宜如此理解，因为底本的时间形态不清楚。

　　可以把对叙述时间的理解，比拟于圣奥古斯丁对上帝的时间观的理解：上帝用七天创造世界，这七天前，这七天后，他都无所事事闲得发慌？圣奥古斯丁认为这种理解不对，因为上帝创造世界才创造了时间，时间是世界的时间。

因此，叙述学无法讨论叙述之外的时间。

首先，叙述必然是倒述，也就是说，述本时间（叙述时间）必然在底本时间（故事时间）之后，这就是为什么在西方语言或其他任何有时态的语言中，叙述一般都用过去时，而叙述评论用现在时。但即使叙述用了现在时，或用无时态语言如汉语，也只是一个语言表现问题，叙述时间就定义而言必须在故事之后。

叙述者存在于叙述时间，人物生活在被叙述时间。《简·爱》第十章的开头和第三十八章的结局："到现在为止，我已经详细记载了我微不足道的生活中的一些事件。我花了差不多十章的篇幅来写我生命中的最初十年。……我的故事快讲完了……现在我已经结婚十年了。"[1] 这是小说虚构的叙述时间，也许是作者写作时间，却不是真正的叙述时间。叙述时间是抽象的，瞬间的，不延展的。

老舍的小说《黑白李》写兄弟俩爱上同一个女人："可是，黑李让了。我还记得清清楚楚：正是个初夏的晚间，落着点小雨。"翻译成西语时，"我还记得"用现在时，"正是个……"宜用过去时。"我"现在记得的故事，一切都已是过去。

这个问题似乎不言自明，但依然值得再三强调，因为它关系到一系列的时间差问题。

白居易的叙事诗《琵琶行》，江州司马夜送客而遇琵琶女的情节是过去发生的事，因为诗临近结尾时说"莫辞更坐弹一曲，为君翻作琵琶行"。也就是说，即使是当场写的，也是在讲述之后，而琵琶女的次叙述讲到的自己的身世，当然是比江头弹琵琶这过去时间更过去的时间。每低一个叙述层次，时间上就更早。

如果是科幻小说，谈将来的事，叙述时间必然是更将来的时间：谈将来情况的小说，是假定在那些事件之后的更远的将来某个时刻叙述出来的。美国科幻小说家阿西莫夫的名著《基地》一开始引用《银河百科全书》中关于本书主人公哈里·谢顿的简略传记评价，此页有个脚注："本书所引用的《银河百科全书》数据，皆取自基地纪元一〇二〇年出版的第一一六版。发行者为端点星银河百科全书出版公司，作者承蒙发行者授权引用。"[2] 小说第三部是在基地纪元四世纪结束，因此从这注解看出小说的叙述是在事件结束之后六百年。因此，叙述现在，即叙述行为发生的时间，是在全部被叙述的事件结束之后的某一时刻发生的，而且，因为叙述是个抽象的行动，不像写作是个具体的行动，叙述时间是时间延续中的一个点，也就是说，不管全书有多长，叙述行为是在瞬时中完成的，因为它只是一个抽象行为。此外，作家写作可以用很多年，但当叙述文本形成时，小说出现了隐含作者，那一刻就是写作现在。张竹坡说《金瓶梅》"一百回不是一日做出，却是一日一刻创成"，可能即此意。

就每个具体读者而言，他的阅读现在是这一系列与叙述有关的时间点中最后的一个相关点。但隐含读者的阅读时间与写作现在相同，叙述接受者的阅读或接受时间，与叙述现在相同。这个关系可以总结成图 4-1：

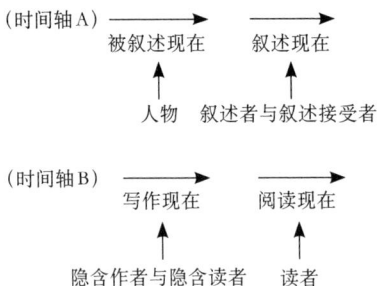

图 4-1

A、B 二轴不相连接又似相连接，是因为两个时间系统本来互不相干，只是在一般的小说安排中，这四个时间点大都按上面的排列方式前后相续。这相续并非叙述学的必然，而只是习惯。第一章第一节中说到《追忆似水年华》写作时间竟比叙述时间为早，这双轴就成了图 4-2 的形态：

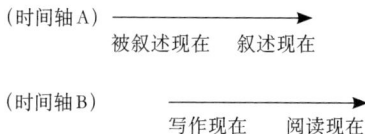

图 4-2

而在本节中提到的阿西莫夫未来小说中，则两轴位置颠倒过来（如图 4-3）：

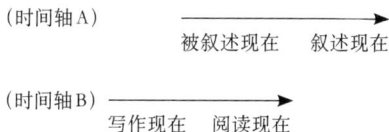

图 4-3

叙述现在比被叙述的事件究竟滞后多少时间，有时是能说清楚的。《孔乙己》开场不久叙述者"我"就说："花四文铜钱，买一碗酒，——这是二十多年前的事，现在每碗要涨到十文。"因此，这是叙述者说二十年前的往事。而老舍的《月牙儿》，叙述现在落于被叙述现在的末端（这与《追忆似水年华》相同）："狱里是个好地方，它使人坚信人类的没有起色；在我作梦的时候都见不到这样丑恶的玩艺。自从我一进来，我就不再想出去，在我的经验中，世界比这儿并强不了许多。我不愿死，假若从这儿出去而能有个较好的地方；事实上既不这样，死在哪儿不一样呢。在这里，在这里，我又看见了我的好朋友，月牙儿！多久没见着它了！妈妈干什么呢？我想起来一切。"

经常，小说文尾注明写作时间，但是我们不应把写作时间作为叙述时间。塞林格写《麦田守望者》的时间与全书语调没关系，而叙述者霍尔顿·考尔菲德的叙述现在却与全书的语调大有关系，因为它保证了全书的中学生腔的真实性，因为霍尔顿二十年后再来叙述（像咸亨酒店的小伙计讲孔乙己故事那样）就不能用这叙述语调。

但是，如果在叙述中提到写作时间，那么不管这是不是真的写作时间，我们均可以认为指的是叙述现在。鲁迅《狂人日记》超叙述中的日记整理者写明"（民国）七年四月二日"，而《狂人日记》的确作于一九一八年四月二日，这种重合，从叙述学角度看，只能当作是偶然事件。同例，白行简《李娃传》最后写的"时乙亥岁秋八月，太原白行简云"，也只能作为写作现在。

叙述现在和叙述者一样，是虚构的产物，只与叙述结构本身有关，而无关于现实中具体的时间。因此，《红楼梦》的叙述时间，据第一回说，是故事发生不知几世几劫后空空道人从石头上抄下来的，叙述现在实在不甚分明，但一样有效。

于是这里产生一个至今没人讨论过的时间错乱:《红楼梦》全书最后一回说到空空道人又从青埂峰前经过,发现石头上又新添了一段自述,因此单抄下这新加的一段,这就是后四十回。

第一个被叙述现在:前八十回中的故事发生;

第一个叙述现在:几世几劫后,故事被叙述;

第二个被叙述现在:后四十回故事发生(空空道人说:"不知何时复有此一佳话。");

第二个叙述现在:"这一日"又被空空道人再抄录一番,后四十回与前八十回的被叙述时间当中没有任何时间差,续作者只想到复用超叙述从而肯定一下自己所作的独立的贡献,而忘了这样一来,时间就无法合拢,露出一个几世几劫的大缝。

很多小说在叙述的某个时刻(一般是结束时,也可能是开头)把被叙述时间归结到叙述现在这一点上,凡是在叙述中点明叙述时间的小说,实际上造成了二根轴的连接(例如上面讨论到的《麦田守望者》),只是有的叙述作品把合流时间放在超叙述中(例如《狂人日记》),这样可使叙述与被叙述保持时间距离,而《孔乙己》的叙述者是明指二十年后来叙述这故事,实际上指向一个潜在的超叙述结构。

凡是叙述现在不指明的小说,也就暗示了叙述现在在情节发生之后某个不确定时刻。例如《沉沦》,无具体叙述时间，但肯定在主人公投海（或企图投海）自杀之后，不然叙述者无法讲这故事。

恐怕只有在很少的几部第二人称小说中，叙述行为才真正可能与被叙述事件在时间上前后交错，给人一种同步的感觉。法国当代作家毕托的《改了主意》就是主要用现在时说主人公"你"在做这，"你"在做那，小说一开始就是主人公上火车："你左脚插在滑门的铜槽里，徒然想用肩膀把门顶开一些。你好不容易挤过了狭窄的门缝，然后你把轧花的绿色皮包举起来，放到架子上……"这样，叙述者就"跟踪"主人公"你"乘八个小时夜车从巴黎到罗马。"你"过去做的事用过去时，"你"想做的事用将来时。一般的叙述中主人公想做的事叙述者完全知道他最后会不会做。《阿Q正传》的作者可能不知道最后阿Q会被枪毙，阿Q故事的叙述者完全知道，因为他只有在故事结束后才能叙述。而在《改了主意》这部第二人称的同步小说中，主人公一心想做的事，叙述者似乎真不知道他最后会不会做，因为他只记录"你"的即刻的思想："首先，你将离开塞西尔的房间，她肯定比你起得早，她会递给你一罐水，你会穿过边门，走进你自己的房间，把床弄皱，然后盥洗。"

这种手法与此小说的题旨倒是很相配：一个常去罗马出差的巴黎人，在巴黎有妻子，而在罗马有情妇。小说写他搭夜车去罗马，想从此把情妇接到巴黎居住。小说用第二人称叙述他在火车上一夜的想法，第二天清晨到罗马时他已经改变了主意，还是把情妇留在罗马，继续原来的生活。一般来说，叙述者是知道故事的结尾的，因为叙述时间在故事结尾之后。《改了主意》主人公之"改了主意"似乎是出乎叙述者意料之外的事，叙述时间与被叙述时间似乎齐头并进。

　　某些叙述作品，行文不小心，在这层时间关系上容易导致误会。举姚雪垠《李自成》一例："倘若遇到一个熟悉历史而头脑冷静，不迷信'图谶'的人，很容易看出来这是李存勖僭号以前，他的手下人编造的一幅图谶……在封建社会中作为政治斗争工具的《推背图》，经过五代、南北宋、金、元和明初几百年，人们又编造许多新的图谶……百年以前，有人在一个深山古寺的墙壁中发现了有这幅图谶的《推背图》，将它转抄在旧藏北宋白麻纸上……他（宋献策）何曾知道，李存勖当日伪造这幅图谶时，所谓"十八孩儿兑上坐"一句话在地理方位上很对头，放在李自成身上就讲不通了。"这里的"百年以前"，是从崇祯十二年上推，指一五三九年左右。但问题是，大量的叙述干预，使叙述现在局部夺取了被叙述现在的地位。"倘若遇到"、"何曾知道"都是现代式叙述者的语气，"在封建社会中"等更说明这不是宋献策的思考。因此，这一段上下文是在叙述现在中运动。猛然读到"百年以前"，我们想到的是哪一年呢？是从叙述现在上溯一百年，鸦片战争前后。读下去，才从内容上发现说的是从被叙述现在上述一百年，即十五世纪。

叙述现在与被叙述现在的时间差，是叙述分析必须关注的重要问题。在传统白话小说中，叙述现在总是清楚而不明确，即在"说话人"叙述者向"看官"进行书场表演的时刻（这与文言小说将叙述现在注出年月日很不相同）。一切叙述活动则是立足于这个时刻，好像钓鱼者必须站稳脚跟，才能向水流投出钓线鱼钩。《西游记》中就不断触及这个叙述现在。第六十三回孙悟空大战一场击退妖魔："那怪物负痛逃生，径投北海而去……至今有个九头虫滴血，是遗种也。"这"今"当指叙述现在。第九十九回唐僧及其徒弟取经而回的路上，连人带行李落到水中，到岸上后他们只能晒干刚取到的经："不期石上把《佛本行经》沾住了几卷，遂将经尾沾破了。所以至今《本行经》不全，晒经石上犹有字迹。"

有时，这种立足于叙述现在的努力会造成结构混乱，因为这个立足点毕竟是虚构的、非实证的。《金瓶梅词话》第三回有个例子："王婆道：'大官人，你听我说，但凡挨光的两个字最难。——怎的是挨光？似如今俗呼偷情就是了。——要五件事俱全，方才行的。第一，要……'"着重号标明的这个评论干预，塞在王婆的话中间。而王婆这段话在大部分《水浒传》版本中都有，文字大同小异，但是插入的这一句说明是没有的，那不是王婆的话，而是叙述者的说明。《水浒传》叙述时间是"彼时",所以无。《金瓶梅》的叙述时间是"如今",所以有。王婆时代是"挨光"时代,叙述现在才改称"偷情"。《金瓶梅》崇祯本删去了这段说明性评论,因为叙述者评论一般只能插在叙述语流中,在人物的话中插入叙述者评论,弄得时间极其混乱。

不管怎么说,我们可以看出,叙述者讲故事指的是过去,评论时立足现刻。在有时态语言中本是一目了然的问题,在无时态的汉语中只是偶然显露痕迹,不小心弄出错误的作者还真不少。


## 第二节　时间变形


在第一章第三节我们说过,叙述文本的一个最重要的特征是二元化,是作为叙述的底本与叙述的述本既相符又不相符。相符的地方是故事基本内容,不相符的地方是选择表现处理这些基本内容的方式。述文对底本的处理称为加工,而加工的一个重要方面就是时间变形,就是不按底本的(情节本来的)时间速度、频率、顺序进行叙述。

时间变形是叙述文本得以形成的必然条件。

原则上说,没有任何一个述本能完全尊重底本的事件所固有的时间范畴。首先,这是因为叙述文本不像口头叙述那样是一个时间中的存在,它只有已转化成空间形式(书写或印刷的篇幅）的抽象时间。换句话说，如果述本有时间的话，也只是情节片段（事件）所占篇幅的相对比例。其次，这个篇幅比例不可能与底本时间比例一致：在底本中一个人物可以用半小时煮饭，然后花三小时沉思，然后用一小时与房东聊天，最后用八小时睡觉；如果述本严格按底本的时间比例叙述，就得花半页写此人做饭，三页写沉思，一页写聊天，八页写睡觉，或者按此比例递增或递减。显然，这是绝对不可能的叙述方式，即使事无巨细写流水账，也不会写成这样子。萨特曾在我们上一章谈到的那篇批评莫里亚克的文章中反对时间变形，他说："如果我把六个月装进一页，那么读者就从窗口跳出去了。"[3] 实际上，述本不得不做的事岂止是用一页写六个月？用一行、用半句写几百年也是可以的，一字不提而让底本的任何时间长度消失也是可以的。

据布斯介绍，一九五五年英国曾拍过一部电影叫《楼上的人》具体实践"等时现实主义"，八十八分钟的电影说了八十八分钟内发生的事[4]，其结果实在不能看。但是托马斯·雅恩拍的电影《八十分钟》用了八十分钟表现主人公被注毒，毒药在八十分钟内要发作，电影描写此人在八十分钟内做的事，却很紧张有趣。

任何演示叙述，在再现的媒介上是等值的。作为时间艺术的戏剧与电影，其单元（一个没有剪辑的镜头）是等时的，倒一杯咖啡肯定用了倒一杯咖啡的时间。电影时间加速是由于剪辑，减缓是由于加工。戏剧作为空间艺术，人物走十五步从房间一头到另一头，被叙述世界的房间也是十五步宽；人物说一件事用了十句话，被叙述世界也用了十句话，因为话语是戏剧和电影的媒介。

同样，小说、新闻、报告等语言叙述，一旦与被叙述世界同媒介，时间就是等量的，被叙述世界如果用语言（例如引语），小说就用同样长度的语言，正因为此，我们可以把直接引用书写（信或日记），甚至直接引语，以及仿照心理语言的意识流，看作是等时的衡量标准。同样，梦叙述的心像活动占用的时间，与梦境展开是等时的。而与此相仿的是同媒介等比例，例如画像的对象各部分之间的空间和距离的比例（或透视中的比例）。

这种同媒介等值、同媒介等比例，可以说对叙述意义不大，因为媒介是用来再现的，而再现是接受者构筑情节后得到的，因此无须等值。但是这种等值有风格效果，例如意识流小说的无叙述重组印象，新现实主义电影的长镜头，同媒介等比例对于回话的现实感。

什罗米斯·里蒙曾批评热奈特所作的极其细致的小说时间研究，指出他采用了一个不切实际的概念，"叙述时间"[5]，因为不好度量。其实叙述时间是可以度量的，只不过其方法很复杂。叙述中有三种时间，一是以篇幅衡量，文字长短对时间有相对的参照意义；二是以空缺衡量，在两个事件中明显或暗示的省略也表明时间值；三是以意义衡量，"三个月过去了"指明了时间值。这三者综合起来，才形成叙述的时间框架。前二者是"能指时间"，第三者是"所指时间"。叙述分析主要讨论前二者，有时第三者也会掺入进来。

但是，叙述能够制造一种时间幻觉，似乎述本中所写事件的时间真的具有具体时间意义。最常用的办法就是同步假象，即利用情节中的时间空挡写其他内容。

《孽海花》第六章第十一回有这么一段："趁雯青、彩云在德国守候没事的时候，做书的倒抽出这点空儿，要暂时把他们搁一搁，叙叙京里一班王公大人，提倡学界的历史了。"好像他们在德国有事，叙述就不能转过头去写北京城。其实叙述与被叙述两个时间系互不相干。纪德的《伪币制造者》中也有相似的例子："此时，（在读日记的）倍尔纳不得不停下来。他的眼睛迷糊了。"接着，是一大段叙述评论。然后说："好吧，我们说下去。至此我所说的一切都是在这部日记的字里行间加点儿空气。现在倍尔纳缓过气来了，我们再回到日记上来吧。"

还可以反过来用述本缺少空挡制造同步假象。普鲁斯特《追忆似水年华》中叙述者马塞尔说："但是，在我启程去巴尔倍克之前，我已经没有时间介绍此地社会的众生相了。"这里，启程的"我"是被叙述的主角"我"，后一个

"我"是进行叙述的第一人称叙述者"我"，这两个人的时间完全不相干，这里是故意扰混，用底本时间（事件的时间）来衬托述本时间这个幽灵。

再举一个例子，《伪币制造者》第一部第二节《普氏家庭》末尾："父子间已再无话可说。我们不如离开他们吧。时间已快十一点。让我们把普罗费当第太太留下在她的卧室内……我很好奇地想知道安东尼又会对他的朋友女厨子谈些什么，但人不能事事都听到，如今已是裴奈尔去找俄理维的时候了。我不很知道他今晚是在哪儿吃的饭，也许根本他就没有吃饭。"[6]

因此，我们所说的叙述时间，是表现在述本篇幅上的事件的相对比例和相对位置，这些相对的比例和位置，与底本中事件实际所占时间与严格先后顺序有很大的差别，这种差别，就是时间变形。再强调一句，时间变形并不是真正的叙述时间相对于底本时间的差别，因为叙述时间并不是真正的时间，而是空间化了的时间。

时间变形可以分成三大类：扭曲（即时长变形）、省略与穿插（即时序变形）。[7]扭曲，即叙述时间与底本时间在速度和时长上不一致；省略，即略去底本延续不断的情节流中某些事件，以造成叙述时间必须的跳动；穿插，即将几个情节线索互相穿插，造成叙述时间的间隔，或者将情节中的事件不按其先后顺序互相穿插，造成倒述或预述。扭曲与省略是任何叙述文本的题中应有之义，不扭曲不省略的述本是绝不可能的。单线情节的叙述可以做到不穿插，也就是无倒述或预述，这样的小说是所谓线性发展的小说。

## 第三节　时长变形

恰特曼曾总结底本与述本时间长度变化的五种基本形式，他的总结很清晰，转抄如下：

省略：述本时间＜底本时间，因为述本时间＝0

缩写：述本时间＜底本时间

场景：述本时间＝底本时间

延长：述本时间＞底本时间

停顿：述本时间＞底本时间，因为底本时间＝0

但是，我们在上一节已反复讲过，述本时间是个过于复杂的综合体。上述五种形式实际上是空间化的篇幅比例，无从比起。但是大致上的区分，还是可以看出来的，当述文中说"三年中，她没流一滴泪"，我们可以肯定说这是缩写，因为这是反复发生情况之总结。

只有在一种情况下，我们可以假定述本时间等于底本时间，那就是加引号的直接引语，照录全部说话，或是人物的内心独白，例如《尤利西斯》最后布鲁姆的妻子毛莉的长篇沉思。因此，看起来与这种情况占用篇幅比例差不多的描写就可以算场景，而差得太多的，就是缩写或延长，至于省略和停顿，那明显，容易认出。

实际上，延长和停顿是很少见到的，在一般叙述中使用的只是省略、缩写与场景。而且，由于省略在述文中实际上是不显示，是文字阙如，所以传统的叙述是缩写与场景相互交织而形成的[8]，但现代小说省略越来越多，构成跳、快、慢三种节奏交替的格局。

中国白话小说和文言小说，传统的格局都以缩写开场，用来介绍背景，比如《孽海花》的开头："话说大清朝，应天承运，奄有万方，一直照着中国向来的旧制，因势利导，果然风调雨顺，国泰民安。列圣相承，绳绳继继，正是说不尽的歌功颂德，望日瞻云。直到了咸丰皇帝手里……"这一段内含讽刺，但是叙述方式用缩写介绍背景，却是完全符合传统小说的叙述样式。

普林斯认为，西方文学传统是从中间开始：用重要情境或事件，而不是时间上最早的情境或事件开始叙述的方法，是西方史诗的习惯叙述方式。荷马《伊利亚特》用从中间开始，而不是从头说起的方法，比如从讲述海伦的出生开始。直入正题的方法现在通常成为安排情境与事件的一个基本原则，从事情发展的中间开始，然后再回到早期进行叙述。

晚清开始介绍进来的外国文学名著，如《块肉余生述》、《黑奴吁天录》均以场景开场，这个手法也渐渐被晚清作家们学会了。曾朴后来作的《鲁男子》，就把传统的缩写加场景开场法倒了过来。全书开头是："那一天，正是二月下旬初春天气的临晚，一个像古堡一般的破旧独宅基高墙外面，一片草芽初放黄里带嫩绿色的旷野……"然后是两个孩子在外游玩，见到地痞仗势欺人。全章没有任何背景介绍。但是，小说进入第二章立即换了完全传统式的缩写："究竟那两个孩子是谁！一个男的就是鲁男子，那个女的叫做齐宛中。鲁男子是个世代书香人家的种子……他的父亲是蹭蹬名场的老名士，名叫鲁选，只为他为人正直，地方上不论大小的事经他老人家一开口，大家都服他的公明……"这一段似乎有性格描写，性格描写实际上也是一种缩写。先场景再加缩写似乎是西方十九世纪小说的通例。曾朴自己译的雨果《九三年》就是以场景开场，他总算学会了一些。现在看来，这样的开场很生硬，现代小说还是以场景开场的多，但从场景到缩写的转移手法多样，不再是《鲁男子》式的拼合。

试看《子夜》开头几章，全是场景，几乎没有缩写，只有第一章有一页左右讲吴老太爷二十五年来自我幽禁的生活，但这样的缩写中讽刺多于介绍："二十五年来，他就不曾跨出他的书斋半步！二十五年来，除了《太上感应篇》，他就不曾看过任何书报！二十五年来，他不曾经验过书斋以外的人生！第二代的'父与子的冲突'又在他自己和荪甫中间不可挽救地发生。"《子夜》人物众多，关系复杂，不用缩写，如何介绍人物关系及背景情况呢？现代作家用的手法多种多样。在《子夜》头几章中，我们可以看到用对话（吴老太爷听到四小姐蕙芳与二小姐芙芳关于上海工潮的对话），用场景中似乎一笔带过的介绍，例如："钢琴旁边坐着那位穿淡黄色衣服的女郎，随手翻弄着一本琴谱。她的相貌很像吴少奶奶，她是吴少奶奶的嫡亲妹子，林二小姐。"这小小一段，上半段是场景描写，下半段是迅速掠过几乎不占篇幅的缩写介绍。比起《鲁男子》笨拙的大慢大快，现代作家的手法高明得多。

为代替传统小说那种古板的"某生，某地人也"的缩写，现代小说采用各种方式。海外华人作家白先勇的短篇小说《芝加哥之死》的开场设计得很巧："'吴汉魂，中国人，三十二岁，文学博士，一九六〇年六月一日芝加哥大学毕业——'吴汉魂参加完毕业典礼，回到公寓，心里颠来倒去地念着自己的履历。愈念，吴汉魂愈觉得迷惘。工作申请书上要他写自传，他起了这么一个头，再也接不下去了。"方纪的《来访者》也有一个戏剧化的寓缩写于场景的开场："传达室通知我有一个自称大学生的客人来访。会客单上填的是：'康敏夫，二八岁，辽宁，无职业……'我想了想，实在记不起认识这样一个人来。"这两篇小说可以说是用场景中带缩写的方式开场，缩写的部分是主人公所写的自传内容，等于直接引语。如此变形后，"某生"式开场就不再公式化。

在如今，用介绍人物背景的缩写开场，很容易被认为是谨守传统技法的标记。但是在大家都用场景起头时，重新启用传统反能开出新意。汪曾祺的《受戒》就有一个寓新于旧的缩写开场："明海出家已经四年了。他是十三岁来的。这个地方的地名有点怪，叫庵赵庄。赵，是因为庄上大都姓赵……"

延长是比较不常见的技巧，它就像电影里的慢动作，由于叙述时间很难判断，我们可以说，如果所用篇幅超过场景所应该用的篇幅，就应当是延长。据热奈特说，《追忆似水年华》中有一段是最极端的延长：用一百五十页讲三小时的事，即最后一卷中描写盖尔芒特公爵家午宴会的那部分。[9]算起来平均约用一页篇幅讲一分钟的事。但是，读一下这个部分就知道，这一段叙述大量穿插其他线索，况且一般读者读一页小说（相当于中文半页）恐怕也只用一分钟时间。这里的延长实际上并不显著。

叙述中的穿插，我们只能说是停顿，不能算延长，因为是把原情节停下来讲别的线索。法国新小说派作家莫里亚克的《放大》用两百页写两分钟的事，但实际上也是用了大量穿插，包括往事回忆。苏联小说《绿光》写第二次世界大战时一个苏联情报军官划一小艇，黑夜里在海中等候接头的信号——绿光。等候过程约一小时，全书就写这一小时，但这一小时的等待几乎没有情节，篇幅如此长是因为在苦等时主人公回忆起战前的生活，实际上是停顿。

真正的延长实际上只用在描写一些发生速度极快的事或打斗动作上。康拉德《黑暗的心脏》中马洛说："这一切所用的时间远比我现在说的快得多，因为我是在慢慢地向你们解释这一刹那间的视觉印象。"看来延长是一种叙述特例，因此大部分延长都恐怕伴随"说时迟那时快"之类的指点干预。《水浒传》七十四回："这个相扑，一来一往，最要说得分明。说时迟，那时疾，正如空中星移电掣相似，些儿迟慢不得。"但是接下去打斗的场面也不过是半页。

真正的延长，恐怕都得加一些停顿：让故事情节静止不动，叙述慢慢加以描写，这就像电影中的定格。这种情况在小说中是很少见的。某些武侠小说把打斗动作凝固在那里慢慢讲一个招式，或许是例子。小说中比较多的是两种变相的停顿。一种是我们上面已经讨论的把原情节停下进行评论干预，或穿插别的线索。另一种则是静物的描写。描写静物，本来就与情节进展无关，所以能否算真正的延长还是成问题的。

以上各种时间变形情况，除场景外，无非是加快或减慢两大类。美国汉学家浦安迪研究中国小说后，认为减慢实际上来自叙述的口讲故事传统，而加快则来自历史写作传统。[10]

　　实际上鲁迅是最先注意到这个速度变化规律的。他在讨论《新编五代史平话》时说："全书叙述，繁简颇不同，大抵史上大事，即无发挥，一涉细故，便多增饰，状以骈俪，证以诗歌，又杂诨词，以博笑噱。"夏志清在讨论《隋史遗文》时，也注意到这个现象："第一至四十五回，实际上是一部秦叔宝演义，文笔不慌不忙，引人入胜，在结构上有长篇小说的规模。四十六回开始转入正史，以李世民为中心，交代的大事太多，叙事不免急促起来。"他们两人都没有把这个速度规律普遍化。实际上，中国传统白话小说基本上都如此。

　　关于中国传统白话小说，尤其是早期作品之简略快速问题，解释各有不同。孟瑶在她的《中国小说史》中认为："有长一段时间许多名著无法跳出'说话'窠臼，摆脱它的约束，'说话'的特色与风格，就是粗线条勾勒，使故事充满动态而快速地向前发展。"孟瑶的说法可能要加以补正："粗线条勾勒"、"快速"的是早期话本小说，而不是"说话"口述表演。这也是话本小说并非口述文学记录之一证。

　　减缓（延长与停顿）在书面叙述中很少，在口头叙述，例如扬州评话《武松》或弹词《珍珠塔》中却很多。《珍珠塔》中据说女主人公下楼梯，下了十三级，讲了十三天，当然这个慢速度还是靠穿插才办到的，但依然是够惊人的。[11]

《三国演义》有历史和口述文学两个源头，我们可以明显看到这两种传统造成的两种速度。全书头四回速度极快，从建宁二年一直写到董卓弑帝，直到第四回末曹操谋刺董卓不成，逃亡路上遇陈宫，又误杀吕伯奢，速度才慢下来。可以看到，速度快的部分，大都符合正史记载；速度慢的部分，可能大多来自民间口头说三国。甚至与历史沾点边的小说如《水浒传》，梁山泊正式军队作战时，叙述速度都极快，只有说到好汉们逼上梁山的个人命运时，速度才放慢。可见哪怕是假历史、拟历史，缩写是不可免的风格特征。

即使到《金瓶梅》、《红楼梦》和《啼笑姻缘》这样的家庭生活小说，叙述速度还是比较快的。这些小说篇幅长，是因为内容多，速度起伏不大，省略造成的空段较少。晚清的社会小说，又比较接近历史，速度又快起来。这就是为什么现代文学研究者对《老残游记》赞不绝口，阿英甚至把此书称为"科学"的叙述："他（刘鹗）很相信科学，认为只有提倡科学，兴办实业，可以救垂亡的局面。这一种科学的精神当然会反映到他写作小说的方法上，这就造成了《老残游记》在艺术上的唯一价值，所谓科学的描写。如写王冕画荷，黄河敝冰，王小玉唱大鼓，大明湖纪游，都是极出色的文字，而以王小玉唱大鼓一段为最优秀。"[12]阿英说的这几段，都是放慢速度的叙述：场景，延长，或停顿（写景）。为什么这样就是"科学"呢？恐怕阿英的语汇中，"科学"

与"非传统程式"是同义词。在中国传统小说中，遇到这种场面，往往都是用"有诗为证"解决的，基本上没有降慢速度，因此胡适说此书"写人写景，作者都不肯用套语烂调，总想镕铸新词，作实地的描写。在这一点上，这部书可算是前无古人了"[13]。

由此可以看到，叙述速度是叙述风格中的一个极重要因素。笼统点说，传统小说速度较快，现实主义小说速度明显减缓，现当代小说速度又明显加快，但当代小说速度快的原因，是因为省略越来越多，具体的叙述并未加快。

## 第四节　省略与复述

严格说，省略不是一种速度变形，因为它干脆删去了底本中情节线索的某些部分。底本中的情节链是延续的，没有任何间断的，述本绝不可能这样做，述本只能选取某些时间片段，尤其是有意义的事件发生的片段，把片段之间的某些空白留给读者去填补，而大部分空白无关紧要，读者也不关心。

省略的多少，是构成叙述节奏的重要因素。鲁迅的《药》可作为极度使用省略法的现代小说的一个典型。小说一共四节，每节基本上是一个或两个场景。第一节老栓凌晨出门，紧接行刑场面，刽子手交给老栓人血馒头；第二节老栓和妻子华大妈烤这个人血馒头给小栓吃；第三节茶馆里的场景，人们的谈话；第四节小栓母亲上坟，遇见被害者的母亲夏四奶奶上坟。

小说中没有任何缩写介绍背景或已发生的事，我们完全不知道小栓的病史，老栓和华大妈的年龄身份，甚至不知道他们的身世，甚至连老栓开茶馆为业也到第三节茶馆场面时才悟出来。唯一的一段缩写是第四节开头描写坟地的一小段，和第四节中间"许多的工夫过去了"这句话，表示华大妈留在坟地上的时间比这一段小说给人的印象要长一些。对于被处死的夏瑜，我们只是通过第三节茶馆里人物的交谈和夏四奶奶在坟前的自言自语，才约摸知道一些。除了这几个孤立的场景，许多至关重要的情节，包括小栓的事和埋葬，全部都省略了。小说的隐含读者是应当有能力把场景之间省略的部分全填补起来的，但我们可以想象一九一九年五月小说刚发表时，习惯于读中国传统小说的读者感到的惊奇。

除了这种完全不加交代的省略法外，还有一种是用一个时间状语短句交代所省略的时间，热奈特称前者为"暗省略"，后者为"明省略"，这就像删节版本是否注明删节一样。但是热奈特认为"三个月之后……"是明省略，而"三个月过去了"则不是省略，而是缩写。[14] 这就未免太拘泥于文字了。我认为，区分明省略与缩写的标准是叙述中对情节的处理方法。例如《药》的第四节在坟地描写之后，紧接着的情节是这样开始的:"这一年的清明,分外寒冷。"由于吃人血馒头的事件发生在秋天,我们知道第三节与第四节之间有六个月的间隔,而小栓可能死了三个月。三个月的时间和事件完全不提及,这是暗省略。如果我们把这一句改成:"六个月过去了。这一年的清明,分外寒冷。"这就是明省略,与"六个月以后"一样,因为除了注明省略的时间外,这六个月发生的事完全没有提及。如果再改动一下:"小栓已经死了三个月了。这一年的清明,分外寒冷。"这就不是明省略,而是缩写。我认为这区分不困难。可以说这三者不同的地方在于,暗省略留下时间空白,明省略留下时间虚线,而缩写留下实线。因此,明省略维持了情节发展的线性。

在中国古典小说中,省略当然也不可免,但尽量使用缩写,从而使叙述文本尽可能保持情节线索的完整性,这种情况,笔者建议称为"时间满格"。为了追求这种时间满格效果,就出现了许多现代读者看来不必要的交代,例如《水浒传》第七十四回,燕青坚持要去泰安比相扑,宋江不得不同意了:"当日无事。次日,宋江置酒与燕青送行。"这两句话都没必要说,梁山泊本是三日一宴,尤其是"当日无事",既然无事何必写一句?第六十一回卢俊义上了吴用的当,出门躲灾,第一天在路上情况比较详细,然后写道:"自此在路夜宿晓行,已经数日。"金圣叹批:"先详后省,故不见其空缺。"第四十六回人们发现潘巧云和迎儿的尸体后，全城大惊，官府下令缉捕，"潘公自去买棺木，将尸首殡葬，不在话下。再说杨雄、石秀、时迁离了蓟州地面，在路夜宿晓行。不则一日，行到郓州地面"。这二件事，实际上叙述者有意省略，所以用了"不在话下"、"不则一日"这样的指点干预。

中国古典小说的传统实际上是用明省略代替暗省略，用缩写代替明省略，似乎一定要向读者把全部时间交代清楚。这样小说的线性发展就被保持。唯一有可能把线性切断的是情节线索分叉，不得不搁置一头，也得用"不提"、"按下不表"来说明。《水浒传》第四十九回宋江准备三打祝家庄时，吴用设计："宋江听了，大喜道：'妙哉！'方才笑逐颜开。说话的，却是甚么计策？下来便见。看官牢记这段话头，原来和宋公明初打祝家庄时，一同事发。却难这边说一句，那边说一回，因此权记下这两打祝家庄的话头，却先说那一回来投入伙的人乘机会的话，下来接着关目。"这样不厌其烦地交代时间接续，用了若许指点，无非是表示时间上已全部交代清楚。今天的读者可能认为这是一种叙述技巧上的缺陷，其实这种时间满格的追求有更深的原因。胡适已经发现，在讲史演义小说中，《三国演义》省略的功夫下得最少："《三国演义》最不会剪裁。他的本领在于搜罗一切竹头木屑，破烂铜铁，不肯遗漏一点，因为不肯剪裁，故此书不成为文学的作品。"[15] 胡适这段话是在对比《水浒传》和《三国演义》时说的，显然越接近历史写作的小说，时间满格情况就越严重。

美国汉学家韩南曾指出："（中国）白话小说对空间与时间的安排特别注意。《水浒传》、《金瓶梅》之类的小说中可以排出非常繁细的日历，时时注意时间到了令人厌烦的程度。"[16] 韩南说的只是每个事件的时间明确性，而不是指时间满格。

作为叙述技法的最一般原则，省略在中国白话小说论著中从来没有提及过。罗烨的《醉翁谈录》是中国讨论叙述技巧最早的文献之一，他说小说应当"讲论处不滞搭、不絮烦；敷演处有规模、有收拾。冷淡处提掇得有家数，热闹处敷演得越久长"。

即使当线索复杂话分几路时，时间满格依然可以保持。晚清韩邦庆《海上花列传》中称之为"穿插藏闪之法"，对其功用了解甚为分明："一波未平，一波又起，或竟接连起十余波，忽东忽西，忽南忽北，随手叙来并无一事完，全部并无一丝挂漏。"最后一句话说清了目的：叙述线性并不受破坏。各种时间变形都提到了，就是没有省略，即使冷淡处也要仔细提，目的是在述本中维持底本情节的线性。笔者认为，这与中国传统小说的历史型叙述模式有关。本书将在第八章深入讨论这个问题。

158

如果同性质的事件在底本中发生过多次，述本可以只用一次说明，例如人物每天要睡觉，述本中只有一句"他天天睡得很晚"；反过来，底本中只发生过一次的事，述本中却可以几次重复叙述。因此，述本与底本的时间关系尚有重复率这样一个问题。

述本用一次说底本中多次发生的事，实际上等于一种缩写，而且这种变形也主要用在缩写之中。《红楼梦》第五回："便是宝玉和黛玉二人之亲密友爱处，亦自较别个不同，日则同行同坐，夜则同息同止。"这里的"日则"、"夜则"表明在底本中这发生过许多次，或在一段时期中每日每夜都如此。

述本中只发生一事，叙述中却几次叙述，这种变形发生在两种情况下，一是行文所需，不得不再次提醒。例如《水浒传》第五十二回，朱仝被逼上梁山，但却担心他家小的安全，在路上别人已告诉他家小早被护送上山，快到山上他又问一次，别人再说一次。再例如第四十五回和第四十六回，海和尚与潘巧云有奸情，于是两人设计，让迎儿设香案表示杨雄不在，让胡头陀凌晨敲木鱼出钹迎海和尚回寺，这件事，几乎同样语句，在七页之内竟然重复七次：第一次，海和尚向胡头陀布置这套程序；第二次，胡头陀依照这套程序行事；第三次，石秀发现阴谋的这套程序；第四次，石秀告诉杨雄阴谋的这套程序；第五次，石秀用刀威逼胡头陀说出这套程序；第六次，杨雄用刀威逼迎儿承认这套程序；第七次，迎儿被迫说出这套程序。今天的读者，如果注意到这七次重复，会觉得很奇怪，为什么要重复那么多次。这可能是中国传统小说模仿口头文学的遗迹，这套布置程序又是很精彩，所以不厌其烦地再三重复。但是，实际上这种叙述并非底本中只发生一次的事件的重复叙述，这里的重复是由于直接引用人物所说的话而造成的，而不肯减省引语，则是中国传统小说时间满格的另一种表现，每谈一次话，都似乎要记得全。当然，我这是挑了《水浒传》中重复最明显的一段，并不是每个地方都如此。例如第四十九回解珍解宝被毛太公陷害入狱，乐和报告顾大嫂，顾大嫂召集人马劫狱，就不得不把此事告诉邹渊、邹润、孙新，每见一个人就重复一次。此时，《水浒传》的叙述舍去了直接引语，顾大嫂对邹氏兄弟的话就简单地变成"却把上件事告诉与他"。

真正的复述是一种叙述的特殊安排，是试图从不同角度说明同一事件。但这种小说的好例是不多的。西方文论家以前热衷的例子是黑泽明导演的电影《罗生门》（不是芥川的小说原作，原作中没有复述）[17]，近年爱用的例子是福克纳的《喧哗与骚动》，但《喧哗与骚动》实际上并没有严格意义的复述，四个叙述者讲的故事有重叠的地方，同时又是相续推进的。

爱尔兰当代作家劳伦斯·德勒尔的《亚历山大利亚四

重奏》从四个人物角度复述同一个故事，比《喧哗与骚动》更为典型。德勒尔在序里说："这组四部小说应作一部来读，题为'亚历山大利亚四重奏'，但合适的副标题可能应当是'语言联续统'。我用了一种相对性的格局来比喻式地展开这个形式。头上三部是夹层式地互相联结，也就是说，互相互为兄弟姐妹，而不是相续，只有最后一部小说是后续的，在时间幅度上复开。整个构思是为了向时间过于饱和的传统小说相续式格局挑战。""互为兄弟姐妹"，也就是说重述同一个故事，时间上不向前推进。小说的第一部《杰斯汀》、第二部《巴尔塔扎》分别以人物为第一人称叙述者，第三部《蒙托里佛》则用第三人称从另一个人物（英国外交官）的角度复述同一故事，最后一部《克莉娅》才说出一些新的情况，向前推进一些。

此种递进重复技巧，在西方也是到现代才出现，中国传统小说中几乎找不到。韩南曾指出过一个妙例：《二刻拍案惊奇》卷五"襄敏公元宵失子，十三郎五岁朝天"，讲一个孩子元宵看灯被贼人偷去。故事先从带孩子仆人的视角写，再从孩子本人视角写，再从偷孩子贼人视角写。情节虽是重复，人物描写却并不重复。凌濛初这样重复的目的，并不是想把故事讲得更清楚一些，从贼人雕儿手角度讲的情况当然是最清楚，但是更重要的目的是从不同人对同一事件的反应来写人物的性格，仆人王吉的傻愣相和神童南陔的天真聪慧与沉着都可从他们对事件的反应中看出。

## 第五节　倒述与预述

述本对底本在时序问题上所做的扭曲当然只可能有两种：推迟说，即倒述；提前说，即预述。这二者都必须先确定事件在底本时序中的原位置。

倒述，西文 flashback，原为电影术语，但这手法却是西方文学与生俱来的，《伊利亚特》的开头就是倒述。在西方文学中，倒述几乎成为一个常规手法，而且往往安排于不同的叙述层次之中。《呼啸山庄》就是让主叙述中首先出现结果——凯瑟琳的鬼魂，然后让耐丽·丁的次叙述讲出导致此结果的事件；在中国现代小说中，这也是一种常规手法，例如《祝福》先说祥林嫂之死，然后再用主叙述讲祥林嫂的一生。

这样的倒叙往往都越出故事开场的时间之前，例如祥林嫂的身世，当然越出故事开场"我"遇到乞丐祥林嫂的时刻之前，这可以称为超越式倒述。

在中国传统小说中，倒述是很少的，而且往往是属于技术上的处理，即几条线索穿插时无法兼顾。我们在上文引过的《水浒传》中三打祝家庄那段开始时不得不倒述解珍、解宝、孙新、顾大嫂的故事，就是一例。当然，也有某些倒述是为了特定的叙述效果。毛宗岗批注《三国演义》卷首有一篇《读三国志法》十二条，其中第九条称为"添丝补锦，移针匀绣"："凡叙事之法，此篇所阙者补之于彼篇，上卷所多者匀之于下卷。不但使前文不沓拖，而亦使后文不寂寞；不但使前事无遗漏，而又使后事增渲染……曹操望梅止渴，本在击张绣之日，却于青梅煮酒时叙之；管宁割席分坐，本在华歆未仕之前，却于破壁取后时叙之。"

这样的倒述一般都没有超出叙述开始的时刻之外，似乎是在被叙述的时间段中的内部调整，我们称之为非超越式倒述。关于这问题有个奇特的例子，就是电影《本杰明·巴顿奇事》。菲茨杰拉德原作的短篇相当简单，但是"越长越年轻"这个基本结构已经有了：故事倒过来，从老年说到婴儿。但是实际上每一段依然是从前往后说，也就是倒述再加倒述。因此，倒述不是倒卷，而是全文一再闪回到过去某一点，依然往前说。只有其中一段，在战场上冲锋时，人向后倒着跑，其时间逻辑不一致。

与倒述相比，预述是小说中较少使用的手法，但也特别值得研究，因为它总有一种不自然的感觉，除非程式化到不露痕迹。

晚清翻译家最初遇到西方小说的时序颠倒时，常把位置改正过来。当改正不可能做到时，常常加一按语，表示歉意，同时帮助读者弄清颠倒的顺序。林纾译狄更斯《块肉余生述》第五章："外国文法往往抽后来之事预言，故令观者突兀惊怪，此其用笔之不同者也。余所译书，微将前后移易以便观者，若此节则原书所有，万不能易，故仍其本文。"

《冰雪因缘》也有许多"原书如此，不能不照译之"、"译者亦只好随它而走"等的歉语。这做法是挺奇怪的：在时序问题上，篡改原文不需致歉，遵从原文反需致歉。不过，这样反复出现的注文自然使晚清作家注意时序错乱的可能性与效果。吴趼人的《九命奇冤》被许多评者认为是晚清小说中唯一的一部以预述开场的小说。全书一开始先写强盗火攻，然后倒述两富户之间如何因小事纠纷发展成仇杀，到第十六回，即到了小说开场预述的位置，叙述者不忘干预一句："这里外面打劫的情形，开书第一回，已经说过，今不再提。"胡适称此小说为技巧上"全德的小说"，因为它有个倒述式开场。我想胡适是把倒述与预述混淆了。倒述与预述这两个术语本是相对性的，是相对于主要叙述线索而言的。如果事件在主要叙述线索上应有的位置之前叙述，则为预述；之后，则为倒述。某个线外叙述的事件是预述还是倒述，视我们把哪一部分视为主要叙述线索而定。在某些现代主义小说中，此事可能困难，因为主要叙述线索可能难以确定，但在晚清小说中此非难事，因为其时序变位并不剧烈。

西方语言有各种时态标志，预述部分用将来式或过去将来式，表示说的事尚未发生。除了时态，还可以用其他短语帮助。例如杰克·伦敦的小说《马丁·伊登》第二十四章结尾时说马丁写了一篇文章《幻想的哲学》，照例又去投稿："一张邮票打发它走上旅程，但这篇文章命中注定在未来几个月中要得到许多邮票，走好多路。"这里"命中注定"暗示一个指点干预，表示下面说的情况是预述。

这样的标记短语，在中国古典小说中倒也是经常可以见到的，比如《红楼梦》第九十八回"宝玉……只得安心静养。又见宝钗举动温柔，也就渐渐的将爱慕黛玉的心肠略移在宝钗身上，此是后话"中的"此是后话"。

我们可以看到，无论是《马丁·伊登》还是《红楼梦》，指点干预标明的预述实际上是为了叙述方便，及早一笔带过，免得此后再费笔墨拾起话头。再看《红楼梦》第一〇六回："贾琏如此一行，那些家奴见主家势败，也便趁此弄鬼，并将东庄租税也就指名借用些。此是后话，暂且不提。""暂且不提"，似乎后面要大做文章，实际上后面再也没提起。这不是《红楼梦》行文照应不周，这话原意就是说后面不准备再提了。

从叙述结构观点来看，预述甚至比倒述还重要，虽然倒述往往总是很令人注目。本书第七章将专节讨论预述的情节结构意义。在这里，我想最后指出一下的是预述往往是叙述者的声音，是叙述者的意识强加于人物意识之上（因为人物还来不及体验），上面引的《红楼梦》关于宝玉转而爱宝钗是一例。再举罗曼·罗兰的《约翰·克利斯朵夫》一例。克利斯朵夫在德国坐火车，忽然看见对面列车中正是曾陪他看《哈姆雷特》的那个法国少女："他一眼之间已经看见她戴着一顶旅行便帽，身边放一口旧提箱。他没想到她离开德国，以为是出门几天。"[18]"他没想到"，是因为只有叙述者知道后事（要到全书第九卷叙述者才倒述这位法国少女安多纳德的故事）。这一章本来全是克利斯朵夫所见所闻的事，也就是说，以他为意识中心来写的，而为了预述，叙述者不得不侵入进来，代替人物，超越人物意识能及的范围，这实际上是我们说过的补充性干预。

有时，这种干预可以用语言手法所伪装，例如上一例可以改成"要是他知道她是离开德国，他就会……"，手法并没有改变实质：在预述中，事件在其应出现的时间之前就被叙述出来。从叙述学上说，只有叙述者才知道全部故事，因为他是在全部事件结束后才来叙述，其他人物无法预知未来，预述不可能用转述语表达（除非人物在作预言），而必须由叙述者说出。因此，可以视所有的叙述为叙述者干预。中国传统白话小说中倒述偏少，预述却偏多，而且传统白话小说中的预述，大部分是有回应的预述，即先提前点一下，以后再详细讲述，这样的预述，实际上对叙述线性破坏不大。传统白话小说中，预述是时序变形的最主要方式，实际上所有的长短篇小说，楔子中都点出了故事的结局，故事尚

166

未开始已知结果。因此，叙述展开的主要动力不是回答疑问"会有什么样的结果"，而是表现一个过程，即表现"结果是如何取得的"。例如《水浒传》一开始就写了洪太尉放走妖魔："今日开书演义，又说着些什么？看官不要心慌，下文便有：三十六员天罡下临凡世，七十二座地煞降在人间。直使宛子城中藏虎豹，蓼儿洼内聚蛟龙。"以后每当说到一个英雄入伙梁山，尤其是动机并不十分周全时，只消说"也是地煞星一员，就降了"。与预述呼应，就理由十足。《隋史遗文》第三回："况且上天既要兴唐灭隋，自藏下一干亡杨广的杀手，辅李渊的功臣。不惟在沙场上一刀一枪开他的基业，还在无心遇合处救他的阽危。这英雄是谁？姓秦，名琼，字叔宝，山东历城人，乃祖是……"秦琼所要扮演的角色甚至巧遇救主的情节，都预先已经说定。

但是传统白话小说中最常见的预述是每章结尾的公式化预述。《儒林外史》第二章周进参观考场晕倒，"不省人事"："只因这一死，有分教：累年蹭蹬，忽然际会风云；终岁凄凉，竟得高悬月旦。未知周进性命如何，且听下回分解。"预述使"未知周进性命如何"的悬疑完全不再存在。

传统白话小说中几乎无一例外采用预述式结章法，但在十八世纪某些小说中，情况有所变化。《红楼梦》的结章对句有时省略，有时只用来总结本章情节，不再预述未来。

另一种预述，经常出现在情节的危机时分，似乎是在肯定命定之数。《西游记》每次唐僧被妖怪抓住即将入锅被食，总会出现一个预述式的干预："这一回，也是唐僧命不该死。"下面的故事只是讲述唐僧得救的经过，得救这结果是预定的。在十七世纪之前，这种命定预述是白话小说叙述的通例。《金瓶梅》中每一情节转折，总有预述干预，比如第二回："一日，也是合当有事，却有一个人从帘子下走过来。自古没巧不成话，姻缘合当凑着。妇人正手里拿着叉竿放帘子。"又如第九十九回："一者也是冤家相凑，二来合当祸这般起来。"传统白话小说中的预述，对维持叙述线性起了极大作用。

早期小说中经常出现的预言式楔子，实际上是大规模的预述，但它们不采取预述形式，没有时序变形。《三国志平话》中韩信等三将转世投胎楔子，《说岳全传》中的大鹏故事，《水浒传》中的洪太尉误放妖魔楔子，在情节位置上都是正常的，它们发生在主叙述线索的情节之前，但在语义上却是预述的，它预定了三家分汉，一百零八将聚义。因此，这是一种预言式楔子。

在白话小话创作期，这种预言式楔子消失了，嵌入叙述情节。《金瓶梅》的预言结构出现在第二十九回，吴神仙给西门府上每个妾相面，点出了每个人的结局。每人四句的谶语太明显，但似乎没有一个妾对自己的命运预言加以深究，其作用似为铺垫。《红楼梦》中的预言结构移到第五回贾宝玉太虚幻境之游，即宝玉看到的《金陵十二钗》三册中的画与题诗，以及听到的《红楼梦》十二支曲，其措辞过于模糊，只有读完全书后重读此章才能弄懂，起不了预述作用。实际上把预言式楔子植入正文，就已经失去了对情节的先声夺人控制权。

传统白话小说的预述，在晚清小说中依然大量存在。《九尾龟》中就有不少预言后果的预述，尤其是预言嫖客与妓女发生冲突会有什么结果："你想这等的豪华名妓，那里看得上这种的客人？到后来卒至花了一注大钱，受了几场闷气……万想不到幼恽是个一钱如命的人，以致大失所望，所以后来，弄得不欢而散。"类似例子几乎无书不有，甚至传统小说中的章回起讫公式在大部分晚清小说中还完整保留，哪怕是晚清的优秀之作，如《官场现形记》、《文明小史》、《九尾龟》等都如此。梁启超的《新中国未来记》，由于用了复合式叙述者，叙述者记录孔博士演讲，叙述格局大变，此种叙述干预起讫不得不改个样子，例如第三回结尾："至于以后有甚么事情，我也不能知道，等礼拜六再讲时，录出奉报罢。"但是在第五回，即《新中国未来记》现存本的最后一回，其结尾又起用了传统公式："（李去病）顾不得许多，一直就跑上前去了。有分教：碧眼胡儿认我法律家，白面书生投身秘密会。欲知后事如何，且听下回分解。"

梁启超好像忘记了此书的叙述者已经不是"说书人"。

无奈落回传统公式，可能这正是一个标记，点明梁写不下去的原因，他明白他的《新中国未来记》，内容再革故鼎新、惊世骇俗，形式已经无法摆脱陈套，他的创新已经失败。

# 注　释

1　夏洛蒂·勃朗特:《简·爱》,祝庆英译,上海译文出版社,1980年。

2　艾萨克·阿西莫夫:《墓地》,叶李华译,天地出版社,2005年,第4页。

3　Jean-Paul Sartre, *Literary and Philosophical Essays*, p. 62.

4　Wayne Booth, *The Rhetoric of Fiction*, p. 52.

5　Shlomith Rimmon, "A Comprehensive Theory of Narrative: Genette's *Figures III* and the Structuralist Study of Fiction", *PTL: A Journal for Descriptive Poetics and Theory*, Vol. 1, No. 3, 1976, p. 53.

6　纪德:《伪币制造者》,盛澄华译,上海译文出版社,1983年,第22–23页。

7　热奈特认为时间变形有三种:扭曲、压缩与穿插。但压缩只是扭曲的一种,而省略既不是扭曲,也不是穿插,却是时间变形中最重要的一环,因此我认为热奈特的范畴划分应予以修改。参见 Gérard Genette, *Figures III*, p. 157。

8　Phyllis Bentley, *Some Observations on the Art of Narrative*, Home & Van Thal, 1946.

9　Gérard Genette, *Figures III*, p. 193.

10　Andrew H. Plaks (ed.), *Chinese Narrative: Critical and Theoretical Essays*, Princeton University Press, 1977, p. 338.

11　古代评话的速度,估计也很慢。《清稗类钞》有言:"昔人谓善评话者于《水浒》之武松打店,一脚阁短垣,至月余始放下,语虽近谑,然弹词家能如是,亦岂易耶?"

12　阿英:《晚清小说史》,第39页。

13　转引自阿英《晚清小说史》,第41页。

14　Gérard Genette, *Figures III*, p. 106.

15　胡适:《中国章回小说考证》,上海书店,1980年,第391页。

16　Patrick Hanan, "The Early Chinese Short Stories: A Critical Theory in Outline", *Harvard Journal of Asiatic Studies*, Vol. 27, 1967, p. 176.

17　一九九一年美国出品的电影《他说,她说》上半部与下半部分别从男的和女的视角演出同一故事。约翰·福尔斯也有一部小说《收藏家》,写一个性变态者绑架一个艺术学院女生的故事，小说上半部以男的性变态者作第一人称自述，下半部是该女生的日记，从另一个角度重说同一个故事。

18 罗曼·罗兰：《约翰·克利斯朵夫》，傅雷译，第468页。

# 第五章　叙述方位

## 第一节　叙述角度

在叙述者对底本所作的种种加工中，叙述角度问题最早引起批评家注意。特定叙述角度把叙述者对故事的感知经验局限于某一个局部主体意识，从而把整个叙述置于这个局部主体意识的能力范围之内。底本本身没有视角问题，底本像一个花瓶，可以从任何角度加以观察，加以摹写，叙述者就像个电影摄影师，他可以来回移动，从各种角度拍摄；他也可以站定下来，从某一特定角度作极有限的移动。因此，叙述角度问题实际上是一个叙述者自我限制的问题，而全部叙述也就可以分成两大类：全知叙述角度，是有权从任何角度拍照花瓶的摄影师；有限叙述角度，是只允许自己在某个特定角度上工作的摄影师。

上面说的不只适用于小说，凡是表现艺术，似乎都有个表现角度问题，电影、电视、绘画、摄影，甚至戏剧、雕塑、建筑，都有视角问题。

但是，叙述角度现在却成了一个文学理论专门术语，而且由于这个问题的研究有其特殊的历史，它几乎不再是一个中性的术语，而专指与全知叙述角度相对的有限人物叙述角度。

叙述角度是二十世纪小说研究中一个最热闹的题目，从某种意义上可以说，现代叙述学是从视角问题的讨论中发展出来的。但是，叙述角度的讨论却不是一个纯理论问题，自十九世纪下半期起的小说创作首先在实践上提出了这问题并且创造了许多成功的实例，然后，现代文论给予这种实践以理论上的说明。

福楼拜看来是自觉在创作中实行有限叙述角度的第一个作家。他试图在小说中把作者的痕迹消除，于是他发现他完全可以用一个人物作为事件的目击者，他称之为"第三观察者"，而不必让叙述者从散乱跳动然而又无所不知的地位去描述事件。《包法利夫人》基本上是以包法利夫妇二人分别作为这种观察者而写成的。

十九世纪末二十世纪初，美国作家亨利·詹姆斯和法国作家普鲁斯特把福楼拜开创的方法发展成为小说的美学原则。小说中的事件不再是最重要的，最重要的是人物对事件的反应，因此，他们不但坚持人物有限叙述角度，而且用各种机会探索人物有限角度所具有的种种可能的意义。亨利·詹姆斯佳作之多，给英语文学界很大震动，使现代英美文论界特别注重小说形式理论研究。

莫泊桑和海明威等作家可以说是从另一个角度发展了福楼拜的路线，使叙述尽可能保持冷静、客观，拒绝进入人物内心，只记录看来像表面化的观察。我们在下文中将谈到，这是叙述角度的另一种自我限制法。

亨利·詹姆斯给自己的每本书都写了序言，他是一个技巧上自觉感很强的作家，他完全明白他的创新手法的意义，因此他提出了意识中心理论：小说中的一切叙述细节必须通过这个意识中心人物思想的过滤，而这种过滤行为本身能更好地揭示这个人物的心灵。

俄国形式主义文论家托马舍夫斯基的《主题学》一文首先注意到詹姆斯小说技巧的理论意义，但俄国形式主义文学理论到了五十年代才被"重新发现"。第一本系统地阐述叙述角度问题的书是美国新批评家珀西·卢伯克一九二一年出版的《小说技巧》与E. M. 福斯特出版于一九二七年的名著《小说面面观》。这两本书提出了此后盛行的术语"视点"，这术语在英语中与在汉语中一样太容易引起误会，因为意义太多。[1] 但是这个术语非常流行，直至今日，一般非理论家的读者、作者依然沿用此术语。理论家们都不大满意而努力寻找取而代之的术语。法国的让·布庸建议用"视界"（vision），美国新批评派的阿伦·泰特建议用"观察点"（post of observation），另两位新批评派克林斯·布鲁克斯和罗伯特·潘·沃伦建议用"叙述焦点"（focus of narrative），法国结构主义者托多洛夫建议用"方位"（aspect），热奈特认为布鲁克斯和沃伦的术语"焦点"可用，而改之为"集焦"（focalization）。

这些争论并不是仅仅找个比较好的术语，术语本来就不可能面面俱到。在争论中叙述学者们发现问题比原来想象的复杂得多。

笔者所使用的汉语叙述"角度"一词，并非以上任何一个术语的译名，而是我选择的比较不容易引起误会的汉语词。

在二十世纪上半叶，视角曾被认为是理解小说的最主要问题，是解开小说之谜的钥匙，甚至被认为小说技巧基本上就是个视角问题。例如卢伯克就声称："小说技法至繁至难，却都受视点问题的制约。"[2]

而叙述角度的分类也越来越细。一九五五年，奥地利文论家斯坦采尔在《小说类型》中提出至少应当区分三种叙述环境，即：全知作者式，典型作品如菲尔丁《汤姆·琼斯》；第一人称兼人物式，典型作品如梅尔维尔《白鲸》；第三人称人物视角式，典型作品如詹姆斯《奉使记》。

一九六二年，瑞典文论家伯尔梯尔·隆伯格在《第一人称小说叙述技巧研究》中提出四分类法：全知作者叙述；第一人称叙述；视角叙述；客观叙述。这只是把斯坦采尔的第三类分得细一些而已。

美国文论家诺尔曼·弗利德曼则建议分成八类：全知叙述有作者干预，如菲尔丁；全知叙述无作者干预，如哈代；第一人称叙述观察者式，如康拉德；第一人称叙述主角式，如狄更斯（《远大前程》）；有限视角全知式，复式，如伍尔夫（《到灯塔去》）；有限视角全知式，单式，如乔伊斯（《艺术家年轻时的肖像》）；纯客观叙述戏剧式，如海明威（《白象似的群山》）；纯客观叙述记录式。最后一项是假定的，即如警察写报告似的完全无任何选择加工的实录，无实例。这八分类显然是隆伯格四分类每项一分为二而已。

还有其他的分类法，但所有这些对叙述角度的研究中，都有一个根本性的错误，即把叙述者身份的各种形态与叙述角度范围位置的变化相混淆。[3]

叙述者的形态可以是第一人称，也可以是第三人称，可以现身，也可以隐身；叙述者的身份可以是主角，可以是次要人物，也可以完全在情节之外。所有这些变化，可以牵动叙述角度变化，但严格说不是叙述角度问题，因为每一种形态都没有强行规定其叙述必须采用的感知范围，只是某种叙述者采用某种叙述角度比较方便罢了，例如第一人称叙述者兼人物式自然地采用有限人物叙述角度。

但是，就弗利德曼的分类而言，第一人称观察者式（例如《白鲸》）、主角式（例如《远大前程》）、第三人称视角式（例如《奉使记》），究竟在叙述角度上有什么不同呢？没有不同，都是有限人物叙述角度；叙述者身份不同，但叙述者都是视角人物。叙述角度是事件被感知的具体方式，叙述者却是叙述信息的发送者，这两者可以重合，但不一定完全重合。用热奈特的话来说，区分叙述角度弄清"谁见到"，区分叙述者弄清"谁说话"，这是理论上和（写作及批评）实践中必须区分的事，模糊不得。

问题似乎不复杂，但是在二十世纪七十年代之前，大半个世纪之久，叙述学研究者都没有明白。除了我们上面指出的各种著作的作者外，以研究工作细腻著称的布斯也同样没有分清这两者，甚至时至今日，欧美的文学教科书依然犯这个错误，例如："作家控制材料，努力使其视角统一。他小心地不让人物知道他不可能知道的东西，同时也不让他的人物使用他不可能用的语汇。"[4] 这话听起来似乎合情合理，却是彻头彻尾的大错：感知范围与语汇使用是两码事，感知取决于视角，语汇取决于叙述者。

举个例子。《子夜》的第一章相当大部分是以吴老太爷为视角人物来写的，吴老太爷尚未到场，以及他到场后晕厥过去之后，当然无法作为视角人物，但在其他时候，一切都是吴老太爷的感受范围，包括他听到的但并不理解的谈话。但此章的叙述者并不是吴老太爷，随便看一段就可明白二者的区别："他看见满客厅是五颜六色的电灯在那里旋转，旋转，而且愈转愈快。近他身旁有一个怪东西，是浑圆的一片金光，荷荷地响着，徐徐向左右移动，吹出了叫人气噎的猛风……她们身上的轻绡掩不住全身肌肉的轮廓，高耸的乳峰，嫩红的乳头，腋下的细毛！无数的高耸的乳峰，颤动着，颤动着的乳峰，在满屋子里飞舞了！"显然，这是吴老太爷的感知范围、认识范围（老太爷不识电风扇），甚至错觉范围，却不是他的语汇，不是他的语气，这段的语言与全书的语言风格上是一致的。

这一段可以有别种写法，也能选择别的人物作视角人物，例如用坐在汽车里陪同的丁医生的眼光来观察吴老太爷如何被上海的景色和衣着性感的女人刺激得发疯的过程。这些东西对丁医生没有刺激，因此他能记下的是吴老太爷的反应，他的感知会使叙述变得纯客观，不动声色，但却能写出死的恐怖，就像左拉写娜娜死的情景一样。

另一种方法，是更主观化，用吴老太爷作为第一人称叙述者兼人物，这样，《子夜》的第一章就变成福克纳《喧哗与骚动》中将要自杀的昆丁那种纷乱惶惑的意识流式内心独白。这种方法当然有其精彩之处，描写吴老太爷的思想更为真切，因为不仅用他的感知，也用他的语言。但是《子夜》写吴老太爷之死，重点并不在吴老太爷的主观意识，这样的写法肯定会干扰全书，喧宾夺主。

可见，《子夜》第一章不仅选择了一个恰到好处的叙述角度，而且也选择了一个恰到好处的叙述者，因而取得了一个理想的叙述者与叙述角度的配合。这种配合，我建议称为"叙述方位"[5]。

本章前面谈到的各家所作视点分类，其实都应当称作方位分类。《罪与罚》中，有一段写到了斯维德里加依洛夫想象到的"风光优美的景色"。[6]这一段景色其实全是斯维德里加依洛夫的幻觉，亦即视角乃是这个人物，但是对景色的描写，却文笔优美，显然来自小说的叙述者。在这里，语言质地和经验内容产生了分裂。叙述方位的佳例很多，可以说，好的小说，都选择了叙述者与视角最佳配合的方式。我们可以再举几个例子。

詹姆斯的名著《梅茜所知道的》在十九世纪末是很大胆的叙述技巧实验。小姑娘梅茜的父母离婚，临时性的安排是让梅茜在各人处住半年。这父母二人用各种心机争取梅茜的欢心，而在这纠葛中又加入了母亲的新丈夫和父亲的新妻子。梅茜最后决定谁也不跟，而与她所信任的一个家庭女教师生活下去。这一切复杂的家庭纠纷和男女关系问题，梅茜幼稚天真的心灵都感知到了，记录下来。小说以隐身第三人称做叙述者，梅茜只是视角人物，小说不是用梅茜的童稚语言，而是詹姆斯式的轻舒从容的叙述。小说的主题——在人生的混乱中童心不可摧毁——被细腻但又客观地表现出来。

与此正成对比的一个例子，是美国当代作家塞林格的《麦田守望者》。一个心灵纯洁的初中学生霍尔顿，对学校和社会中虚伪自私的人际关系极为不满，他被学校开除后，在纽约市内流浪了两天。小说是以霍尔顿为第一人称显露式叙述者，也用他作为视角人物。因此，全部叙述不仅是霍尔顿所感知的经验，也是用的霍尔顿的初中生语言，这二者的结合把童心在这个污浊世界上所受的折磨和痛苦生动地又是幽默地表现出来。

许杰《惨雾》叙述语言与视角分离，视角人物是十六岁的乡下姑娘秋英，用她的眼光来看两个村的宗族血腥械斗："世界是被黑暗所占领了；恶魔穿着黑暗之夜的魔衣，在一切的空气中，用粗厉的恐怖之网笼罩人生，和尖利的死神之刀对待人生。"

周克芹《许茂和他的女儿们》："只有对庄稼活有着潜心研究的人，才会有这样的因地制宜、经济实效的学问。许茂这块颇具规模的自留地，不是一块地，简直是一件精美的艺术品！"此段叙述用笔文雅，尤其是把自留地比喻成一件精美的艺术品。如果是视角人物说话，或许应该是："庄稼地不是瞎糊弄的，只有踏踏实实地干，才能种出个门道儿来。我这块地就是一块种出来的好地，这才是'有名堂'！"

毕飞宇的《玉米》中主人公玉米是个乡下姑娘，只念过三年书："他们到现在都没有说一句话，没有碰一下手指头。玉米想，这就对了，恋爱就是这样的，无声地坐在一起，有些陌生，但是默契；近在咫尺，却一心一意地向遥远的地方憧憬、缅怀。就是这样的。"如果用玉米的语言，大致应该是这样："玉米想，原来恋爱是这样一回事，别看两个人身子离得远，心可靠得近哩。两人的心里眼里满满的都是话，不消说出来，就互相都懂得了。玉米的身子轻飘飘的，好像不知道自己到哪里了，又觉着暖烘烘的踏实。恋爱的味道竟然恁般好呢，一肚子的肠子都化成水了。"[7]

热奈特提出一种测定叙述作品是否严格遵循第三人称人物视角的方法，即把视角人物改成叙述者，转用第一人称，这时，只消把"他"改成"我"之外，其他无须任何增删。[8]这个公式行不通。所有的词汇、语气、文风，全得跟叙述者身份变化而改变。不需要增删的，只是情节事件。

## 第二节 权力自限

叙述角度问题，从根本上说是个权力自限问题。叙述者是叙述作品的创造者，他对底本中的全部信息拥有解释、选择、处理、讲述的全权。[9]而在叙述中，他的这种权力分配在主体意识的各个组成部分之中。

不管叙述最后采取何种形式，底本从定义上就是全知全能的，这是叙述者可以进行选择的前提。因此，如果叙述被限制于一定的意识范围之中，表面上看起来全知全能的权威被取消了，但实际上这只是为了特定目的的一种自我限制，布斯很形象地称之为"长牙齿的全知全能"[10]。

例如《子夜》的底本中应当有关于一九三二年的上海的任何知识、消息、情况，任何表象的或实质的了解，但《子夜》第一章只需要吴老太爷极有限的观察范围和理解范围。底本的信息量对于特定叙述而言总是过剩的，而叙述者是从无限信息量到有限信息量的桥梁。叙述角度即是选择的一种方法。被视角划定的信息范围，就不再是绝对权威，而是一种特许范围。

显然，特许范围可以有不同的数量级，实际上，绝对权威是不存在的，只有较大数量级的特许范围。而且，特许范围是一种自我限制，因此推指作者可以在任何时候让叙述者打破这特许范围的限制而获得更大的特许范围。第三章中讨论的干预，就是一种对特许范围的破坏。

同样，一个具有比较大的特许范围的叙述者，也可以临时缩小特许范围。实际上，几乎所有的全知全能叙述，都可以分解为一系列不断变化的特许范围，也就是说，叙述者很自由地采用各种不同的视角进行叙述。例如，《子夜》的叙述基本上是全知全能的，但在第一章中，叙述者基本上自限于一个很小的特许范围，吴老太爷的视角；《阿Q正传》是全知全能叙述，但当阿Q从城里重回未庄时，叙述者突然退入未庄居民的特许范围，只看到阿Q"发"了，却不明白他那些布料衣服的来源，赵太爷毕竟聪明一点，首先猜到阿Q是"做这路生意的"，但一般未庄居民还是不明白，所以叙述者也跟着装不明白，一直到第六章结尾才让一班闲人寻根究底去探问阿Q的底细，而"阿Q也并不讳饰，傲然的说出他的经验来"。

因此，特许范围随着情节展开，构成了一个从现象到底蕴、从结果到原因的逆向发现过程。托多洛夫认为小说的通例是第一次用表象方式陈述命题，第二次用同一命题加以变化加以揭示。[11] 这个总结简单化了一些，但可以说明从观察现象到揭示原因是叙述权力自限的基本目的。在很多作品中，自限使叙述本身，而不是被叙述的故事，成为叙述的目标所在，因为叙述本身由于叙述者的自限而被戏剧化了。卡夫卡的《城堡》是佳例，说明小说的意义在于叙述者的严酷自限造成的苦恼和困惑。[12]

纪德的《伪币制造者》有一段，点出了不得不采用人物视角的原因，在复杂的现代社会，只有人物的经验范围才是真实的："如果爱德华与俄理维双方见面时的喜悦能有更显著的表示，我们也就无须慨叹以后所发生的一切；但这一种奇特的心理——怕自己不能在对方心目中唤起同等的共鸣——却是他们两人所共有的，这才造成他们间的僵局。每人都以为只有自己单方面受感动，只有自己单方面有着这种热切的喜悦，因此感到惶惑，而尽量抑制自己的喜悦，不使任情流露。"[13] 甚至用人物为视角的小说，在人物所能感知的范围中，还能进一步自限。美国杰弗雷·布什的短篇小说《万壑松风图》就是一个很有趣的例子。这篇小说的方位配合用第一人称叙述者兼主角人物。这是特许权最大的配合，应当说自己的事全在他的感知范围之内。"我"受聘于一个大学艺术系教授中国美术史，"我"得到这位置是由于在中国美术史研究上著作甚丰。班上有个很有才气的学生，交上一篇论述中国宋代画家李唐的作业。"我"发现这篇作业太精彩，再有才气的学生似乎也写不出，而且"我"觉得此文有点似曾相识，但无法确定到底在哪里见过。因此，"我"打好行装，约该学生谈话。该学生坦然承认他是抄来的。"我"问他抄谁的，该学生指着"我"说，抄的是"我"自己大作中的一章。小说进行到这里，我们才明白"我"是假冒那位中国美术史专家的名字到这里来做教授的，而该学生早有所怀疑，用这个方式把"我"戳穿。

"我"当然知道"我"是冒牌教授，但叙述者兼人物的"我"有意自限起来，只描写"我"的奇奇怪怪的苦恼、惊恐，却不说出究竟是什么原因。"我"打好行装再约学生谈话，就暗指"我"知道自己被识破了，准备开溜，但"我"

依然不把原因说出来。这种在某个关键问题上进行叙述自限的方法，当然是在用延迟信息制造悬疑，与一般悬疑不同的是，这信息绝对在叙述者的特许范围之中，所以这是在特许范围内部的自限。阿加莎·克里斯蒂的侦探小说《斯塔福案件》也是用的这种技巧，叙述者详细描绘他参与一个案件的调查，最后"发现"他自己是作案的杀人犯。

我们可以把这叫作"卖关子"。实际上，任何小说都多多少少用扣押特许范围内能感知的信息来卖关子，以制造戏剧化效果，有的小说叙述者就始终不愿提供某些信息。《红楼梦》的叙述者就始终不愿说出贾珍与秦可卿的关系、贾宝玉与秦可卿的关系，贾宝玉与秦钟的关系更是隐隐约约不说清楚，甚至袭人是否出卖了晴雯也只留下若有似无的暗示。我们可以看到，《红楼梦》的叙述者只愿让焦大把贾府真相捅出来，叙述者不但自己努力不对人物作道德判断，也有意扣留足以让读者立即作出道德判断的情节，因为当时，甚至今日的中国读者，如果知道贾珍与儿媳妇通奸，贾宝玉性关系过分混乱，或有同性恋，或者袭人是"告密小人"，那就会马上把他们判定为"坏人"，《红楼梦》就变成了一部肤浅的道德小说。

## 第三节  叙述方位分类

至此，我想我们对于叙述角度与叙述者的配合方式与叙述角度本身的机制已有足够的了解。在这基础上，笔者提出一个叙述方位总分类表，并补充一些必要的解释。

叙述者与叙述角度的可能配合方式一共只有九种。读者如果能发现足以填补此表中另外九个空格的作品，务请来信或写稿讨论，我尽我所能只发现这九种。当然，还有一些很难归入某一类的作品，例如吴趼人《二十年目睹之怪现状》，第一人称叙述者"死里逃生"说不上是主要人物还是次要人物，而且由于次叙述太多，有浓重的第三人称叙述色彩；再如爱米丽·勃朗特《呼啸山庄》和鲁迅《祝福》，主叙述与次叙述的混合使我们难以归类；像狄更斯《荒凉之家》，第三人称叙述中夹了大量第一人称书信日记。但大致上所有的小说都采用表5-1里九种叙述方位（及其亚型）中的一种。

方位1："隐身叙述者＋全知视角"：全知叙述，深度报道，信息比较全面。例如灾难现场报道，基本上记者客观说情况。

第三人称全知式，叙述者有任意介入人物内心的权力，因此，他也必须站在叙述之外，不显露自己的身份，就像上帝一样。热奈特称全知式为"零度集焦"[14]，即无角度可言。全知式是叙述者被赋予绝对权力，从而能随意出入人物内心的结果，因此，如果一定要给予一个别的称呼，可以称之为"任意多视角叙述"。

我们可以举《红楼梦》的例子。第三十五回有一段："少顷至园外，王夫人恐贾母乏了，便欲让至上房内坐。贾母也觉腿酸，便点头依允。王夫人便令丫头忙先去铺设坐位。那时赵姨娘推病，只有周姨娘与众婆娘丫头们忙着打帘子，立靠背，铺褥子。"这一段是随手摘下的，看来没有任何特别的地方，只是一些人物的零散动作而已。但是请注意这里不是客观地描写人物行动，王夫人的"恐"，贾母的"觉"，赵姨娘的"推"，都是她们的心理活动，并没有在行动语言中显出来。只有在全知式方位时叙述者有绝大权力可以随手把这些人心里想的事写在一小段中。

有的叙述学家认为此种段落依然不能说是全知全能，而是每一句换一个视角，是多角度叙述的极端例子而已。在他们看来，唯一的全知全能，是同时（在一句话中）说到处于不同地方或不同时间的几个事件。例如《战争与和平》中说"这天晚上法军与俄军都开始准备进入会战"才是真正全知，这个标准太严格些，没有必要。像上引《红楼梦》在一段中几乎同时说到不同人的意识活动即可算全知式。

现代小说中，规模较大的历史小说为了展开广阔的画面，不得不用这样的叙述方位以取得"全景视界"，例如赫

表5-1 叙述方位总表

| 视角 | 叙述者身份 | 第一人称（显示式） | | 第三人称（隐身式） | | 第二人称 |
|---|---|---|---|---|---|---|
| | | 单式 | 复式 | 单式 | 复式 | |
| 绝对权威式 | 全知式 | | | 曹雪芹《红楼梦》茅盾《子夜》托尔斯泰《战争与和平》菲尔丁《汤姆·琼斯》 | | 毕托《改了主意》莫言《欢乐》 |
| | 旁观式 | | | 海明威《白象似的群山》 | | |
| 特许范围式 | 主要人物视角 | 丁玲《莎菲女士的日记》老舍《月牙儿》普鲁斯特《追忆似水年华》马克·吐温《哈克贝里·芬历险记》 | 赵振开《波动》福克纳《喧哗与骚动》靳凡《公开的情书》德勒尔《亚历山大利亚四重奏》 | 郁达夫《沉沦》乔伊斯《艺术家年轻时的肖像》詹姆斯《奉使记》 | 乔伊斯《尤利西斯》茅盾《泥泞》邵振国《麦客》伍尔夫《到灯塔去》陈若曦《笑围》 | |
| | 次要人物视角 | 柯南道尔《福尔摩斯探案集》阿城《棋王》梅尔维尔《白鲸》詹姆斯《阿斯彭文稿》 | | 海明威《刺客》 | | |

尔曼·沃克的《战争风云》、《战争与回忆》，或索尔仁尼琴的《一九一四年八月》。的确，用人物视角来写线索多场面广的历史小说太不方便。美国现代作家厄普顿·辛克莱描写"一战"后世界大事的多卷本长篇小说《世界的终点》，通过一个人物莱尼·伯德写世界各地发生的大事，其结果就很笨拙：主人公不得不满世界乱跑，到处遇到"历史性大事"。在靠船进行洲际旅行的时代，也太难了。

方位2："隐身叙述者＋主要人物视角"。这个方位，就是造成现代小说大变化的所谓"视角小说"。自从亨利·詹姆斯在他的一连串小说中坚持并且异常成功地使用这种叙述方位后，这种叙述方位也常被称为"詹姆斯方式"。直至今日，小说经过近一个世纪的巨大变革，现代文论家如托多洛夫，依然称之为"本世纪诗学取得最大成果的课题"[15]。

显然，写一部人物视角小说，首先的问题必然是选择哪个人物作视角人物。福楼拜的名著《包法利夫人》基本上以爱玛为视角人物，他的《情感教育》以弗雷德里克为视角人物。爱玛的确是个虚荣的小城少妇，而弗雷德里克是个不成熟的少年。对此，布斯很不以为然，他认为用太愚蠢的人物作视角人物不合适，他认为此选择"是一个道德选择，而不只是决定说故事的技巧角度"[16]。任何人物作视角人物都有利有弊，全看作品想取得怎样一种效果，想把叙述主体意识作怎样的一种分布。

J. M. 库切的《彼得堡的大师》，以陀思妥耶夫斯基作为视角人物，全篇的叙述者乃是隐身的，对所有人都以第三人称称之，但是视角则全部来自陀思妥耶夫斯基。类似的，还有大江健三郎的《个人的体验》，以主人公"鸟"为视角人物。方位1的全知全能，并不排除片断的人物视角。金圣叹改本《第五才子书施耐庵水浒传》："（阎婆惜）正在楼上自言自语，只听得楼下呀地门响。床上问道：'是谁?'门前道：'是我。'床上道：'我说早哩，押司却不信要去，原来早了又回来。且再和姐姐睡一睡，到天明去。'这边也不回话，一径已上楼来。"原来的一百二十回《水浒传》写明"婆子"、"宋江"。金圣叹很得意地自评："一片都是听出来的，有影灯漏月之妙。"

电影中运用人物视角，则更多更自然。《蓝白红三部曲之蓝》中女主角朱莉让过世丈夫的朋友到她家来的时候，镜头置于朱莉的后脑勺后。镜头作为隐身叙述者，呈现的是朱莉的视角，它/她注视着丈夫的朋友脱衣服。这一细节常被作为对摄像机所具有的男性视角的颠覆。《香草的天空》扑朔迷离，因为全部坚持大卫视角，甚至跟着他的潜意识或梦境，其余一概不知。《世贸中心》用一位救火员视角，镜头跟着任务狂跑颠簸，使场面更加紧迫。

角色扮演类电子游戏，大多采用这种方位来叙述。例如游戏《三国杀》，玩家可以选择扮演不同的人物角色，如主公刘备、曹操、孙权，忠臣诸葛亮、周瑜，以及内奸。不管选择的人物角色是什么，整个游戏都以选定的这个人物为主角展开，而且视域也局限于这个人物角色之内，该人物不知道游戏中其他人物的想法和即将采取的行动。叙述者并不参与到游戏进程中，不管玩家选择扮演何种人物角色，与各种角色相对应的述本是早已确定的，只是不同于小说，游戏的述本依据玩家不同的玩法呈现出多个不同的版本。

人物视角，会使叙述形成的道德倾斜。布斯提出："持续的内视点是读者希望与他共行的那个人有好运，而不管它暴露的品质如何。"[17]布斯认为这种做法是幼稚的。柯里认为这是因为我们每个人都是视角人物，叙述创造的主体，是我们幻觉上与之同一。这实际上也出现在新闻中：报道何人，采访何人，实际上给对象一个伸张主体意志的机会。持续下去，实际上会赢得同情（例如BBC采访戴安娜，使她在与王室的争吵中得分不少）。

用人物视角为杀人犯辩护，至少为他们赢得同情和理解，小说中早有传统，《红与黑》中的于连是较早的例子，报告文学《冷血》是较新的例子。罗宾·沃霍尔在分析简·奥斯丁的小说《劝导》时，认为哪怕底本依然是男人有权、女人要嫁，但是述本全部以女人视角看社会习俗，用女人的心理看男人，因此女主人公发现这个男权社会外表与内在价值分离，公共现实与私下现实分离，看与被看分离。

视角引发同情的原因可能是内模仿，即从外到内的移情，美学上称为内模仿。

谷鲁斯提出的内模仿原理认为，"看跑马时，真正的模仿无法实现……只能心领神会地模仿马的跑动，享受内模仿的快感……故事用的是符号，但是我们能感到它们表达的感情"，认为对感情的模仿只能隐于内心。陈寅恪称为"同情之理解"。

米勒指出亨利·詹姆斯的写作正处于从全知到人物视角的过渡期。全知的写法要求一个"可操作社群"，叙述者是群体意识的代言人（例如乔治·艾略特、安东尼·特罗洛普等），他的评论可以引导阐释。而十九世纪末，西欧社会的群体性开始失效，个人意见超越社群，就会开始朝人物的个人观点转变。

人物视角使小说形式紧凑，但显然不如全知式那么灵活。有的时候，为了让视角人物感知到必要的情节内容，就不得不让他落到很奇怪的场合之中。《水浒传》中"林教头风雪山神庙"那段几乎一直用林冲作视角人物，因此构成了很精彩的效果：林冲对谋害他的阴谋一无所知，步步中计走入死地。但最后，为了揭示真相，林冲在山神庙中很凑巧地听到差拨、陆虞候和富安三人，把阴谋安排及预期结果从头到尾讲一遍。"林十回"太精彩，对此小小的勉强之处，我们只好不在意。

同样的情况，在很多现代作品中也可见到。美国现代作家谢伍德·安德森的短篇小说《我想知道为什么》中"我"是一个男孩，崇拜一个驯马师，认为他是天地间一切伟大勇敢精神的代表。但是我"不巧"在一家妓院看到他喝得烂醉，乱吹牛，淫荡好色，于是大失所望。但是一个孩子如何能到这种地方去目击这些事呢？这孩子是信步闲走，偶然路过这间房子，而且正好有个侧窗开着，让"我"听到一切谈话。王安忆早期的一个短篇《新来的教练》中"我"是一个思想教条、能力不强的女教练，面对一个"新式人物"的男教练，当然她是什么都看不上眼，而且一大堆怀疑，为了最后洗清这些怀疑，就不得不让这位女教练半夜在树丛后，偷听、偷看到这个男教练行事之光明正大。

　　这种苦恼，在以第一人称主角人物为视角的小说中有时也会存在。普鲁斯特就承认："我作为旁观者见到的事件总是在不太可能的鲁莽轻率的情况下发生，好像只有冒险或鬼鬼祟祟的行为才能使我得到事实真相。"[18] 的确，《追忆似水年华》的叙述者、温文尔雅的"我"不得不出现在一些他不太可能去的地方，例如儒皮盎的男妓馆，为了去目击夏尔吕男爵享受性被虐的场面。不这样，就得让人物转述，显然，这种事当事人是不会转述的。

　　方位2有个变体："复式隐身叙述者＋人物视角"。复式人物视角有两种，一种是整齐地安排，每章或每隔一个部分用一个人物为视角人物，例如陈若曦的《突围》；另一种则分割不太明显，但自然地从一个人物视角转入另一个人物的视角，伍尔夫《到灯塔去》和乔伊斯《尤利西斯》是经典例子。

举个复式人物视角的佳例，汪曾祺的《受戒》。小说大致上每段改用一个叙述方位，例如明海受戒，用小英子作视角人物："'大雄宝殿'，这才真是个'大殿'！一进去，凉飕飕的。到处都是金光耀眼。释迦牟尼佛坐在一个莲花座上，单是莲座，就比小英子还高……小英子出了庙，闻着自己的衣服都是香的。"这里故意不用小和尚明海作视角人物，因为明海当然虔诚得多，而这篇小说的主题却是把"受戒"世俗化。小说有的段落视角来回跳动，比如先是小英子的视角："'捏'荸荠，这是小英子最爱干的生活……赤了脚，在凉浸浸滑溜溜的泥里踩着，——哎，一个硬疙瘩！伸手下去，一个红紫红紫的荸荠。"然后转成明海的视角："明海看着她的脚印，傻了。五个小小的趾头，脚掌平平的，脚跟细细的，脚弓部分缺了一块。明海身上有一种从来没有过的感觉，他觉得心里痒痒的。这一串美丽的脚印把小和尚的心搞乱了。"两个视角人物交替，从青梅竹马爱情的两方面来肯定非禁欲的真人生。

视角互换电影《兵临城下》讲苏德战争期间两位顶尖狙击手对决，叙述在交战双方主人公的筹备中轮换展开。在两人对峙时，镜头在两人的瞄准镜中轮换，在瞄准镜后面的是视角人物。《父辈的旗帜》与《硫磺岛的来信》是姐妹篇电影，互为美军、日军视角，极个别情节成为交叉点（例如虐杀伊基），但是打得你死我活的双方，对对方的大部分活动与心情完全不知，使战争显得极端无人性。

方位2还有另外一种变体："集体人物视角"。后面要讲的茅盾的短篇小说《泥泞》就是一个很好的例子。

方位3："隐身叙述者＋次要人物视角"。这种方位比较少见，因为这时特许范围过于窄小，作为次要人物，他只能观察主要人物的行为，作为视角人物，他不能超越很小的感知范围，作为第三人称被叙述人物，他不像第一人称叙述者那样能随意发表言论。成功地坚持这种叙述方位的小说是很少的。海明威的《刺客》是被文论家们津津乐道的范例，这例子是否适用，取决于我们是否认为尼克·阿丹姆是次要人物，可能有人会认为他是真正的主角。艾柯的《玫瑰之名》乃是一个回忆录式的叙述者，虽然是次要人物（事实上是一个华生医生式的侦探助手）。贾平凹的《商州》第一单元第三节以次要人物秃子的视角进行，叙述者跟着秃子边走边扫描周围的人和事。

由于次要人物的见识非常有限，可以表现集体的无意识，现代小说中越来越多地出现"集体次要人物视角"。茅盾的短篇小说《泥泞》，写北伐时期南北军拉锯地带某村庄的农民，不理解地看革命的宣传工作和反革命的暴行。小说似乎是全知观，但一直是以村民们集体的眼光来看一切，因而主要人物被北军枪毙后，村民们还是搞不清军来马去是怎么回事，而小说也拒绝转入北军军官或北伐军宣传队员来作一个解释。这是一个复式第三人称视角很成功的例子。

方位4："隐身叙述者＋旁观式视角"。与全知式正相反的叙述方位，是"全不知式"，被称为"墙上苍蝇技法"，意思是说叙述者像苍蝇一样完全隐藏或完全不被人注意，而叙述就像苍蝇眼睛看到并记录事物的表象，记录下谈话，但不解释评论任何事（因此没有任何叙述干预），不带任何感情色彩（因此几乎没有任何形容词和副词），不进入任何人的内心（因此它不说出任何人物心里的想法）。

能够完全做到这一点的小说是很少的。海明威常被人举例认为是使用这种叙述角度的范例，但他的大部分作品并没有完全坚持这种叙述方位的诸原则，只有很少几篇短篇小说（如《白象似的群山》）完全采用这种方法，其结果往往是一篇谜一样费人猜详的小说，因为有太多的问题完全没有解释。

不是绝对严格地采用这个叙述方位的作品，还是比较多的。海明威的《乞力马扎罗山上的雪》写了男主人公心里的回忆，但用斜体字印出，以示与旁观式方位的正文有别。美国现代作家达希尔·哈米特的一系列硬汉式侦探小说有叙述者，但叙述者没有名字，没有任何感情，不介入情节，其效果就有点像旁观式叙述。阿兰·罗伯-格里耶的小说《嫉妒》中叙述者一直没有出现，几乎绝对隐身，很明显他是以丈夫的视角来进行叙述的。叙述语言客观而冷静，言语之间没有与嫉妒相关的任何思想、观点与见解，没有嫉妒的感情变化、情绪起伏以及有关的任何心理活动。叙述者和视角人物这两个人格出现了争夺，而以叙述者为绝对主导。如果视角人物即阿X的丈夫说话的话，言语中会带上嫉妒的情感波动，甚至会有处于嫉妒的情况下对客观事态的考虑、分析、意图与打算等。这与叙述者用的语言在语汇和风格上明显不同。

在电影中有一种新的潮流，所谓直接电影式：主张摄影机永远是旁观者，不干涉、不影响事件的过程，永远只作静观默察式的记录；不需要采访，拒绝重演，不用灯光，没有解说，排斥一切可能破坏生活原生态的主观介入；工作原则可以归纳为"观察者"或"旁观者"。还有一些先锋电影、实验电影，例如格斯·范·桑特的电影《大象》，讲述一个在平淡的秋日两个高中生在校园里大开杀戒的血腥故事。影片采用非线性结构，没有明显的故事情节，而是在琐碎的细节中体现人物的心理和人物之间的矛盾。影片大部分是即兴发挥，片中的孩子基本上都没有表演经验，并且用的是真名。大量的长镜头再现出生活的真实感。《大象》的震撼之处就在于内容和形式之间的张力，即对校园枪杀这样敏感、戏剧性的题材进行的是钝感的、非戏剧化的展现。

方位4有个变体："绝对隐身叙述者＋绝对旁观者"，也可以称为"场面记录式"。整部小说好像是一个不上场的观众作为叙述者兼视角人物，记录下舞台上发生的一切，其特点是情节发生的时间和地点相当集中。吴组缃的《樊家铺》全部情节延续若干日，但所有的对话和行动全部发生在樊家铺这个通向县城公路边的小店的门口或店内。美国作家约翰·斯坦贝克的《月落》共八章，每章换个地点，但各章的情节集中在同一地点同一时间，读起来就像一个八幕剧的记录稿。刘心武的《立体交叉桥》全部故事发生在北京东单一个市民的家中（只有开头和结尾很小一部分移到大街上），而情节发生在一天的早晨到夜里若干段时间，读起来就像一个多场独幕剧的记录稿。

方位5："显身叙述者＋主角人物视角"，即"第一人称全知"。应当说这个名称有点自我矛盾：所有的第一人称小说，都是以"我"为视角人物的，其特许范围被限制在一定人物的感知范围内，任何"我"不可能像上帝一样全知。但是他是主角还是配角，却大有不同。配角的任务是观察，做主角时，"我"就可以借任何理由说任何事。狄更斯的《大卫·科波菲尔》中，狄更斯硬让"我"来叙述"我"出生之前的事件以及其他一些根本不可能亲历但非常关键的事件。

读者由于沉醉于故事本身，所以并不追究这些叙事信息的渠道。狄更斯的《远大前程》就不得不采用了多种方法来维持叙事者信息来源的可靠性，"我住下来之后，一点一滴地了解到（主要从赫伯特那里）鄱凯特先生毕业于哈罗中学，又在剑桥大学读过书，是才华卓越的学生"[19]这样的说明一旦多用就很笨拙。

"第一人称全知"经常需要一个理由，因此往往采取书信体。作为主角，似乎都要找些理由。书信、日记、回忆、自传，是常用的体例。书信体小说最早出现于英国文艺复兴时期，但在十八世纪大流行，理查森的《帕梅拉》、《克拉丽莎》，斯摩莱特的《亨夫利·克林克》，拉克洛的《危险的关系》都是一组人物的通信，而且这些书信大都写得极长，《克拉丽莎》有七大卷。书信体在现当代小说中已很少使用，索尔·贝娄的《赫尔索格》中主人公为第一人称叙述者，他大量引用自己写给各种著名人物但从未寄出的信。纳博科夫的《淡色火焰》由前言、一首四个篇章的长诗、评注和索引组成，其注释部分的页码超出译文部分达十倍之多。读者需要通过对诗与注释的反复对照阅读，自己组织情节。小说可以有六种不同的读法。

借助书信，电影也可以接近"第一人称全知"。根据茨威格小说改编的电影《一个陌生女人的来信》展示了一种独白式的表现形式。电影由始至终都贯穿着女人"我"的独白

（以信件的方式呈现），剧情的铺展都伴随着女人的独白展开，她作为回忆及独白的主体，对事件是全知的。

回忆录体也是如此。笛福《鲁滨孙飘流记》可能是最早的日记体小说，然后就是歌德的《少年维特之烦恼》、纪德的《田园交响曲》、萨特的《恶心》、索尔·贝娄的《晃在半空的人》。在中国现代小说中，鲁迅的《狂人日记》、丁玲的《莎菲女士的日记》都是使用得成功的例子。日记体小说比书信体小说灵活一些，因为日记可以是自己对自己说话，什么话都可以说。回忆录式小说与自传体小说也是第一人称叙述者讲自己故事的借口。有的小说惟妙惟肖地套用回忆录的语气，是伪回忆录，如法国当代作家玛格丽特·尤瑟娜的《哈德良回忆录》只是全知全能特殊方位的依托。

晚清许多新小说家，写的实际上是伪回忆录：用"见闻"的方式构思第一人称叙述的小说，以"我"的游历为框架，以便引出他人故事或生活片段。如吴趼人的《二十年目睹之怪现状》、王濬卿的《冷眼观》、萧然郁生的《乌托邦游记》等。

在中国古典小说中，第一人称作品是很少的。最早的唐传奇，张文成的《游仙窟》，以"仆"、"余"自称，自述与仙女交往的艳遇。但这样的作品此后还是不多，某些常被人津津乐道的第一人称叙述作品，如《浮生六记》，并非伪回忆录，而是真回忆录。

中国"五四"时期第一人称叙述小说中，叙述者"我"大都是主角。这时期的许多自叙传小说、日记体小说、书信体小说都有这个特点。如郁达夫《茑萝行》《迟桂花》，庐隐《丽石的日记》、《或人的悲哀》，郭沫若《落叶》，冰心《遗书》等。

方位6："显身叙述者＋次要人物视角"。当第一人称叙述者成为次要人物，情况就完全不同，因为次要人物的特许范围被严重地限制。这种小说有非常特殊的功能，即主角可以是神秘人物：行为神秘，而叙述只是观察，不描写其内心究竟为何如此神秘。因此，可以称为"第一人称仰视式叙述"。

梅尔维尔的《白鲸》的叙述者以实玛利是个普通水手，从他的眼光来看，船长亚哈的行为很难理解，他只能观察，只能忖度，从而使此小说的神秘主题更加使人迷惑。如此的方位配置法实际上是这类小说命意所在：主人公是一个有魅力的但行动和心理都比较神秘的人物，而叙述者"我"是一个既能有机会与主人公接近，却又在智力、想象力上都近于常人的人物。

仰视式即"显身叙述者＋次要人物视角"，或者叫作"第一人称见证人叙述"，如康拉德的《黑暗的心脏》，小说主体部分属于第一人称见证人叙述，由马洛充当见证人，并且马洛处于故事的边缘地位。卡尔维诺《树上的男爵》中叙述者"我"是男爵柯希莫的弟弟，小说意在以一个常人的眼光展现柯希莫异乎常人的行动与非凡的冒险经历。大江健三郎《燃烧的绿树》中主人公乃是一个失败的新兴宗教领袖阿吉大哥，而叙述者则是阿吉大哥的同道，以及他的女友。

方位6的搭配方式使用得很多，例如《呼啸山庄》用洛克乌德的眼光，看希斯克利夫；《白鲸》用以实玛利的眼光，看亚哈船长；《福尔摩斯探案集》用华生的眼光，看福尔摩斯；《黑暗的心脏》用马洛的眼光，看库尔茨；《了不起的盖茨比》用卡拉威的眼光，看盖茨比；《棋王》用普通知青"我"的眼光，看棋王王一生；《莫格街凶杀案》用"我"的眼光，看大侦探杜宾；《孔乙己》用店小二"我"的眼光，看孔乙己，因此从他眼中看到的孔乙己也带有一定的局限性，比如孔乙己有一段时间消失了，"我"作为店小二并没有办法给出他消失的理由，这是受到视角限制的缘故。电影《西西里的美丽传说》则是以"我"、一个十三岁男孩的视角来讲述女主角玛莲娜的经历。此片是研究镜头语言"凝视"的经典案例。

方位6也有个复式变体："复式显身叙述者+次要人物视角"。佳例是《献给艾米丽的玫瑰》。村民"我们"是叙述者、观察者，无知，而且愚蠢。这篇小说，与上面方位3亚型举的例子、茅盾的《泥泞》正成对比：《泥泞》是第三人称集体次要人物视角，《献给艾米丽的玫瑰》是第一人称集体次要人物视角，效果各有千秋，不过中国二十世纪二十年代的农民自我更少些，更适合用"他们"。

最后是方位7："显身叙述者＋绝对旁观人物视角"。这种小说叙述者全知，但是绝对旁观，显得非常神秘：阿兰·罗伯-格里耶的许多小说是第一人称，但是这个叙述者始终没有成为人物出现，没有名字，没有性别，实际上隐身并且全知。《在迷宫里》、《纽约革命计划》、《金三角的回忆》、《一座幽灵城市的拓扑学结构》等，只有个别句子似乎指明"我"从什么地方冷冷地观察小说的情节。正因如此，我实际上是叙述外的全知叙述者。

## 第四节　跳　角

跳角，有学者称为"视角越界"，英文称为"alteration"，是因为各种原因对视角与方位安排的背离。跳角不能一概而论说不恰当，也不能一概而论说应当允许。这里卷入的问题很复杂。

人物视角是一种叙述权力自限，优点是能把叙述集中于一个人物的意识之中，这样就不必解释清楚事件的前因后果以及每个人物的行为动机。但是，当叙述者必须把某些人物的行为动机说清楚，而这些人物却不是视角人物时，叙述者就不得不求助于另外一些办法。我们已经提到过一个方法是《呼啸山庄》或《祝福》，起用另一个人物作次叙述。还有一个更常用的办法就是在必要的时候放弃人物视角的整一性，尤其在第三人称叙述者加人物视角的小说，有目的、有安排地跳出人物视角是常见的。

《尘埃落定》绝大部分的叙述是以作品中傻子的视角来展开叙述的，属于限制性视角叙述。然而，为了展现藏族特有的文化，在叙述傻子的哥哥被谋杀的事情时，有意地进行了跳角，不在现场的叙述者却详细地叙述了傻子的哥哥被仇人所杀的整个过程，视角由限制性视角转为全知视角。

这里的关键问题是在必要的时候才跳角，必要性本身会使读者忽略叙述角度整一性的要求。老舍的名著《骆驼祥子》是个好例。全书基本上是以祥子为视角人物配第三人称叙述者，例如虎妞勾引祥子的过程是通过祥子的眼光来叙述的，也是通过祥子的简单思想方式来判断的，用的却是叙述者生动的语言（不是祥子木讷的语言）。这里完全没有必要转入虎妞视角，因为虎妞的动机并不十分复杂，通过祥子的观察也就可以大致知道了。但是，另一场刘四爷做生日，与虎妞从闹别扭到大吵，这两个人物的思想过程就太复杂了，不是祥子的感知和认识能力所能处理的，而他们的动机却非得介绍清楚不可，因为下面的情节都从这场吵架的动机中延伸出来，因此，叙述就自然地离开祥子的意识而轮流进入刘四爷与虎妞的意识之中，仔细写他们的思想过程。不跳角，这一章几乎无法写。

狄更斯《荒凉之家》第四十八章在叙述图金霍恩被枪杀一事时，叙述从全知角度转向了一个旁观路人的观察角度：那是怎么回事？谁用步枪或手枪开了一枪？在什么地方？几个过路人吓了一跳，停住了脚步，四下张望。莫里亚克的《苔蕾丝》系列小说基本上以苔蕾丝作视角人物，但是在第二部，苔蕾丝在巴黎苦于歇斯底里症，向一个心理分析医师诉说病状的求助，这一部分突然跳出，用在室外偷听的医生的妻子作视角人物，她对苔蕾丝毫无同情之心，因而使苔蕾丝自述的生活显得更加混乱，她与一些男人的关系听来更为荒唐。而且，苔蕾丝既然来求助，她当然相信医生能帮助她，而医生的妻子知道她丈夫只会装腔拿调，无能为力，只有从她的眼光才能看出苔蕾丝处境之无助可悲。

不过，有的小说的跳角有小说之外的不得不跳的理由。例如邵振国的小说《麦客》，每一节都轮流以割麦工吴河东与吴顺昌父子两人为视角人物，写两条平行对比的情节，叙述角度相当整齐。但是，第五节写到麦田主水香勾引吴顺昌，而吴顺昌经过思想斗争，拒绝去水香的房间，叙述突然跳出吴顺昌，进入水香的意识："水香没有睡，呆坐在炕边上，想去重新点亮那盏灯，却又没心思……她呆滞地望着窗幔上的格子影，象是数着她从十四岁成婚到现在的日子。她，没有爱过人，从来没有，咋会爱上了他，她不知道，只记得最初骂自己的时候……是的，她的确认为自己坏，眼前她依旧这样认为；我是个坏女人，坏女人啊！哥，你不来对着哩，对着哩，对着……"这一段跳角当然破坏了全篇小说叙述方位的整一安排，从情节上来说，也并非必要，因为不管水香怎么想，是否泪水涟涟地自责自己是坏女人，并不影响主角吴顺昌的行动（他不是因为知道水香的想法才不去她屋里的），也不影响以后的情节发展。这个跳角明显的理由是道德上的，因为不写水香的自我谴责，水香的形象就成了问题，她可能显得像个淫邪女人。由于小说要为她勾引男子的行为辩解，就必须进入她的内心以说明她的高尚。小说的劝善戒恶主题，迫使叙述进入破坏了原设计叙述方位的跳角。不过没有这一跳，此小说怕也不可能得奖。

这种情况倒也并不完全是中国国情特殊。英国现代作家格雷厄姆·格林的名著《问题的核心》一书遇到过相类似的情况，虽然其跳角的理由可能正好与《麦客》相反。在《问题的核心》中，婚姻不幸与外遇的道德冲突使主人公斯考比自杀了事。格林自己说这本小说出版后受欢迎的程度"完全出乎意料"："这本书一定具有某种腐蚀力，因为它太容易打动读者的软心肠了。我从来没有接到过这么多素不相识的人的来信……我发现读者的感受完全不同。他们认为斯考比的过错是可以原谅的，斯考比是个好人，他是被那个没有心肝的妻子逼上死路的。"

而且，格林发现读者的理解与他不一致的原因在于视角的形式限制——叙述过于信守斯考比的人物视角："小说的缺点与其说是心理的，毋宁说是技术上的。读者看到的露易丝（斯考比太太）主要是通过斯考比的眼睛，他们没有机会改正对她的看法，这就使斯考比爱上的那个海伦姑娘不公平地处于有利地位。在我的初稿上本来有一段斯考比太太同威尔森（她的朋友）见面的情景……这一段叙述对斯考比太太比较有利，因为这场景通过威尔森的眼睛来描述。但是插入这样一个场景，会过早地打断以斯考比为视角的叙述，使故事进展显得松懈。"初版时，这一段是删去的。当格林发现读者对斯考比太太印象太坏时，在再版时加入。因此，破坏叙述形式的跳角再次由于道德观原因（不想让私通显得太理直气壮）而不得不放入到书中。

以上说的都是在特殊场合之下不得不牺牲叙述形式完整性。但还有一些方位转换从叙述学上看是正常的，有时甚至是必要的，它们并不影响叙述方位的整一性。

第一种正常方位转换是小说的开场。相当多人物视角小说都用旁观式第三人称（即所谓"墙上苍蝇技法"）叙述开场。我们可以看高晓声的短篇小说《鱼钓》，小说以村痞刘才宝为视角人物，但其开场却是江南黄梅天雨夜的景色，然后是这样的旁观式叙述："那儿站着一个穿戴着蓑衣笠帽的人。一眼看去，像个不成形的怪物。他面河而立，不动也不响，好像凝神关注着什么。"这当然不是以刘才宝为视角人物写得出来的。

再举个例子。台湾作家七等生那篇在道德观上引起极大争议的小说《我爱黑眼珠》，完全以主人公李龙弟为视角人物，这是必要的，因为李龙弟的行为太特殊，不写出他的思想过程（解释他自己的哲学），他的行为就完全不可理解。但是，这小说的开场却依然是旁观记录式的："这个时候是一天中的黄昏，但冬季里的雨天尤其看不到黄昏光灿的色泽，只感觉四周围在不知不觉之中渐渐地黑暗下去。他约有三十以上的年岁，猜不准他属于何种职业的男人，却可以由他那种随时采着思考的姿态所给人的印象断定他绝对不是很乐观的人。眷属区居住的人看见他的时候，他都在散步。"这样的旁观式开场是必要的，因为不然我们就完全不知道视角人物的外表特征。

除开场外，人物视角小说经常在结尾时跳出一直坚持的方位，以让后记交代人物的所终。台湾作家陈映真的名作《将军族》一直保持严格的人物视角叙述，使我们对主角三角脸感情的深度和对人生的失望有极真切的了解，这样我们才能理解他的奇怪行为：在和恋人失散多年后重逢却决定双双自杀。最后叙述跳入旁观式："第二天早晨，人们在蔗田里发现一对尸首。男女都穿着乐队的制服，双手都交握于胸前。指挥棒和小喇叭很整齐地放置在脚前，闪闪发光，他们看来安详、滑稽，却另有一种滑稽中的威严。一个骑着单车的高大的农夫，于围睹的人群里看过了死尸后，在路上对另一个挑着水肥的矮小的农夫说：'两个人躺得直挺挺地，规规矩矩，就象两位大将军呢！'于是高大的和矮小的农夫都笑起来了。"

"他们看来安详、滑稽，却另有一种滑稽中的威严"是叙述者的评论干预，除了这一句，这个结尾基本上是旁观式叙述。这个跳角当然绝对必要，它点了题。

安徒生童话《卖火柴的小女孩》以小女孩为视角人物，但是在故事结尾小女孩死后，却只能跳进第三人称全知方位，不然无法描写小女孩的结局。《少年维特之烦恼》主要以书信体的方式，采用上述的方位5，为了故事信息的完整，在叙述过程中又插入了方位1，两种不同方位的叙述用不同的字体来表示，比如在维特自杀后，用另一种字体叙述维特自杀后发生的事情："有位邻居看见火光闪了一下，接着听见一声枪响，但是随后一切复归于寂静，便没有再留意。"[20]

还有一些作品，用的是人物视角，虽然视角人物不断变化，但没有变得如此频繁成为全知式。伍尔夫的《到灯塔去》，是常被引用的例子。热奈特在分析《追忆似水年华》时认为普鲁斯特这部小说虽然基本坚持第一人称叙述方位，却用各种方式逃出，从多方面表现生活，因此小说具有一种多态性[21]。

当视角变换过于频繁、过于无规律时，就出现了全知式叙述。我们仔细观察一下传统小说，就可以看见全知式叙述实际上与多态性小说只是跳角数量上的差别，是对跳角是否愿意控制的差别。全知式叙述实际上是只管方便任意变换叙述角度。

以上我们谈的都是作过精心安排的叙述学上合理的跳角，或由于道德观或其他原因安排的跳角，但是在相当多作品中我们看到完全没有必要地破坏视角的整一的情况。例如罗曼·罗兰的《约翰·克利斯朵夫》除了第六卷《安多纳德》是讲别人的故事，其余基本一直坚持以克利斯朵夫为视角人物，甚至在最难以叙述角度整一的地方，如克利斯朵夫的孩提时代，也还是坚持以他为视角人物，但有时却毫无必要地在一些片段上离开特许范围，例如第二卷《清晨》临近结尾时有一章讲克利斯朵夫与弥娜的两小爱情，此章开始时依然用克利斯朵夫为视角人物，从中间开始却讲弥娜的思想活动，讲这小姑娘如何因为爱情激动得晚上睡不着。如果弥娜是全书的重要人物，那么为了写她童稚的爱情值得叙述者放弃视角的整一，可是弥娜是个无足轻重的过场人物，不久就从书中消失，这样做毫无必要地破坏了全书的整一性。

思想过程的描写照例说是在特许范围之内的，但是如果在记录思想的过程中插入了叙述者的讲解评论，那也就破

211

坏了叙述角度的整一性。还是《约翰·克利斯朵夫》的例子："克利斯朵夫也睡不着觉，心里难过到极点。他对于爱情，尤其是婚姻，素来抱着严肃的态度，最恨那些诲淫的作家。通奸是他深恶痛绝的，那是他平民式的暴烈的性格和崇高的道德观念混合起来的心理……为丈夫默认的通奸是下流，瞒着丈夫的私情是无耻。"[22] 我加上着重号的句子不是人物心理过程的记录，而是叙述者从上而下加的评论解释，而且这段评论在这里夸张得出奇，因为小说不久就写到克利斯朵夫与一个朋友之妻的私情。假如说这段心理过程的描写是反讽，是写克利斯朵夫非英雄式的复杂性格，那么这句过于绝对的评论也是不必要的，况且叙述角度的整一性在这里被轻易地破坏了，在形式上比较讲究的作家不会这样写。

中国作家笔下有时也会出现这样的疏漏。晓宫的小说《我的广袤的开阔地》写了一个很动人的故事，技巧是很出色的。第一人称叙述者兼人物是边防部队的连长，全部故事当然在"我"的感知范围内展开。但是，有一段写到汽车运兵路上他们连士兵私自养的一条狗努力赶上汽车，叙述突然变成这样一段文字："但是它太性躁，它没有算计在它跃出的这个时间，我们的车子会向前走出三四米，它以为自己可以稳稳妥妥地跳进卡车，却不料它的前腿只逮到嘎斯的后挡板，并且根本没有逮牢，刹那间它重重地坠在地上，它所熟悉的人的脸庞变成无数圆圆的黑球，在它眼前闪烁，变形，人向上涨，人变得魁伟巨大，它自己则失重地仰面倒下去。马上，它的眼前一片漆黑，大地在旋转，那么空虚，那么黑暗，它胆战心惊，它知道又有一辆会碾过来，急得它一抖身挣扎站起，嘴角喷出一些白沫子。"这一段中，狗的行动是"我"所能观察到的，但是狗的打算（"算计"、"不料"、"知道"等）虽然并非"我"所能感知，"我"也可以估猜，虽然这不太符合限定特许范围，如果能加上"我想"、"我担心"之类的话，也是可以出现在有限视角小说中的。但是上面引的这段中我加上着重号的部分，纯是这条狗的幻觉，是除了这条狗自己以外任何人无法知道的。

不是说动物不能做视角人物，杰克·伦敦的《荒野的呼唤》、夏目漱石的《我是猫》证明动物可以作为第三人称甚至第一人称叙述者的视角人物，但是狗的意识与人的意识总不能太轻易地交换地位。《我的广袤的开阔地》全文都是连长"我"的第一人称叙述，小说重点并非写狗或狗与人的关系，狗只是在某一段出现。为了理解狗的心理而跳角，无法让读者不感到视角整一性被破坏的遗憾。

# 注　释

1　恰特曼认为"point of view"在英语中有三层意义，感受上、概念上、利益上，而在叙述中这三层意义全有，因此必须仔细分辨。笔者认为这种讨论恐怕钻入了术语的牛角尖，在叙述学中，基本只用感受一义。

2　Percy Lubbock, *The Craft of Fiction*, Jonathan Cape, 1921, p. 251.

3　热奈特在一九七二年首先明确指出这问题，这是他对当代叙述学作出的一大贡献。

4　David Madden, *A Primer of the Novel: For Readers and Writers*, The Scarecrow Press, 1980, p. 112.

5　这个术语，我建议可以英译为"narrative perspective"。

6　陀思妥耶夫斯基：《罪与罚》，岳麟译，上海译文出版社，1979年，第591页。

7　以上两段为二〇〇九届叙述学班彭佳举的例子，十分生动。借用于此，特致感谢。

8　Gérard Genette, *Figures III*, p. 241.

9　在英语中，"权威"（authority）一词是从"作者"（author）一词中派生出来的，因此人们常误会具有全知能力的是作者。其实就叙述学而言，叙述者本质上的全知能力才是分析的出发点。

10　Wayne Booth, *The Rhetoric of Fiction*, p. 161.

11　Tzvetan Todorov, "Poétique", p. 146.

12　George H. Szanto, *Narrative Consciousness: Structure and Perception in the Fiction of Kafka, Beckett, and Robbe-Grillet*, University of Texas Press, 1972, p. 10.

13　纪德：《伪币制造者》，盛澄华译，第72页。

14　Gérard Genette, *Figures III*, p. 284.

15　Tzvetan Todorov, "Poétique", p. 117.

16　Wayne Booth, *The Rhetoric of Fiction*, p. 265.

17　Wayne Booth, *The Rhetoric of Fiction*, p. 246.

18　Gérard Genette, *Figures III*, p. 205.

19  狄更斯:《远大前程》，罗志野译，译林出版社，1996年，第202页。

20  《歌德文集》第六卷，杨武能译，人民文学出版社，1999年，第132页。

21  Gérard Genette, *Figures III*, p. 207.

22  罗曼·罗兰:《约翰·克利斯朵夫》，傅雷译，第1351页。

# 第六章　叙述中的语言行为

## 第一节　叙述语言的主体

在第二章中我们已谈到了叙述中主体意识的分布层次。具体到叙述的语言上，我们就可以发现有的语句是人物说的，却没有打上引号；有的语句是叙述者说的，却不一定是明显的干预；有的语句根本无法确定是谁说的，似乎叙述主体意识的各个部分都加入其中。

随便举几个例子。加缪《鼠疫》的一段："里厄振起精神（a），确定性就在这里，就在日常事务之中。其他的一切都只是被偶然的线串结起来的零星杂事（b），你别在这种事上浪费时间。重要的是做你的工作，因为这工作必须做好（c）。"这一段中，a句是正常的第三人称叙述，当然叙述者是其主体；b句究竟是谁的话就不清楚，如果是里厄大夫心里的想法，那就是一段没有引导句的间接转述语，如果是叙述者的话，那就是评论性干预；c句也可能是里厄大夫的自言自语，因此是无引号的直接转述语。这整段使人感到是主体的不同潜在形式之间的对话，用来说明一些价值观，这些价值观可能是人物和叙述者共同的，因此，即使说话主体不清，也不妨碍叙述的展开。这种情况，我们可以称作叙述主体意识侵入人物主体意识，使人物的语言超越出人物主体的控制范围。

恰特曼曾举一例，也很能说明问题。那是凯瑟琳·曼斯菲尔德的著名短篇小说《园宴》中的一段："不管如何，天气实在很如人意，哪怕他们能做主，也没有比这更好的日子来开这次园宴。"恰特曼指出，这段话"不清楚是谁的想法，或是谁说的话，还是叙述者的判断"。因此，这是叙述主体意识的各个部分所共享的判断。

《爱玛》第一章有一句叙述者评论："的确，奈特利先生属于很少几位能看出爱玛·伍德豪斯不足之处的人，而且是惟一愿意告诉她这些不足的人。"[1] 韦恩·布斯认为这两句话分辨不出是哪一个在提供对奈特利的判断（指分辨不出是叙述者还是爱玛）[2]，我却认为这是叙述者提供的。爱玛很难承认自己的不足，更不愿承认自己的不足给人（哪怕是奈特利先生）看了出来。这些语句一方面推进情节，或辅助情节发展，另一方面使主体之间互相渗透，互相交流，从而使叙述语言与引用转述语言混成一片。

第一人称小说常可被视为是全篇转述人物语言。例如福克纳的《我弥留之际》或赵振开的《波动》，每段都用一个人物的名字，说明这段话是哪个人物说的或心里想的话，但实际上这些语句既不是这人物说的也不是心里想的，而是加于每个人物身上的，也就是说，是代这个人物想象的，设身处地为这个人物代言的。同样情况还见于某些第一人称小说，例如老舍的《月牙儿》，是主人公在自述或自思？她在什么场合下作这样的自述或自思？不清楚。我们对比一下鲁迅《狂人日记》就可以看出《狂人日记》有清晰的叙述语境，叙述者和叙述接受者在超叙述中被规定了，但《波动》或《月牙儿》这样无超叙述结构的单式或复式的第一人称人物视角叙述，由于叙述环境不清，转述者和被转述者也就合一了，造成被转述的语句失去主体特征。

叙述文本中叙述者与人物二者抢夺话语主体，大部分情况下几乎难以觉察，但有时会形成相当规模的对抗。《红楼梦》第二十九回描写宝玉与黛玉互相试探的心理那一长段，用"即如此刻，宝玉的心内想的是"、"那林黛玉心里想着"、"那宝玉心中又想着"、"那林黛玉心里又想着"这样的引导语和引号（那是后加的），划分得很清楚，那是用直接引语写出的心理描写，而不是内心独白。另有一例，第十九回袭人母兄想来赎回袭人，袭人不愿意："他母兄见他这般坚执，自然必不出来的了。况且原是卖倒的死契，明仗着贾府是慈善宽厚之家，不过求一求，只怕身价银一并赏了这是有的事呢。二则，贾府中从不曾作践下人，只有恩多威少的。且凡老少房中所有亲侍的女孩子们，更比待家下众人不同，平常寒薄人家的小姐，也不能那样尊重的。因此，他母子两个也就死心不赎了。"有论者认为这段是全知全能视角转向人物视角。³ 我觉得也说得通。但是，请注意，跳角后，叙述语言是不变化的，也就是说，依然是叙述者的语言。而这一段，语言用词变化了，叙述者的声音被袭人母兄的声音所取代，"自然"、"明仗"、"只怕"等表现心理活动的词表明这一段并不是叙述者的声音。况且，我们也知道，这些关于贾府"慈善宽厚"、"恩多威少"、"尊重"下人之类的评价性断语，《红楼梦》的的叙述者的是不愿意说的。倒不是叙述者不愿意说贾府好话，实际上关于贾府的恶评也只通过焦大、柳湘莲等人说出来。《红楼梦》的叙述者的这种拒绝置评的态度使章学诚在《文史通义》中有一段名言，历来很受学者们赞赏："叙事之文，作者之言也；为文为质，惟其所欲，期如其事而已矣。记言之文，则非作者之言也；为文为质，期于适如其人之言，非作者所能自主也。"章学诚原则，哪怕在历史写作的叙述中也行不通，因为历史叙述也有大量间接转述语，是经过叙述者–作者改造的，既是作者之言又非作者之言，用到文学中，更是极错，只是在中国古代白话小说中，章学诚原则可能适用，因为那里几乎是直接引语一统天下，几乎没有其他转述语形式。可是，即使是直接引语，是否一定非作者之言，也是要考虑的。

文学叙述中任何形式的转述语（哪怕是加了引号的语句，更不用说我在上述例子中引用情况不清的语句），都具有双重性质，一方面是人物语言的直录，是独立于叙述者的控制之外的，另一方面它们是被叙述的对象，服从于叙述结构的总的要求，因此在叙述者控制范围之内。转述语的这二重性究竟如何组合，却要看具体的语境，具体的转述法。

而另一方面，我们在第二章第三节已经举了一系列例子证明人物的语气也可以侵入叙述者的语言之中。

因此，章学诚的总结从现代叙述学来看是不适宜的。叙述语言的特点正是"叙事之文"与"记言之文"我中有你，你中有我。

叙述行为托诸语言，人物的说话也托诸语言，因此，叙述转述人物的语言时，就是一种双重的语言行为。由于任何语言行为都有主体对语言的加工调节，转述语就有双重的加工调节，这就是整个叙述中的语言问题的复杂性之所在。

## 第二节　转述语分类

转述语报告人物的语言，因此它是叙述语言的次级语言，就像人物叙述的故事是次级叙述一样，它是嵌在叙述者语言中的人物语言。

中国文学中的转述语形式问题至今尚未有人作过专门研究，这可能是因为汉语中没有主句和分句的时态对应问题，因此转述在技术上似乎并不复杂。但这只是表面现象，笔者认为缺乏时态对应使汉语中的转述语更加复杂。

在讨论各种转述语之前，我们必须先搞清一些基本概念。

首先，现代文论家对转述语各有各的分类法。赫纳地提出有五种转述语：叙述独白；替代语；独立式间接语；再现语；叙述模仿。[4] 而热奈特建议分成四类：再述语；置换语；转述语；无加工语。[5] 笔者认为他们的分类都太复杂，缺乏明显的划分规律，因此可以作以下划分。[6]

直接式与间接式：直接转述语直接记录人物语言（因此说话的人物在转述语中自称为"我"）；间接转述语由叙述者把人物的语言用自己的口气说出来（因此说话的人物就称为"他"）。这与我们学习初级语法时就知道的直接引语与间接引语是一致的。

引语式与自由式：有引导句（例如"他说"或"武松

道"等）为引语式，因为是明显地引用某人的话；不加任何引导句而直接从叙述语转入转述语的，称自由式。

这样简单的划分互相组合，构成了四个小类。用很简单的例子说明一下：

| 有无引导句 ＼ 说话者 | 我：直接式 | 他：间接式 |
|---|---|---|
| 有：引语式 | 直接引语式 | 间接引语式 |
| 无：自由式 | 直接自由式 | 间接自由式 |

直接引语式：

他犹豫了一下。他对自己说："我看来搞错了。"

间接引语式：

他犹豫了一下。他对自己说，他看来搞错了。

间接自由式：

他犹豫了一下。他看来搞错了。

直接自由式：

他犹豫了一下。我看来搞错了。

我在分类时有意不提一般语法书列出的重要标准——引号。有引号当然肯定是直接引语式，此时甚至不需要引导句。但是引号并非必须，而且引号问题正是中国传统小说转述语之复杂性的来源，中文原无引号。我们可以看到只有第一类直接引语式才用引号，而这引号，按照我已下的定义，并不是直接式转述语的必要条件。为全面起见，我们给第一类直接引语式一个无引号亚型：

他犹豫了一下。我看来搞错了，他对自己说。

这种亚型在现代文学中很常见，例如伍尔夫《到灯塔去》："但是我自己的生活又如何呢？兰姆赛太太想道，一边在餐桌头上坐下来。"

总的来说，这个分类标准很清楚，只消看人称与引导句。但是，在具体的叙述中，会出现问题的。首先，如果转述语中讲话者没有自称怎么办？如何区分直接式与间接式？引号当然是个有用的标志，但引号也是可以省略的。在其他语言中，这个问题好解决：看叙述语与转述语之间时态的差别。时态有接续关系的为间接式，时态无接续关系的为直接式。在汉语中无此标志。幸而尚有其他一些标志可用，例如直接转述语中的语汇、用辞、口气等应当符合说话人物的身份（即章学诚说的"为文为质，期于适如其人之言"），而间接转述语中的语汇、用辞、口气在很大程度上是叙述加工后的混合式。

举高晓声《鱼钓》中的例子："刘才宝看到了这一点，真正的决战开始了。"这是间接式，因为粗蠢如刘才宝，一般不用"决战"这样的书面词语。这是叙述者的揶揄的语言。直接式就应当写成这样："刘才宝看到了这一点。奶奶的，今天拼了。"《鱼钓》中有大量叙述者夺取刘才宝的主体发言权，把直接式偷换成间接式的例子："刘才宝早经深思熟虑，决不因鳗鱼、乌龟而上当受骗，他要坚持下去，设法扭转局面。"这里"深思熟虑"的内容很明显是用间接式转述出来的。

有时，说话者的自称用其他方式暗示出来。王蒙《风筝飘带》中有一例："妈妈吓得直掉泪。(a) 你才二十四岁零七个月，再过五个月才好搞对象。(b)"这里的b句无疑是妈妈对素素讲的话，称对方为"你"就是自称"我"，因此这是直接自由式转述。如果是间接式就应当写成："妈妈吓得直掉泪。这孩子才二十四岁零七个月，再过五个月她才好搞对象。"

茅盾的《幻灭》中也有一段："五月末的天气已经很暖，慧穿了件紫色绸的单旗袍，这软绸紧裹着她的身体，十二分合式……慧小姐委实是迷人的呵！但是你也不能说静女士不美……你不能指出静女士面庞上身体上的哪一部分是如何的合于希腊的美的金律，你也不能指出她的全身有什么特点，肉感的特点。"这里的"你"却是说话者（自言自语者）抱素的自称，也就是说，是"我"的另一种说法。因为这种比较两个女友的身体的肉感，是抱素一直在想的问题，所用的词汇和语气，也是抱素的，因此，这是直接转述语。

自由式与引语式的区分——引导句，在具体叙述中也会出现各种变体，引导句可以变得很模糊。还是《风筝飘带》的例子："第一课：人。亚当需要夏娃，夏娃需要亚当。人需要天空，天空需要人。我们需要风筝、气球、飞机、火箭和宇航船。（a）阿拉伯语就这样学起来了，（b）这引起了周围许多人的不安。（c）你应该安心端盘子。你应该注意影响。（d）"这里的四个小语段中a是直接式，但是直接自由式还是引语自由式，这全看我们是否把b当作a的引导句，如果把b当作a的引导句，那么这就是他们所学的阿拉伯语的具体内容，只是略去了引号而已。同样，a小段是否是引语，也要看是否把b看作a的引导句。

现在，让我们用《风筝飘带》为实例，找出转述语的诸种类型。

第一式，直接引语式。讲话者可以以"我"自称，有引导句：

"素素，醒一醒！"妈妈叫她。

副型A，用引号，无引号短句：

"而我的最宝贵的时间是用来端盘子的。"她忧郁地一笑。

副型B，有引导短句，但无引号：

我在这儿呢！她向着天安门的回音壁呼喊。

第二式，间接引语式。讲话者可以用"他"自称，有引导句：

半天，她才想明白，这个戴眼镜的小傻子的奶奶并不是自己的奶奶。

第三型，间接自由式。讲话者可以用"他"自称，无引导短句：

素素总是挑剔，不满意，不称心。不，不，不。她不要代用品。

第四型，直接自由式。讲话者可以用"我"自称，无引导短句：

她回城干什么呢？为了妈妈？可笑……报上说是一切为了毛主席，可我见不着他呀！

为什么转述语要这么多的类型呢？用这四种转述语转述完全相同的语句，其效果会很不相同。引导句的存在，语句从第一人称改到第三人称，都是叙述语境压力的结果。从这个标准来判断，直接自由式中叙述语境压力最小；直接引语式至少在语句的小天地中保持了说话者主体的控制；间接自由式中叙述语境改造加工了转述语，但因为没有引导句，所以人物主体意识与叙述者主流意识似乎在势均力敌地竞争；而间接引语式叙述语境在很大程度上吸收了转述语句。

我们可以总结出这四种转述语类型中平均主体强度分配表：

| 转述语＼主体 | 说话人物主体强度 | 叙述者主体强度 |
|---|---|---|
| 直接自由式 | | |
| 直接引语式 | | |
| 间接自由式 | | |
| 间接引语式 | | |

不是任何一个人物的语句都能在这四种类型中进行转换的。一般来说，两种直接式的适应性较大，因为它们都是照录说话人物的原话，包括语调质感很强烈的感叹句。这时，几乎无法从直接式变成间接式。

《三国演义》第三十二回曹操破冀州执审配审问："操曰：'昨孤至城下，何城中弩箭之多耶？'配曰：'恨少！恨少！'操曰：'卿忠于袁氏，不容不如此。今肯降吾否？'配曰：'不降！不降！'"这几乎完全无法变成间接式。

再举张辛欣《疯狂的君子兰》中的例子："（赵大夫）上上下下把卢大夫打量了一番。'老天爷，你可真是真人不露相呀！还跟我装整个一个不知道呢！'"如果勉强改成间接式："（赵大夫）上上下下把卢大夫打量了一番。他惊叫起来，他说赵大夫是故意假装，存心把事情瞒住他。"可以说，同样的内容已变成完全不同的叙述，不仅是主体意识的表现程度，语句的内涵和质地也完全不同了。赵大夫平时是

229

斯文君子，在激动时却用了完全口语化（"整个一个"）的语调，间接语式就很难反映语句的这种品质，叙述者的冷静分析语调取得控制权。

直接引语从理论上说是直录人物口吻，因此有时使人物（讲故事的人）的说话腔调读起来很戏剧化，老是在惟妙惟肖地模拟他人口吻。《冷眼观》的叙述者兼主人公，其情人素兰是个妓女，小说本是第一人称叙述，却被素兰讲的一个个故事占了许多篇幅，不仅冲淡了第一人称叙述的特征，而且使素兰多嘴多舌随时模仿他人口吻，时而模仿女巫念咒，时而模仿高官肆威。读下面例子，就可以明白如此讲故事有多么难。素兰说到一个智钝者的亲属花钱为他买了官位，循例受制台接见："（素兰笑道）……后来，他忽然向制台问道：'卑职请问大人贵省？'制台被他这一问，心中已有点不是味了，慢腾腾的回他道：'兄弟是直隶南皮县的人。'他听了，又紧问一句道：'请问大人尊姓？'制台登时把脸变了，便大声对他道：'怎么？连兄弟的姓老兄都不知道么？'……（制台）发作道：'混账东西！不要你多说，滚下去！这样不爱体面的忘八，还问他做甚么！'说着，又回过头对那戈什道：'快点儿请江夏县进来，交给他带出去，叫他自行检举。'"

上例中每一段再转述语表情都不同。这样栩栩如生的次叙述，只有忘却了这些转述是由人物再转述出来这个安

230

排，才能读得下去，不然素兰就不像一个闲谈的情人，而像一个不断在演戏的评书艺人。实际上，素兰之滔滔不绝，使引导句"素兰道"隔了几页远，几乎可以忽略了。

普实克曾指责《老残游记》"引语中套引语结构太复杂"[7]，看来他指的是第二部中尼姑逸云之著名的二回之长的自述爱情经历。这二回逸云的故事，是由逸云对德夫人讲出来的。逸云说到她的情人任三爷跟她说他与其母商议与逸云结婚之事。因此，逸云是次叙述者，而任三爷是次次叙述者，这二层次叙述全放在直接引语式转述之中。然而任三爷又用直接引语转述母亲对他说的话，母亲的话就是三重引用的结果（即小说叙述者引逸云引任三爷引母亲），如此重重转引，竟然还能保持直接语之生动的质地分析，不是很自然的事，很破坏逸云之贞静聪慧的形象。逸云转引任三爷告诉她的母亲的劝导："'"好孩子！你是个聪明孩子，把你娘的话仔细想想，错是不错?"'"

奇怪的是，《老残游记》此二回一向受读者与评者击节赞赏，一九三〇年此小说第二部一面世，林语堂就把这二回译成英文。三引直接语所造成的不自然转述似乎并没有减弱此二回的艺术魅力。夏志清论及此二回，认为"最能使人对刘鹗的才华啧啧称奇。他把一颗少女的蕙质兰心，赤裸裸呈露出来，又以如此伶俐动听的口齿赋予她：中国的小说家，传统的好，现代的也好，少能与其功力相比"[8]。实际上，当我们读到此种长段的次叙述，我们很可能忘掉这段已是三度引语。三层引号是我加上的，实际上这段引语被局部化后，只有一层引号。

西方小说中，尤其是十八世纪或十八世纪风味的小说，这种多重直接引语也常有。《呼啸山庄》中第一人称叙述者洛克乌德每天用日记方式记下耐丽谈伊莎贝拉的事，在第八章中耐丽拿出伊莎贝拉一封长信读，信中有不少直接引语："'这是埃德加的亲侄，'我想，'也可以说是我的侄子；我必须握手，——是啊——我必须吻他……'"这不见得不自然，但如果我们想到这是洛克乌德引耐丽引伊莎贝拉引他人，就会觉得这原话照录不免牵强了。普实克可能没注意到《老残游记》之多重转述并非中国小说才有的例子。

俄国文论家沃洛希诺夫曾有论文详细分析了转述语类型的变化在俄国文学发展中的重大意义，他指出间接式转述语被叙述语境控制着，有可能朝两个方向变化。一种是在语意水平上接受信息，即只传达意义，排斥语调色彩因素，因而使叙述语境浸润渗透人物语言，而且他认为每当理想主义、理性主义或集体主义思潮抬头时，叙述作品中的转述语倾向于这个指称分析方向。托尔斯泰和屠格涅夫是典型。另一种，即尽量保持转述语的语调色彩因素，尽可能保留惯用语和富于特征的词汇语气，有时甚至把直接式与间接式混合使用。这时，叙述语境对转述语的渗透控制就少得多。他认为，每当相对主义和个人主义思潮抬头时，叙述作品的转述语就倾向于这个质地分析方向。陀思妥耶夫斯基是典型。[9]

这是一个很杰出的论证。可惜的是，对于中国小说发展的历史，这个论证无法移用，因为中文的特殊类文本方式，中国小说是直接引语占绝对优势。

中文原无标点符号，不仅没有引号，没有逗号、句号（虽然白话小说有时有简单的点断），甚至不能分段。为了把叙述语与转述语分开，就采用了两个办法：尽量频繁地使用引导句，并且尽可能使用直接式，以使转述语在语气上就与叙述语不相同。这就是为什么中国古典小说会不厌其烦地在每项转述语之前加上引导句"××道"，而且只加在前面，不能放到任何其他地方，因为没有分段帮助，引导句放在转述语后面会被搞错。

茅盾的《霜叶红似二月花》中出现较多的直接引语和"淡淡一笑道"、"发急地巋言"这样的引导句，有论者就认为茅盾在这本小说中转向了中国古典小说的风格。[10]的确，在赵树理等人四五十年代的作品中，在当代一些坚持民族形式的作家的作品中，我们可以看到引导句与直接引语配置所造成的强烈风格特征。

但是，这并不是说中国古典小说在每个转述场合都坚持"引导句＋直接引语"这个公式。某些古典文学工作者在标注古典小说时，恐怕没有注意个别的变通。举几个例子。

《三国演义》第三十一回："程昱献十面埋伏之计，劝操：'退军于河上，伏兵十队，诱绍追至河上；我军无退路，必将死战，可胜绍矣。'"我认为这样的标点是墨守公式，语句很勉强。"劝操"不一定非是直接引语的引导语。这段的标点法似乎应如此："程昱献十面埋伏之计，劝操退军于河上伏兵十队，诱绍追至河上。'我军无退路，必将死战，可胜绍矣。'"宁愿让直接引语丢开引导语，而不必一定要找出一个引导句来。

《警世通言·玉堂春落难逢夫》有这样一段，与上引例子是同一个转述格局："玉姐泪如雨滴，想王顺卿手内无半文钱，不知怎生去了？'你要去时，也通个信息，免使我苏三常常牵挂。不知何日再得与你相见？'"现行本这样的标点是对的，从王顺卿（第三人称）突然转到"你"，应当分属两个不同的转述语式。两个例子都证明在中国古典小说中，引号句可以被不同类型的转述语所合用，在这种情况下，应仔细分辨。

总的来说，目前加标点的古代白话小说或文言小说，失诸过密过严，也就是说，可以不标成直接引语的，都被标成直接引语式，使中国传统小说直接引语式一统天下的情况更加严重。《三国演义》第九十九回："却说司马懿引兵布成阵势，只待蜀兵乱动，一齐攻之。忽见张郃、戴陵狼狈而来，告曰：'孔明先如此提防，因此大败而归。'"这里的直接引语完全没有必要的语气接读，"如此"这样的用词，明显是叙述语境的介入造成的省略，使张郃、戴陵可以不必再重复叙述刚刚讲述过的内容。直接引语式至少听起来像原话实录，但"如此"使此转述语不可能是原话实录。

中国古典叙述文学中的引语，情况比我们一厢情愿的想象复杂得多。例如《木兰辞》"可汗问所欲，木兰不用尚书郎，愿借明驼千里足，送儿还故乡"，钱锺书指出，此处"儿"为女郎自称，当时木兰未还女儿身，因此是内心独白。钱锺书称为"a direct quotation of the mind"，为"心口自语"。文言无标点，极为自由。

因此，如果想在转述语中看出中国古典小说的风格变化，我们只能从直接引语中找，因为中国古典小说几乎无间接引语。直接引语只是假定是彻底质地分析性的，是原话直录，但实际情况并非如此。《三国演义》中的直接引语与叙述语在风格上并没有多少差别，甚至连张飞这样脸谱化的人物，他的语言也缺乏质地，甚至在口头"说三国"已有几个世纪传统的"邓艾吃"在《三国志平话》或《三国演义》中完全看不到。

在《水浒传》中，情况有所变化，但质地分析性的直接引语主要出现在两种情况中，一种是李逵、鲁达等粗鲁豪侠人物，另一种是当小说写平民社会生活时，如《水浒传》中写潘金莲与西门庆的段落、宋江与阎婆惜的段落，其余部分，指称分析还是占优势。金圣叹说："《水浒传》并无之乎者也等字，一样人，便还他一样说话，真是绝奇本事。"此说过赞了。梁山好汉中的"上层阶级人物"，转述语没有如此出色的质地分析。

十六世纪，万历之后，小说进入个人创作期，个性语言开始成为创作的要素。《西游记》力求诙谐、转述语力求恢复质地，比如第二十一回："行者摆手道：'利害，利害，我老孙自为人，不曾见这大风……哏，好风！哏，好风！'"《西游记》遇到口吃，也决不放过，比如第七十七回："烧火的小妖……惊醒几个，冒冒失失的答应道：'七——七——七——七滚了！'……慌得又来报道：'大王，走——走——走——走了！'"同是口吃人物的直接引语，邓艾与烧火小妖就不同。可见直接引语并不是绝对隔绝于叙述加工之外的底本语言状态，依然是受转述控制的。

以《金瓶梅》为标志，这种情况发生了根本性的变化。张竹坡在《批评第一奇书》中称："《金瓶梅》妙在善于用犯笔而不犯也。如写一伯爵，更写一希大，然毕竟伯爵是伯爵，希大是希大，各人的身分，各人的谈吐，一丝不紊。"如果说《金瓶梅》的人物大都是社会中下层，质地分析样式变化不多，那么在《红楼梦》中我们看到上至王族下至凡夫的语言不同的质地，而叙述语与转述语不只是靠引导句隔开，风格的差异和语气的特征也把两者分开。

只是，只要中国小说尚未采用新式标点，就无法摆脱直接引语式天下。到晚清，圈点比较盛行，开始出现了松动的余地。吴趼人的《恨海》作为中国第一部大量心理描写的小说，就开始把心里想的（主要是女主人公棣华的心理活动）与转述语混杂起来。在当时，没有引号，这样的混杂就是一个新事物。此外，在这本小说中也出现了大片的间接引语："（鹤亭）当下回到东院，再与白氏商量，不如允了亲事；但是允了之后，必要另赁房子搬开，方才便当，不然，小孩子一天天的大了，不成个话。"

因此，西方传统是间接语在古典期间占优势，希腊、拉丁古典文献中大量是间接语，表现了主体的绝对控制和理性秩序。自文艺复兴到现代，各种直接语发展并用质地分析打破这一统局面，以表现现代思想。

而在中国文学中，缺乏标点和分段的古典格式使叙述中的转述语一直是直接式，近代小说的质地分析倾向是在这直接式范围内发展起来的。直到晚近，间接式才进入叙述，造成转述语式多样化。而这种多样化，是现代思想对叙述形式的压力所造成的。

## 第三节　内心独白与意识流

转述语的四种类型中，自由式，尤其是直接自由式，是现代小说的叙述中才出现的。现代小说的两个最触目的语言技巧，内心独白和意识流，就是从直接自由式转述语发展出来的。很多人把直接自由式等同于内心独白或意识流，这是不对的。但是可以说，不用直接自由式转述语，意识流技巧就不可能形成。

直接自由式到"一战"前后才出现于欧美小说中。在这之前，连詹姆斯和普鲁斯特这样的创新型作家都很少使用。不少人曾认为《追忆似水年华》是意识流小说，其实整个这部卷帙浩繁的小说中，只有一处，突然有三个短句跳出过去时，用现在时写出，这是全书唯一的一处直接自由式。连直接自由式都几乎不见，意识流的其他条件就不用谈了。经常有人说此小说是意识流代表作，我不明白是从何说起。

这样的信笔所之——直接自由式——不是有意安排想制造意识流效果，在很多叙述作品中可以见到。上一章结尾时引用的《警世通言·玉堂春落难逢夫》一例，在没有引号的旧版本中，不就是一个直接自由式吗？陈冲《小厂来了个大学生》有这样一段："他不慌不忙地走着……再过一条街，就是诸葛云裳的家了。她在家吗？厂里总不至于今天就开始加班吧？可是，你这么想见到她，就是只为了随便聊聊吗？"这个例子证明直接自由式可以与正常的叙述流很融洽地混合在一起。由于不必用引号句"他想道"，由于不必加引号，叙述语流很顺畅地"滑翔"进入转述语，而不给人以

238

叙述中断的感觉。伍尔夫《到灯塔去》的语言魅力就在于这些语式的自然的混合："他从来不向兰姆赛太太要任何东西。兰姆赛太太有点儿生气。她常问他，他要不要大衣，毯子，报纸？不，他什么也不要。"在汉译中看不出那种现在时句式（直接自由式）与过去时语流的自然而迷人的混合。

直接自由式是所谓内心独白技巧的最重要组成因素，因为这种转述语方式完全摆脱了叙述者的控制、调节或加工，从而使人物的思想活动以最活跃的方式呈现出来。

但是直接自由式只有在与叙述流的其他语式混合时才显得出奇或有趣，大段或全篇的直接自由式，没有与上下文的对比，实际上就是一种第一人称叙述，这样构成的内心独白就不一定是十分扎眼的新技巧。英国十九世纪诗人罗伯特·勃朗宁的一些诗，如《约翰内斯·阿格利柯拉沉思》、《西班牙修道院的独白》，现代美国诗人 T. S. 艾略特的《普鲁弗洛克的情歌》、《小老头》和名诗《荒原》中的某些部分，都是内心独白的范例。据说，连大仲马的小说中都能找到内心独白。有的评论家则认为列夫·托尔斯泰是第一个自觉地使用内心独白技巧的作家，而车尔尼雪夫斯基评论托尔斯泰时，最早指出这种技巧，因而车尔尼雪夫斯基是讨论内心独白的第一个批评家。[11]

用直接自由式写出的内心的思想过程就是内心独白。内心独白当然不等于独白，也不等于自言自语，独白原是舞台术语，是在空无一人的舞台上对观众讲话，自言自语虽然没有听众，但也是说出来的话。独白常被用于小说。苏叔阳的《生死之间》、美国现代作家多萝西·帕克的《带灯的女人》都是把对话的一半录下，而把听对话人的反应略去，这样就变成了独白小说，显然，这不是内心独白。

内心独白原本是不说出来、也不打算说出来的话。因此，像老舍《月牙儿》，我认为应当看作内心独白小说。在电影中，我们可以看得很清楚，镜头上人物嘴动，有声音，但前后没有映出听者，那就是独白，人物嘴不动，而有声音（所谓"画外音"），那就是内心独白。

王蒙的《布礼》中有各种语式，但基本上是用第三人称叙述写成的，其中的直接自由式转述语随处可见，例如："评论新星扭住了他的胳臂，正在叭、叭、叭、叭左右开弓地扇他的嘴巴。（a）你怎么不问问我是什么人呢？怎么不了解了解我的政治历史和现实表现，就把我说成了这个样子呢？（b）钟亦成想抗议，但是他发不出声音。（c）"如果"钟亦城想抗议"不算引导语，那么b句是直接自由式，与a句的第三人称正成对比。但一般说，这样短的直接自由式不必硬称为内心独白，名称用滥了没有好处。

《布礼》中真正的内心独白是第五章中间标明"一九五一年至一九五八年"的很长的一节，在这之前，标明"一九五八年三月"的一段是直接引语，是钟亦成向凌雪表明他对党的忠诚和自我检讨个人主义。然而在这一节（整整五页中），说话者（钟亦成与凌雪）以"我们"自称，而完全没有引号或引导语："我们是光明的一代，我们有光明的爱情。谁也夺不走我们心中的光，谁也夺不走我们心中的爱。"全节都是第一人称，说的是心中想的没说出来的话，"一九五一年至一九五八年"这样奇怪的时间标志就表明这是他们的一贯想法，而不是某个特定场合说的话。而到下一节"一九五八年四月"，就直接转入第三人称叙述，刚做了右派的钟亦成与凌雪结婚。显然，这一大段是他们的自我辩解，因此，用内心独白体是顺理成章的事。

内心独白在西方文论史上一直与意识流问题纠缠不清，有一段时期不少人认为内心独白是一种技巧，而意识流是一种文类。换句话说，意识流是内心独白小说作为一种体裁的名称，所指的是同一种技巧。这看法是错的。

直接自由式转述、内心独白、意识流，是三个互相关联的概念：直接自由式转述是基本的语式；用这种语式来表现人物内心没有说出来的思想过程，就成为内心独白；而意识流是某一种内心独白，即用直接自由式转述语写出人物内心的无特定目标、无逻辑控制的自由联想。因此，当内心独白不是表现这种自由联想时（例如上面举的《红楼梦》或《布礼》例子），则不能算意识流。这三者的关系可以用图6-1示意：

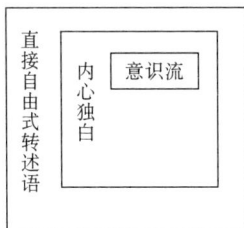

图 6-1

在欧美现代文学史上，这些术语混淆时期很长，"内心独白"这个术语，原先却是用来指意识流。法国批评家瓦莱里·拉尔博一九二二年在评论乔伊斯小说的文章中最早使用此术语[12]，此后，于一九三一年，被最早写意识流小说的法国作家杜扎尔丹使用于《内心独白》一书。我们知道，"意识流"这一术语早在二十世纪初就由美国哲学家兼心理学家威廉·詹姆斯发明，并被借用到文学批评领域，而典型意识流的小说杜扎尔丹的《砍了桂树》，写作年代更早。二十世纪初，英国女作家多萝西·理查森的《远行》系列小说也自觉地使用了意识流技巧。因此，西方文论界长期认为内心独白是意识流的分支或意识流的语言表现。

在这个问题上典型地暴露出理论落后于创作的情况。直到意识流小说已经不时兴了，人们对意识流的研究却才开始，对于其基本机制还争论不清。

罗伯特·汉弗莱的论著《现代小说中的意识流》，把问题引到了关键，意识流不仅是一种技巧，它与内容有关："意识流小说有其题材内容独特性，是题材内容，而不是技巧、目的、主题，把它与其他小说区分开来……它们的最中心内容是小说中一个人物或数个人物的意识，也就是说所描绘的意识成为一个银幕，小说的材料投射在上面。"[13]虽然他还没有对几个相关概念作出明确区分，虽然他还没有指出意识流的关键在于表现意识的无目标式自由联想，但意识流的确不只是一个转述语方式问题。

奥尔巴赫在其名著《摹仿论》中，对意识流的内容作了比较确切但稍嫌散乱的定义，他认为意识流表现的是"对处于无目的，也不受明确主题或思维引导的自由状态中的思想过程加以自然的，可以说自然主义的表现"[14]。

那么，什么是意识流小说呢？顾名思义，是意识流手法和内容多到一定程度的小说。这就难了，这个数量标准不好定。伍尔夫《达洛卫夫人》是典型的意识流小说，但她的《到灯塔去》就不太好判断了。可以说，绝对的、从头到尾都在意识流之中的小说恐怕没有，因为从头到尾都用直接自由式转述语，实际上就没有不同叙述语式的对比，也就失去了直接自由式的效果。

乔伊斯的《尤利西斯》是最成功，也是最典型的意识流小说。但像这一段："这次我得好好乐一乐。这楼梯角上地毯为什么卷起来了？一级级向上的红地毯向上旋的红线上有灰斑点。办公室。但愿他还没走；他走了可再没法逮住。好吧，要是那样我就到街上散步。别磨蹭了，进去！外间。鲁西安·沙文纳在哪儿？大房间里一圈儿椅子。在这儿呐，伏在桌上。还穿着大衣戴着帽子；他在跟一个职员整理文件；好像挺慌忙的。那边书架上全是蓝封皮的档案，一排排打结的带子。我在门槛上停住。我告诉他这一切他不知道会乐成什么样！沙文纳抬起头，他看到我了。哈罗！"这一段中混合了不同的语式，但基本上是记录了人物的思想过程。除了上楼梯时注意到地毯的形状和花纹的确是无目的摄取的印象，其余部分是找人时相当清晰有目的的思维过程。我认为这一段应当是内心独白，而不是意识流。我们可以对比同书中这样一段："布鲁姆先生进了车坐在空位上。他把门随手拉上，猛拽一下关死。他一只手臂伸进手扶带，挺严肃地从马车开着的窗口看街上房屋的百叶窗。有个人走过，一个老太婆朝里看，鼻子在玻璃上挤扁挤白。奇怪他们怎么对尸体感兴趣。我们来添了这么多麻烦他们挺高兴看我们走。这工作很合他们意。在角落里鬼鬼祟祟的。穿拖鞋啪哒啪哒走像怕有人跟似的。准备吧。躺好。莫利跟弗莱明太太在铺床。朝这边再拉点儿。我们的裹尸布。猜不着死后谁来弄你。水，香波。我相信他在剪指甲剪头发。放在一个信封里。还会长。这工作太脏。"前半段是正常的叙述语，然后进入直接自由式，写布鲁姆内心无目的的想法，从裹尸想到自己的妻子铺床（这是自由联想，即从无逻辑关系的相似之处联想开去），从停尸所想到自己的死（这倒不是自由联想，虽然也是无目的的思想）。这后半段作为意识流，是很典型的，也不难懂。

在我国曾经成了大话题的意识流小说究竟有多少意识流呢?《风筝飘带》中各种语式混杂，但真正的意识流恐怕只有这一小段："素素把自己的脸靠在佳原的肩上。(a) 素素的头发象温暖的黑雨。(b) 灯火在闪烁，在摇曳，在转动，(c) 组成了一行行的诗。(d) 一只古老的德国民歌：有花名毋忘我，开满蓝色花朵。(e) 陕北绥德的民歌：有心说上几句话，又怕人笑话。(f) 蓝色的花在天空飞翔。(g) 海浪覆盖在他们的身上。怕什么笑话呢?(h) 青春比火还热。(i) 是鸽铃，是鲜花，(j) 是素素和佳原的含泪的眼睛。(k)"这一段中，a和b是正常的叙述语，c是全篇小说视角人物素素的观察，d开始直接自由式转述她的联想，e从"诗"联想到"歌"，从德国民歌联想到陕北民歌，g从德国民歌的歌词联想到眼前的灯光……一直到k又变成正常的叙述语。这的确是典型的意识流段落，只有h句"海浪覆盖在他们的身上"，似乎应为"我们身上"，因为下面就是自问："(我们)怕什么笑话呢?"用"他们"就成了间接自由式。

那么，意识流里能不能有间接自由式呢?我觉得内心独白是不能用间接自由式的，而意识流也不宜用间接自由式。而且，就从上面一段来看，从h句的"他们"延续下去如果都是间接式，那么"（他们）怕什么笑话呢？"就可能不是素素心里的想法，而是叙述干预，而"青春比火还热"等等，就也成了叙述者的话。要是这样，叙述者就和素素一样天真了。

王蒙在相当长一段时间被批评家硬安作中国意识流的代表人。但是，在他的几篇据说是意识流的代表作里，没有很多真正意识流的段落。《风筝飘带》只有一段，我已引过。《春之声》中可能稍多一些，但也只有这一段是真正的自由联想："（车）门咣地一关，就和外界隔开了。（a）那愈来愈响的声音是下起了冰雹吗？（b）是铁锤砸在铁砧上？（c）在黄土高原的乡下，到处还靠人打铁，（d）我们祖国的胳膊有多么发达的肌肉！（e）"a是正常叙述。b、c是正常联想，是猜测车轮撞铁轨声像什么声音，是有逻辑的，但问句形式表明已进入直接自由式转述。d和e才是真正的自由联想，从铁锤声想到打铁，从打铁想到我们祖国的胳膊。这是非逻辑的，无目的的。

而许多人认为最具意识流性的《夜的眼》，我从头到尾仔细找了，我也觉得奇怪，但我的确没有找出哪怕一段意识流。

有一点没错，几篇小说中都有大量的直接自由式转述语和内心独白，但这与意识流还是有点不同。

## 第四节　抢　话

文字叙述是线性文本，在任何特定节点，只能允许一个主体的言语。在叙述文本中，各种叙述主体之间始终在争夺话语权：叙述者对叙述文本并不具有全面控制权。在文本展开的过程中，人物不断试图抢夺叙述的话语权。这种争夺一般采取引语形式：直接引语式和直接自由式，把叙述者的声音隔在引语之外；间接引语式让叙述者改造引语，但是依然把人物的话局限在引语中。只有间接自由式没有能划清叙述语言、人物语言的边界，很容易引起混淆。这些问题叙述学界已经有过长期的讨论。但是有一种人物语言方式，一直没有人注意，至今没有学者给予讨论，这就是"抢话"。

抢话是人物的经验，也是人物的语言，镶嵌在正常的第三人称叙述者语流中，实际上是人物主体在局部的但是关键性的字眼上，夺过了叙述话语权。抢话看起来很特殊，是中外文学作品中大量出现的语言现象，却始终没有见到叙述学者讨论，倒是令人惊奇的事，可能大家都没有注意这种潜伏在叙述者语流中的人物主体表现。中国学界如此，国际学界也如此，因此我找不到英文或其他文字的对译。考虑再三，笔者建议可以译为"voice-snatching"。

抢话在古典叙述中是难得出现，在现代文学中，几乎处处可拾，一般来说，翻译中也不会过多走样，因为这种形容词的倾向性相当清晰。曼斯菲尔德的短篇《一杯茶》："行人都躲在讨厌的雨伞下面。""讨厌"是行人的想法。托尔斯泰的《安娜·卡列尼娜》中有一句："（奥勃朗斯基）最后到了卧室，才发现她手里拿着那封使真相大白的该死的信。"[15] 其中"该死的"这个词是谁说的呢？奥勃朗斯基其实并不为这件事自责，他只因为这件事的后果而烦恼。叙述者对偷情这件事的态度显然与奥勃朗斯基不同，"该死的"是奥勃朗斯基心里的想法，但是整句话是叙述者的话语。

乔伊斯短篇小说《对手》中有一段："酒吧男招待正站在桌旁，就朝胜利者点点红发的脑袋，用粗鄙不堪的亲密口吻说：'啊！那才是绝活儿！'"[16] 这里的"粗鄙不堪"是主人公的感觉，不是叙述者的判断。

再如纳博科夫《玛丽》："阿尔费奥洛夫的声音消失了片刻，当它再度响起时带着令人不快的欢跳。"[17] 这里描写声音给人的感觉"令人不快"显然并不是叙述者感觉到的，而是人物的态度抢入了叙述者语流。

有时这种人物感觉抢夺会连续出现，比如普拉东诺夫的中篇小说《基坑》的开头："沃谢夫慢慢走到啤酒店门口，循着真诚的人声进入了店堂。这里的顾客都是些缺乏毅力、忘却了自己不幸的人……不知在什么地方，大约在苏维埃商业职工花园里，管乐队正在有气无力地演奏，那单调乏味、无法实现的乐曲声随风飘过峡谷旁边的空地，然后融入大自然……困惑莫解的天空在沃谢夫头顶上方闪烁着烦人的星光……"[18]这些对音乐的描写里，人物沃谢夫的声音夺过了叙述者较为客观的叙述。

## 人物抢话与间接自由式的区分

间接自由式引语，经常用于第三人称叙述，其特点是引述人物的言语或想法时，不用"他说"或"他想"之类的引导语，而且在引语中说话者提到自己时也用第三人称（不然就会变成直接式引语）。由于这个特点，间接自由式与叙述语流经常界限不清，但是这种界限不清也达到一种效果，尤其现代作家喜欢使用这种技巧，有时候能使行文如流水般顺畅，不受引导语的阻隔。

《红楼梦》第二十一回，薛宝钗听见袭人埋怨宝玉与女孩子混得太多："宝钗听了，心中暗忖道：'倒别看错了这个丫头，听他说话，倒有些识见。'宝钗便在炕上坐了，慢慢的闲言中套问他年纪家乡等语，留神窥察，其言语志量深可敬爱。"这里的"其言语志量深可敬爱"，是谁的话？也就是说，是哪一部分主体的声音？很明显，这不是《红楼梦》叙述者的声音，这是薛宝钗仔细观察袭人后形成的想法，不嫌累赘的话，可以改成"她觉得其言语志量深可敬爱"。

据叙述学家的分析，女作家作品中的女性人物，间接自由式特别多，可能的原因是女性的思维方式比较耽于幻想。[19] 比如张爱玲《怨女》中的一段："她的眼睛不能看着他的眼睛，怕两边都是假装，但是她两只冰冷的手握在他手里是真的。他的手指这样瘦，奇怪，这样陌生。两个人都还在这儿，虽然大半辈子已经过去了。"再如严歌苓《第九个寡妇》中的一段："二大还在给平说着故事，声音弱了，字字吐得光润如珠。葡萄用袖子抹一把泪。谁说会躲不过去？再有一会儿，二大就太平了，就全躲过去了，外头的事再变，人再变，他也全躲过去了。"这是比较典型的间接自由式，使用得很顺畅自然。

在西方现代小说中，也有几位女作家善用间接自由式。比如凯瑟琳·曼斯菲尔德的短篇名著《园宴》中，戈伯达店的伙计问劳拉："知道下面不远处那些小房子吗，小姐？知道吗？她当然知道。"这个问题本来是小说人物劳拉的回答，但是却用了叙述者评论的方式，作一种类似解释的补充。曼斯菲尔德的另一篇小说《幸福》中，宴会结束时丈夫哈里抢着去送富尔顿小姐。对于这行为，"贝莎知道他后悔刚才不该那么粗鲁，就让他去了。有些地方他真象个孩子——那么任性——又那么——单纯"[20]，后一句显然是贝莎的声音。

因此，人物抢话，可以被解释为一种非常特殊的间接自由式引语，抢话用一个形容词或副词点出人物的感觉、人物的思想，但是与间接自由式一样，没有采用引语的形式。抢话与间接自由式引语不同的地方，是简短得不成为句子，嵌在叙述者的语流中，不露声色地抢过了话语权，是叙述中出现了自己主观需要的评价。就拿《三国演义》中曹操兵败淯水的例子来说，我们所关心的，渐渐变成担心曹操是否能脱险。这个态度转换是很细腻的，叙述的话语权是赢得读者同情的主要手段，这个权力可以在不经意间转让，一个"贼"字就在一定程度上转换了读者的态度，所以这个细微的语言现象，还是应该仔细研究的。

## 人物抢话与叙述者评论的区分

至今没有论者讨论这个现象，原因之一是因为它比较细微，不太容易发现，而且很容易与几种我们已知的语言方式相混淆，尤其容易混淆的是叙述者评论，即叙述者直接解释或评价他讲的故事中人物的性格与行为。例如《儒林外史》第七回："次年宁王统兵破了南赣官军，百姓开了城门，抱头鼠窜，四散乱走。王道台也抵当不住，叫了一只小船，黑夜逃走。"《儒林外史》评点者惺园退士说："那会'抵当'？自称'抵当不住'耳。"惺园退士认为这是人物的推脱责任用词，因此这是人物抢话。但是也可以理解成王道台的确是抵挡不住，那么这是叙述者在描写情节。

上面这种情况，可以算是模棱两可。大多数情况下，究竟是叙述者的语言，还是在写人物特有的感觉，还是比较容易分清。下面这段对话，来自莫言的名篇《透明的红萝卜》：

"谁他妈的泼了我？"小石匠盯着小铁匠骂。

"老子泼的，怎么着？"小铁匠遍体放光，双手挂着锤把，优雅地歪着头，说。

"你瞎眼了吗？"

这里的"优雅地"，是叙述者对小铁匠姿态略带反讽的描写，但是这反讽态度不是人物的想法，而是叙述者对小石匠回话神态的夸张描写。

这里有一个明显的区分法：叙述者的评论语可以短达一个词（见上例），也可以长达一段，更重要的是可以加上"在他看来"、"他心中的"。钱锺书《围城》中有一例："这几天来，方鸿渐白天昏昏想睡，晚上倒又清醒。早晨方醒，听见窗外树上鸟叫，无理由地高兴，无目的地期待，心似乎减轻重量，直升上去。"这里的一连串情态描写，是叙述者用揶揄口吻，评论方鸿渐的懒散无聊，这不是方鸿渐本人的自觉的想法，不能加上"在他看来"，因此不是人物抢话。

## 人物抢话与人物视角相区分

《红楼梦》第六回那著名的一段"刘姥姥一进荣国府"中写到刘姥姥来见凤姐:"只见门外錾铜钩上悬着大红撒花软帘,南窗下是炕,炕上大红毡条,靠东边板壁立着一个锁子锦靠背与一个引枕,铺着金心绿闪缎大坐褥,旁边有雕漆痰盒。那凤姐儿家常带着秋板貂鼠昭君套,围着攒珠勒子,穿着桃红撒花袄,石青刻丝灰鼠披风,大红洋绉银鼠皮裙,粉光脂艳,端端正正坐在那里。"这是以刘姥姥为视角人物写出的典型名段。以人物的意识来描写他们经历的事件,经验是人物的,但是语汇却是叙述者的,上面这段对贾府奢侈的描写,是刘姥姥所见,却完全不是刘姥姥的语汇。而抢话不可能延续如此长的篇幅,最主要的是,抢话必须是人物会用的语汇,与叙述者的语气正成对比。

肖洛霍夫的作品《静静的顿河》中,葛利高里埋葬了阿克西妮亚后,有一句是"仿佛是从噩梦中惊醒,他抬起头,看见头顶上黑沉沉的天空和一轮闪着黑色光芒的太阳"[21]。这是葛利高里的感觉,诗意带哲理的语言却是叙述者的,因此不是抢话,而是采用人物视角的叙述。

在白先勇《游园惊梦》中,"钱夫人又打量了一下天辣椒蒋碧月,蒋碧月穿了一身火红的缎子旗袍,两只手腕上,

253

铮铮锵锵，直戴了八只扭花金丝镯，脸上勾得十分入时，眼皮上抹了眼圈膏，眼角儿也着了墨，一头蓬得象鸟窝似的头发，两鬓上却刷出几只俏皮的月牙钩来"。可以看到，这样形成的是一种方位转换，不仅延续有一定长度，而且并不是引语，不是人物说出来或想出来的话（想说未说的话，"口对心说"），而是叙述者的描写，加人物的感觉。

## "二我差"中的"自我抢话"

以上说的各种情况，都是第三人称叙述中的问题。在第一人称叙述者中，因为作为背景的叙述语流是第一人称，各主体争夺话语权的局面会很不相同，甚至同一个"我"作为叙述者，作为人物，两者之间也会争夺发言权。从叙述学角度说，叙述者"我"与人物"我"是同一个人，又不是同一个人。叙述者"我"产生在后，在"叙述现在"，人物"我"产生在前，在"被叙述现在"，此刻的"我"是叙述者，讲述过去的"我"的故事。莫言小说《红高粱家族》中选择"我"作为叙述者，讲述爷爷奶奶那一辈发生的故事，那时有无"我"这个人物，并不是小说叙述的必需条件："有人说这个放羊的男孩就是我，我不知道是不是我。"过去的"我"并不具有充分的叙述主体性。

于是，在结构似乎很简单的小说中，赫然出现了完全不同的"我"，似乎叙述者"我"在讲的不是自己的故事，而是一连串不同的别的"我"的故事。有时，甚至叙述的语言都不再是叙述者的语言，而是人物的语言，这时就可能出现人物"我"抢叙述者"我"的话。

老舍的中篇小说《月牙儿》中有一段，"我"大约十七岁，主人公初恋了，落入情网："他的笑唇在我的脸上，从他的头发上我看着那也在微笑的月牙。春风像醉了，吹破了春云，露出月牙与一两对儿春星。河岸上的柳枝轻摆，春蛙唱着恋歌，嫩蒲的香味散在春晚的暖气里。"叙述者"我"是久历人世，见惯男人薄幸的妓女，怎么说出这样纯情甚至滥情的语言？回答很简单：这是人物当时的心态，是人物的语言。

再看另一段："刚八岁，我已经学会了去当东西。我知道，若是当不来钱，我们娘儿俩就不要吃晚饭；因为妈妈但凡有点主意，也不肯叫我去。我准知道她每逢交给我个小包，锅里必是连一点粥底儿也看不见了。我们的锅有时干净得像个体面的寡妇。"一个八岁的孩子怎么会说出"干净得像个体面的寡妇"这样泼辣的比喻？回答很简单：这是叙述者在回忆时的口气。叙述者是个饱经人世风霜的妓女，对生活完全绝望，在狱中回忆一生，想到八岁时的情境。

容易出现的误会是，在第一人称小说中，叙述者与人物似乎是一个人，因此叙述言语主体与经验主体似乎合一。从《月牙儿》的例子，我们可以发现第一人称小说中这二者依然是不同主体：叙述者"我"成熟，饱经风霜，愤世嫉俗，认清这世界一片黑暗，毫无出路；人物"我"是个在渐渐长大的女孩子，经常是幼稚天真，充满希望而又因无依无助而感伤。前者的语言犀利尖刻，后者的心理生动、亲切。

这是所有的成长小说的通则：一个成熟的"我"，回忆少不更事的"我"在人世的风雨中经受磨炼认识到人生真谛的经过。成熟的"我"作为叙述者当然有权力也有必要对这成长过程作评论、干预和控制；作为人物的"我"，渐渐成长，要去掉身上许多不适应这个世界的缺点，免不了要被成熟的"我"评论并且嘲弄。这两个"我"的间距，笔者称之为"二我差"。

在启悟小说式的格局中，"二我差"最终会渐渐合拢、消失，因为人物渐渐成熟，在经验上渐渐接近叙述者"我"。《月牙儿》的最后三分之一内容，当人物"我"已成为这个恶浊世界的一员后，"二我差"就几乎看不见了，因为叙述者"我"的身份是仇恨冷酷世界、最后被关入监狱的暗娼。

除了年龄的成长外，"二我差"还发生在二者的其他品格变化之间（如叙述者清醒地回忆"我"当时愚笨的话）。阿来《尘埃落定》："那个麦其家的仇人，曾在边界上想对我下手的仇人又从墙角探出头来，那一脸诡秘神情对我清醒脑子没有一点好处。""我"作为人物，是一名傻子，本该一无所知，然而作为叙述者，却能辨别周围的是是非非，因此叙述者能说此时仇人的神情是诡秘的。

美籍阿富汗作家卡勒德·胡赛尼的名著《追风筝的人》，叙述者二十六年后讲小时候的故事，开始时两个人格有鲜明的对比，渐渐二者合一，但是在关键时刻两个人格依然显现。小时候的"我"面对坏人时的反应是：我逃跑，因为我是懦夫。我害怕凶徒阿塞夫，害怕挨打。二十六年后，面对同一个人，更加危险的场景，"我"没有退缩，因为"我"明白"我"必须成长了：

　　我不知道自己何时开始发笑，但我笑了。笑起来很痛，下巴、肋骨、喉咙统统剧痛难忍。但我不停笑着。我笑得越痛快，他就越起劲地踢我、打我、抓我。

　　"什么事这样好笑?"阿塞夫不断咆哮，一拳拳击出。他的口水溅上我的眼睛。索拉博尖叫。

　　"什么事这样好笑?"阿塞夫怒不可遏。又一根肋骨断裂，这次在左边胸下。好笑的是，自一九七五年冬天以来，我第一次感到心安理得。我大笑，因为我知道，在我大脑深处某个隐蔽的角落，我甚至一直在期待这样的事情。[22]

一直在期待的是正在成长中的"我"，主人公在成长过程中对世界的种种磨难、看法发生了转变，他在成长中"二我"

渐渐弥合，主人公一步步走向成熟和勇敢，和叙述者"我"越发接近。

这并不是说叙述者"我"与人物"我"年龄差较大时，肯定会出现主体安排的困难。如果处理得好，"二我差"可以变成一种张力，一种使叙述主体复杂化并且复调化的手段。《月牙儿》应当说是一个比较成功的例子："妈妈的屋里常有男人来了，她不再躲避着我。他们的眼象狗似的看着我，舌头吐着，垂着涎。我在他们的眼中是更解馋的，我看出来。在很短的期间，我忽然明白了许多的事。"这一段中，两个主体相混，互相交流。"我在他们的眼中是更解馋的"，虽然指明是人物"我"看出来的，实际上是叙述者回忆的总结。"在很短的期间，我忽然明白了许多的事"也是这样，因为那时的"我"才是小学毕业的年龄。两个主体互相交流、互相补充，使叙述富于动力，既不是叙述者"我"完全控制，使语言过于精明、老练，失去真切感，又不是人物"我"完全控制，使语言过于天真、稚嫩，失诸戏剧化，缺少内察的深度。

可以说，对"二我差"的掌握，是第一人称回忆式小说成功与否的关键。由于许多作者对此并不自觉，我们看到少数成功，也看到一大堆失败。

无论作何种处理，"二我差"问题总是第一人称回忆式小说的内在矛盾。为了避开这个困难，某些小说有意把叙述时间与被叙述时间的间隔缩小。例如塞林格的《麦田守望者》，把叙述时间安排在少年主人公结束冒险经历之后不久，而不是在他长大之后若干年。这样，全文的戏谑性街头少年的语言，就同时属于两个"我"，不会发生"二我差"。

要消除"二我差"的另一个办法，是坚持说两个人格之间（在某个具体问题上）始终一致，没有差别。例如林白《一个人的战争》："阿姨扬手一拨，蚊帐落下，床就是有屋顶有门的小屋子，谁也不会来。灯一黑，墙就变得厚厚的，谁都看不见了。放心地把自己变成水，把手变成鱼，鱼在滑动，鸟在飞，只要不发出声，脚步就不会来。这种做法一直延续下来，直到如今。在漫长的日子中，蚊帐是同谋，只有蚊帐才能把人彻底隔开，才安全。"儿时的情感，与叙述者现在的感慨，因为在喜爱蚊帐这个具体问题上，人物"直到如今"变成叙述者了，都没有变化，这样就迫使两个主体的话语权争夺暂时休战。

人物争夺话语权的现象，在影视中也会出现，只是因为媒介变了，抢话就变成了抢镜，人物的主观感觉可以抢过镜头。例如电影《红楼梦》中，刘姥姥进大观园，小说中用刘姥姥视角写的一段，就可以用得很具体。但是这就需要另一本书进行讨论。

# 注　释

1　奥斯丁：《爱玛》，贾文浩、贾文渊译，北京燕山出版社，2001年，第7页。

2　韦恩·布斯：《小说修辞学》，付礼军译，广西人民出版社，1987年，第267页。

3　Wong Kam Ming, *The Narrative Art of Red Chamber Dream*, Cornell University Press, 1974, p. 103.

4　Paul Hernadi, *Beyond Genre: New Directions in Literary Classification*, Cornell University Press, 1972, p. 84.

5　Gérard Genette, *Figures III*, pp. 191-194.

6　我的分类受到台湾学者郑树森分类的启发。参见William Tay, "Wang Meng, Stream-of-consciousness and the Controversy over Modernism", *Modern Chinese Literature*, Vol. 1, No. 1, 1984。

7　Jaroslav Průšek, *The Lyrical and the Epic: Studies of Modern Chinese Literature*, (ed.) Leo Ou-fan Lee, Indiana University Press, 1980, p. 106. 普实克没有说明是《老残游记》哪一段引起他的抱怨，我猜想是这一段。

8　Hsia, 1957, 第七章注30。

9　V. N. Voloshinov, "Reported Speech", pp. 65-79.

10　索罗金：《论〈霜叶红似二月花〉》，曹万生译，载李岫编《茅盾研究在国外》，湖南人民出版社，1984年，第449页。

11　Gleb Struve, "Monologue Intérieur: The Origins of the Formula and the First Statement of Its Possibilities", *PMLA*, Vol. 69, 1954, p. 1101.

12　转引自Robert Humphrey, *Stream of Consciousness in the Modern Novel*, University of California Press, 1954, p. 18。

13　Robert Humphrey, *Stream of Consciousness in the Modern Novel*, p. 2.

14　Erich Auerbach, *Mimesis: The Representation of Reality in Western Literature*, (tr.) Willard R. Trask, Princeton University Press, 1953, p. 475.

15　列夫·托尔斯泰：《安娜·卡列尼娜》，草婴译，上海译文出版社，1990年，第2页。

16　詹姆斯·乔伊斯：《都柏林人·一个青年艺术家的肖像》，徐晓雯译，译林出版社，2003年，第83–84页。

17　纳博科夫：《玛丽》，王家湘译，上海译文出版社，2007年，第3页。

18　普拉东诺夫：《美好而狂暴的世界》，徐振亚译，浙江文艺出版社，2003年，第134–135页。

19　凯茜·梅齐解释说，女性人物的间接自由式"即使可以（与叙述流）区分，我们也能同时听到人物的声音与叙述者的声音。女性主义叙述学家关心其意识形态意义"。参见Kathy Mezei, "Who Is Speaking Here? : Free Indirect Discourse, Gender, and Authority in *Emma, Howards End*, and *Mrs. Dalloway*", (ed.) Kathy Mezei, *Ambiguous Discourse: Feminist Narratology and British Women Writers*, The University of North Carolina Press, 1996, p. 286.

20　曼斯菲尔德：《曼斯菲尔德短篇小说选》，陈良廷、郑启吟等译，上海译文出版社，1983年，第187页。

21　肖洛霍夫：《静静的顿河》，金人译，人民文学出版社，2003年，第1690页。

22　卡勒德·胡赛尼：《追风筝的人》，李继宏译，上海人民出版社，2006年，第278–279页。

# 第七章　情　节

## 第一节　情节的基本结构

情节，就是被叙述的事件。显然，情节的事件本身属于底本，不管述本如何处理，它们早存在于底本之中。但情节的表现又依赖于述本，情节研究的对象是被叙述出来的情节，而不是底本情节。

从欧美现代文论的进展情况来看，英美文论家比较注重于叙述方式的研究，而欧洲大陆如法国、东欧、苏联的文论家对情节更加重视，从苏联形式主义批评家托马舍夫斯基的《主题学》和普洛普开拓性的研究《俄国民间故事形态学》，一直到法国托多洛夫的《〈十日谈〉语法》、捷克多勒采尔的《小说内容结构分析初探》、法国勃瑞蒙的《故事逻辑》都集中研究情节结构。

这些研究有个共同的倾向，拿来分析的材料往往都是民间故事，或情节简单的小说（如《十日谈》），或像侦探小说那样情节类型不断重复的小说。不约而同的做法，恐怕不是偶然的。叙述学作为一种文学形式研究，努力探求作品的共性，以求规律。而小说在情节上变化之多，远远超出叙述学能够总结的可能性。直到目前为止，情节研究一直是叙述学中的最薄弱环节。

西方文论一开始就重视情节的研究，这可能与西方文学的史诗和戏剧传统有关。亚里士多德的《诗学》再三强调情节是艺术作品中最主要的成分。西文"行动"一词，有"情节"意思："我们生活的目的是行动，而不是品质。人物给我们一种品质，但我们的行动——我们所做的事——使我们快乐或悲伤。"因此，他认为情节是"悲剧的第一原则，而且，是它的灵魂"，而悲剧作家的工作是"模仿参与于行动中的人物"。

亚里士多德关于情节的理论，其关键问题是认为我们无法直接观察人心，我们只有从人物的行动中（从情节中）才能了解人。因此，只有事件才是叙述的实质性的整体。而行动，或事件，必然有起始、发展、高潮和结局这样的基本过程，而这服从于因果的规律。

对情节结构的要求，有时与文类要求结合在一起，可能成为非常死板的公式，例如古典主义时期戏剧的三一律。

但大部分情况下，结构要求是无形的，几乎人人尊重，却没有约束性的条文。

自十八世纪理查森和卢梭的感伤主义小说开始，人物在叙述作品中的地位上升了。不少文论家认为把情节的结构要求强加于叙述（也就是说，迫使人物行动，以形成故事）是对人性看法比较单纯时的产物，因此传统小说是"情节暴政"，牺牲人物。有批评家甚至认为"情节重要性与人物重要性成反比例"[1]。

现代文论家强调，从陀思妥耶夫斯基和詹姆斯开始，情节的整体性和条理性就成为不可忍受的桎梏。不少人提出现实生活无情节结构，因此强把情节结构加于生活之上，实际上是以理性的因果推论改变生活真相。乔治·艾略特认为"传统情节有种庸俗的强迫性"。英国现代女作家艾维·康普登-班奈特讽刺地宣称："实际生活完全无助于情节构思。实际生活无情节。我明白情节至关重要，因此我对生活很不满意。"[2]她指出了情节研究中的一个关键性的问题，生活中的事件，没有明确的起承转合，没有一个事件会"结束"，因此，实用的叙述（例如新闻报道）会不断被新的叙述代替。

应当说，结构不是叙述艺术本身的内在要求，而是叙述艺术作为人类交际工具的社会功能的要求，是推动叙述中的情节起承转合的力量，是展现一定的价值观，而结局就是价值判断。如果叙述世界是现实世界被分割后的缩影，那么结局的是非判断、惩恶扬善，就是对世界的宣判，只是在这里扮演上帝的是叙述者自己。

因此，虽然现实生活永不落幕，叙述作品却始终沾沾自喜于它的幕落得如何精彩。尽管生活老是在反抗一定的价值观，价值观在叙述作品中依然可以设法取得控制权。如果要叙述作品摆脱情节结构，只有让叙述作品的写作摆脱一定的社会文化形态，而这是不可能的事。

现代小说情节观发生的变化极为巨大，试试做一下小说的情节提要就可以知道。要做司各特、狄更斯或巴尔扎克小说的情节提要，并不太难，虽然提要对原作的歪曲程度已渐渐增强。做《阿Q正传》或《尤利西斯》的情节提要，说得轻些，是件无意义的工作。情节提要忠于的是底本，很难为述本服务，因此，现代小说的重点在叙述方式。传统小说是讲"故事"，现代小说是"讲"故事；或用符号学术语来表达：现代叙述作品重点从所指转向表义过程本身。在现代，只有通俗小说才具有传统的情节品质，一个组织得有头有尾环环紧扣的情节，而人物的行为动机目的清清楚楚，往往是巧构小说。十九世纪的小说杰作（爱米丽·勃朗特《呼啸山庄》、霍桑《红字》、奥斯丁《傲慢与偏见》等）大都是巧构小说。二十世纪却只有侦探小说、武侠小说之类才追求巧构性。

那么，现代小说中究竟还有没有情节结构呢？有，但是其维系方式不再是因果律，现代小说的情节努力摆脱因果律，虽然它们无法摆脱价值观和价值判断，还是具有情节结构。在很多现代小说中，这个结构的维系方式，只能说是一种可跟踪性，没有这种可跟踪性，就不再存在情节。

现代文学叙述有强烈的破坏叙述结构的冲动，因为现代作家明白结构是作品强加于生活之上的。要破坏结构，最好的办法莫过于破坏结尾。这就形成了开放结尾小说的潮流。劳伦斯·德勒尔的《亚历山大利亚四重奏》四个部分，每个部分结束时都有一个附录，称为"写作提示"，其中"写出小说之后处置本书人物和情节一系列可能的办法"，实际上就是说无结尾，像生活本身那样，只有一连串可能性。

陈若曦的长篇小说《突围》用另一种方法循环法使结尾开放。小说写一美籍华人教授骆翔之爱上从中国大陆来的女学生李欣，但又没有勇气与妻子美月离婚。小说前三章分别以骆翔之、美月和李欣为视角。美月下狠心离家出走，但一天不到就急着想回家，骆翔之也急着要她回家，于是风波结束。最后一章（第四章）又回到骆翔之的视角，但这纠葛却又从头开始，李欣想离开旧金山，而美月又再度离家，我们不知道这圆圈会如何走下去。

在这里，我们必须再提一下博尔赫斯关于小说结构的另一寓意短篇《歧径园》。小说写一华人于忠在"二战"前为德国间谍，奉命侦察在比利时某英国空军基地的确切位置，他找出是在阿尔伯特镇。但是英国反间谍人员在紧追他，他无法把情报传回。他想了一个办法：在电话本上找出一个名叫阿尔伯特的人，公开刺杀他，然后向比利时警方自首，那样就可以用借喻方式让上级知道他的情报。他找到阿尔伯特，发现他是个汉学家，穷毕生精力研究中国文学史上一部被人认为头绪纷乱得无法读懂的小说抄稿崔贲的《歧径园》，而于忠是崔贲的后人！阿尔伯特向来访的于忠介绍他的研究成果：小说《歧径园》的寓意深刻，每走一条不同蹊径（每个不同情节线索）可以得出不同的结果。他说：《歧径园》可能是未完稿，但决不是宇宙的歪曲形象。你的先祖不同于牛顿、叔本华，他不相信整一的绝对的时间，他相信时间是无限的系列，是许多分叉、会合、平行的时间组成的不断生长的网络。这使于忠十分感动。但这时英国反间谍人员已追至，于忠必须在现实的境况中挑选一个结局，他还是枪杀了阿尔伯特这唯一能够理解《歧径园》的人，因为他认为"任何一个行为的作者必须想象他早就完成了这结局，他必须把未来当作无法挽回的过去强加在自己身上"。

博尔赫斯的意思是这个间谍小说式的结局是于忠这个第一人称叙述者强加的而不是必然的。生活不必服从任何一种人为安排的结果，因为未来本身有多种可能性，而小说叙述的则是已经完成的、过去的事。

## 第二节　情节的组成单元

情节研究有微观与宏观两个部分。宏观的情节研究着眼于整个世界文学中所有的叙述作品，试图建立有效的情节分类学。微观的情节研究探讨叙述作品中情节的基本组成，研究其细胞、其原子构成。我们先从微观情节研究谈起。

情节的最小最基本单元，一般文论家都用"母题"这个术语。这个术语很容易引发误会，本书希望改称为"情节单元"。情节单元可以是叙述中的一个场景，一个事件，一个意象、象征或行动。总之，是对叙述具有相关意义的最小单位。

究竟情节单元可以小到什么程度呢？现代欧美文论的总趋势似乎是把情节单元越弄越小。托马舍夫斯基认为最基本的情节单元以句子或分句形式出现，但普洛普认为情节单元可以小到只有一个词，或一个词的构成部分，格雷马也认为只要是"有意义的语义成分"就可以构成情节单元。

情节单元的有顺序的集合就开始构成题意。我们举一个例子，鲁迅《孔乙己》中的一段："孔乙己是站着喝酒而穿长衫的唯一的人。他身材很高大；青白脸色，皱纹间时常夹些伤痕。"用线分开的每个小段都可以说是一个情节单元，每个情节单元都是一小段题意，前后相续，互相呼应，推动情节前进。"孔乙己"这名字怎么来的，已有解释；"喝酒"，有常人的嗜好；"站着"，穷；"穿长衫"，自认为地位不同；"唯一的人"，情况很特殊……

当然，也可以像格雷马所建议的那样把情节单元再分细些，例如"长衫"，或"夹些伤痕"，每个单元的确都为情节作出一点贡献，但这样做对批评操作没有实际意义。

从上面小段中的这些情节单元已经可以看出某些情节单元直接推动情节（例如"时常夹些伤痕"），某些情节单元并不直接推动情节（例如"身材很高大"、"青白脸色"）。托马舍夫斯基建议把前一类称为"动力性情节单元"，后一类称为"静止性情节单元"。[3] 显然，前一类是动作性的，后一类是描写性的。但是"身材很高大"与"青白脸色"又有不同，前者与整个叙述关系不大，孔乙己即使是"身材矮小"，叙述依然能照常进行，如果他"脸色绯红"，叙述就得有所变化了。因此，托马舍夫斯基又提出情节单元的另一分类，可以略去而基本上不损害叙述作品的连贯性的，是自由情节单元，反之，即为束缚性情节单元。一般说来，动力性情节单元多半是束缚性的。孔乙己"站着喝酒"，既是动力性情节单元，又是束缚性情节单元。

巴尔特在一九六八年提出对情节单元的新见解，他认为叙述作品的最小单位可以分成两种，一种是介入情节的，是邻接相续的，称为"功能体"，另一种提供人物和环境的有关情况，称为"指示体"。功能体不仅是叙述的基本单位，而且是因果链中的基本环节，"功能体的本质是叙述中的将能开花结果的种子"[4]。巴尔特举了个例子："如果福楼拜在《纯朴的心》某处似乎顺便地告诉读者苏–普雷菲的女儿们有一只鹦鹉，那正是因为这只鹦鹉后来在菲利西台的生活中占有重要位置；这一细节的陈述（无论其语言形式如何），就构成了一个功能体，或一个叙述单元。"[5]因此，功能体就是加入叙述因果链的情节单元。

功能体分成两种，一种是核心单元，它们"用提问题及解决问题的方式推动情节前进"。这里的"提问题"不是说真用问句形式，而是说这个细节如果没有呼应就会悬空。例如上面《孔乙己》例子中，"皱纹间时常夹些伤痕"就是核心单元，它提出了等待叙述的下文给予解答的问题。核心单元组成了情节的基本框架，一般的情节提要就只剩下核心单元。非核心单元的功能体，巴尔特称为"催化单元"，催化单元在核心单元的框架中把情节链补充、扩展，使之丰满起来。[6]

因此，阿Q在戏场调戏女人看来是催化单元，因为它描绘出阿Q性格的一个方面，在情节中却没有后果；但阿Q调戏小尼姑导致了他的性欲亢奋，然后阿Q调戏吴妈导致他立即被解雇，生计无着而被迫干起亡命勾当，此类事件都是核心功能体。

巴尔特的指示体也分为两类，一类是"标记"，指出人物或环境中与情节有关的某些特征，另一类称为"信息体"，是"纯数据"，不一定与情节相联系。我觉得巴尔特的分类法与托马舍夫斯基的情节单元分类可能有这样的相应关系：

功能体 ⎰ 核心单元——动力性束缚情节单元
　　　 ⎱ 催化单元——动力性自由情节单元

指示体 ⎰ 标记——静止性束缚情节单元
　　　 ⎱ 信息体——静止性自由情节单元

如此分类法，看起来似乎太学究气，太琐碎，而且缺乏实际意义。但是，如果把叙述按其情节单元的优势加以分类的话，我们就可以发现实际上它们能成为文类或风格的区别性标志，也就是说，叙述中某种情节单元多了，就能改变叙述的风格。下述总结不是巴尔特做的，是笔者的一点体会。

核心单元功能体型：叙述情节速度快，内容多，因果关系清晰，但人物形象往往单薄。民间故事、现代的侦探小说和科幻小说、中国的公案小说属此类。

催化单元功能体型：例如史诗，巴尔特说"在功能层次上是破碎的"[7]，但实际上是因果链破碎，而催化单元却丰富，因此我们看到西方或印度史诗那样线索散漫，情节逻辑不清，但精彩的片段很多，《西游记》和《水浒传》都是这个类型。

标记式指示体型：情节的因果性退居次要地位，例如现代的心理小说、人物中心小说。在中国传统小说中，《红楼梦》和《金瓶梅》的情节都是散漫的，但人物形象丰富。

信息体式指示体型：所谓诗式小说，情节更加不清楚，人物形象也相当模糊，但是有大量不相干的情节单元造成气氛，例如伍尔夫《到灯塔去》、鲁迅《药》、废名的许多短篇。

总的来说，情节单元的研究至今还是叙述学中比较薄弱的环节，很多问题还有待于进一步的探讨。


## 第三节　复合情节


叙述作品的情节可以由不只一个因果链组成，只有很少的小说（大都为短篇小说）是单线发展的，复杂线索的小说安排复线的方式有好多种。

如果叙述中几条情节线索是平行发展的，而其中一条分量上比较重，那么这一条就是主情节，其他的称为次情节。一般说来，次情节是为主情节服务的，起一种陪衬对比作用。吴趼人的《恨海》是晚清小说中结构组织得最出色的作品，就是用主副情节方式展开，哥哥伯和与其未婚妻棣华的故事是主线，弟弟仲蔼与其未婚妻娟娟的故事是副情节，两条情节线索对称地展开，哥哥伯和堕落为鸦片鬼而流落街头冻死，正与娟娟堕为娼妓对称，棣华出家为尼姑，与弟弟仲蔼"披发入山"相对称。小说结尾清楚地指出副线的这种追加效果格局："仲蔼拿自己和哥哥比较，又拿嫂嫂和娟娟比较，觉得造物弄人，未免太甚；浮沉尘海，终无慰情之日！想到此处，万念皆灰。"这样的安排，看来似乎牵强，但在晚清小说中已是佼佼者了。

但主副情节更常见的关系是对比。最著名的例子是托尔斯泰的《安娜·卡列尼娜》。安娜与伏伦斯基狂热而悲剧性的恋爱，与列文的爱情和哲学思考交叉发展，安娜对俄国社会桎梏的反抗是本能的，冲动的，而列文的思考试图解开俄国社会的困境，他是理性的，而且似乎在安娜失败的地方成功了。

对比性主副情节的另一佳例是 D. H. 劳伦斯的《恋爱中的女人》，姐姐厄秀拉与卢伯特·伯金的恋爱，与妹妹戈珍与杰拉德·克里奇的恋爱对比地发展，后者以悲剧告终，前者似乎取得了暂时的安宁和幸福。

这样布局的作品还相当多，如莎士比亚的《李尔王》、阿诺德·倍奈特的《老妇人故事》。有的主副情节关系变化相当复杂：《呼啸山庄》中希斯克利夫－凯瑟琳－埃德加的三角关系，与下一辈凯茜－林顿－海尔顿的三角关系格局相似，但结局完全不同。这种主次情节对比关系往往是对同一社会或人性问题的一个否定答案与一个肯定答案。

所谓主副情节，是从篇幅上来说的，很难说副情节是否在意义上也是次要的。狄更斯的小说往往是多线索发展，但我们往往觉得主情节与主要人物相当单薄，而副情节与次要人物却很生动（当然，这不是狄更斯的本意）。《大卫·科波菲尔》就是一个显例。科波菲尔的主情节与米考伯的副情节平行发展，时有交叉。他的小说结构可能源自英国文艺复兴戏剧的传统，即主情节用正面人物，次情节用滑稽人物，例如一对贵族人物与一对仆人的恋爱同时发展，最后一道解决。但狄更斯的喜剧才能比悲剧（正剧）才能高，所以他的喜剧副情节压倒了主情节。

如果两条或多条平行的叙述在篇幅上大致相同，就无法分出主副情节，我们只能称之为双情节或多情节。奥斯丁的《傲慢与偏见》就是两条情节线索几乎完全相同，似乎是有意重复题旨的加强效果；萨克雷的《名利场》则写两个完全不同性格的女人的经历，爱米丽亚与贝基的线索基本上是等重的，而且各自独立发展，只是偶尔交叉，但两者对比非常明显，我们读到一个人就不免想起另一个人。法国拉克洛的书信体小说《危险的关系》则是多情节的平行发展。

卢柏克认为双线情节的最佳例子是《战争与和平》，他认为其中帝王将相历史人物的战争和平是一条情节线索，俄国普通人皮埃尔、娜塔莎、安德烈等人在这巨大战争机器中的个人命运是第二条线索。这两条线索实际上互相不融合，只是偶尔交叉，但互相无法分出主副，互相不是从主题上对照，而是构成历史运动的两个部分。[8] 这是一个很精彩的理解。

不构成前后连贯的副情节，但是在局部上越出情节主线的部分，我们称为"离题"。对于离题的作用，西方文论界一直是有争执的。在十九世纪古典主义势力较强的法国文学界，就认为英国小说离题太多。保尔·克劳代尔认为英国作家"从来就不懂得艺术的首要条件就是去芜存精"。很多作家也指责小说离题枝蔓的现象。特罗洛普要求说："小说中不应当有任何独立片段。从头至尾，每句话，每个词，都应为故事的讲述服务。独立片段分散读者的注意力，而且总是弄得读者不愉快。"[9] 甚至陀思妥耶夫斯基都自责小说中不相干的故事太多，埋怨自己"从来不知道如何控制素材"，而且是"明明知道自己有这问题，却老是受其所累"。[10]

陀思妥耶斯基的例子特别有趣，他明白丰富的离题是他作品的一个固有特色，却认为这是一个应当摆脱的缺点。而英国现代作家普里切特就反过来认识到离题是俄国小说魅力之所在："十九世纪俄国小说吸引我们的东西是什么呢？……这个被查禁的文学中吸引人的正是其自由，摆脱了我们这种说教和我们这种情节的自由。我们作品中的主人公，从菲尔丁到福斯特……在全书结束时总在追求一个道德的，心理的，或金钱的实际问题。在十九世纪俄国……小说的人物呼吸的余地比较大。屠格涅夫熟悉英国文学，老说他羡慕英国小说家构筑情节的能力，实际上他瞧不起。"[11]这是各说各有理了。英国现代作家福特·马多克斯·福特有个折中方案，他认为小说情节应当集中，不应当离题，但是"你当然必须显得像是离题，这是掩盖技巧的技巧"[12]。

福特的话听起来有点奇怪，实际上是很有道理的。读起来结构十分紧密的作品往往相当牵强，但散乱无章法也不是最令人满意的作品，真正的大手笔往往好像信笔写来，不加控制，实际上外松内紧，形散神不散。

中国古典小说中离题最多的作品恐怕是《红楼梦》了，笔者小时候耽读西方侦探小说，第一遍读《红楼梦》时，颇不耐烦，觉得贾府那么多宴席何必个个都写，大观园群芳写诗猜谜与《红楼梦》主题又有什么关系，即使是丫头们的悲剧也与主情节关系不大，而主线——宝玉、黛玉、宝钗的三角恋爱——老是被打断，当时我实在看不出《红楼梦》至少在结构上为什么是杰作。当然，说《红楼梦》天衣无缝，完全没有任何多余的话，增一字则太长，减一字则太短，这也过分，但我们看到《红楼梦》的世界正是由这些大大小小主线内主线外的事件所构成的，闲笔不闲，离题而仍是叙述的有机组成部分，这是真正的叙述作品杰作的组成方式。张竹坡评《金瓶梅》中的一个离题，竟然是三层的伏笔："陈敬济严州一事，岂不蛇足哉？不知作者一笔而三用也。一者为敬济堕落入冷铺作因，二者为大姐一死伏线，三者欲结玉楼实实遇李公子为百年知己，可偿在西门家三、四年之恨也。"

一般来说，西方文论自古以来比较强调情节的整体性和关联性，这可能与西方重视因果逻辑推理这一思维传统有关。越出主要情节线索–因果链的叙述，一向是遭到苛评的。亚里士多德说："在单情节或单线索中，最糟的是片断式，我指的是情节中的事件，既非或然又非必然地前后相继。"与此对比，中国小说的情节松散，我认为是优点。

## 第四节　悬疑与伏笔

情节中事件的前后相继顺序，与叙述顺序并不一定相应，这点我们在第四章讨论叙述时间时，已经详细讲过。叙述顺序变化可以（但不一定）造成情节推进中的悬疑和伏笔。

有两种方法可以造成悬疑，一种是在事件的正常顺序位置上说出一部分情况，但扣留一部分至关重要的情况，等待后文倒述；另一种方法正相反，提前预述一部分情况，而让后文在事件的正常位置上说出全部情况。所以前一种是倒述悬疑，后一种是预述悬疑，两种方法都需要故意扣留部分信息，也就是"故弄玄虚"。

前一种，即倒述悬疑比较常见，《三国演义》中刘备宿于水镜先生庄上，半夜里听到水镜先生与某客谈到欲投明主，刘备"即欲出见，又恐造次"，一直到徐庶要离开刘备时才说明自己就是水镜先生庄上的半夜来客。

预述悬疑在早期的拟话本小说中往往用"有分教"预述对句，只是在成熟的白话短篇小说中语言不再公式化。例如《醒世恒言·乔太守乱点鸳鸯谱》："当时若是刘公允了，却不省好些事体。止因执意不从，到后生出一段新闻，传说至今。"

我们可以看得出，西方小说倒述式悬疑多，预述式悬疑少，中国传统小说正相反。原因不是别的，而是中国传统小说本来倒述就少，大都只是在安排复线索不方便时才用之，因此自然多用预述式悬疑。

广义的悬疑，是情节推进的基本动力，叙述文本中几乎无时不在，正如巴尔特对核心情节因素下的定义（见本章第二节）时指出的，叙述是在不断地提出问题和解答问题中延续其主要情节线索，因此他认为悬疑"是结构本身的游戏"，它"完成语言本身的定义"。[13]

如果悬疑中完全没有时间变形，也就是说，每个事件都在正常顺序位置上说出来，这样一种特殊的悬疑我们可以称为伏笔。伏笔中不存在扣留信息的问题。张竹坡评《金瓶梅》指出："写月娘，必写其好佛者，人抑知作者之意乎？作者开讲，早已劝人六根清净，吾知其必以'空'结此'财色'二字也……岂泛泛然为吃斋村妇闲写家常哉？此部书总妙在千里伏脉，不肯作易安之笔，没笋之物也。"

伏笔的机制与悬疑正相反，它是故意过分严格地遵循时间顺序，而把本来可以放到以后倒述的事件按其底本时间位置叙述出来。这样做，实际上也是一种时间变形，因为在正常位置上这个事件显得没有意义。

《安娜·卡列尼娜》第三章写到安娜看到有人被火车压死，这似乎是闲笔，是多余的离题，到安娜自己卧轨而死时我们才明白前面那插曲是一个伏笔。

因此，伏笔有一种吉祥或不祥的预兆意义，暗示了命定观念。《水浒传》的著名开场"洪太尉误走妖魔"，《孽海花》第八回的行酒令，七个人的酒令步步暗示了整本书的情节。

西方小说中这种靠文字谐音作伏笔的手法也是处处可见的。《红与黑》中于连·索雷尔年轻时，去市长家想做家庭教师，回来路上经过教堂，坐在属于市长家的座位上，看到地上有一角报纸，一面印的是"详细报导：路易·让雷尔在贝尚松处极刑"，反面印的是不相干的文字"第一步"。走出教堂，他看到圣水钵里有血，实际上是倒影。他有点害怕，但他给自己打气说："我是胆小鬼吗？拿起武器！"这一段全是伏笔。做市长家庭教师是他发迹的第一步，也是他毁灭的第一步，小说最后他确实"拿起武器"到这个教堂来开枪杀死市长夫人，最后他也在贝尚松受极刑。"让雷尔"就是他的名字"索雷尔"的谐音。

但最出色而复杂的伏笔是《红楼梦》第五回的贾宝玉梦游太虚幻境。叙述进行到第五回，几乎所有人物全点到过，才插入贾宝玉的梦境，这样才不至于使伏笔太落空，梦境本身的情节与叙述没有直接关联，但就如《俄狄浦斯王》开场时克瑞翁从阿波罗王那里带来的神谕那样，这预言在整个叙述的幅度中重视。《红楼梦》中只是偶尔回点这梦境的伏笔意义。例如第十七回宝玉随贾政到大观园拟题铭，走到芜衡院玉石牌坊："贾政道：'此处书以何文？'众人道：'必是"蓬莱仙境"方妙。'贾政摇头不语。宝玉见了这个所在，心中忽有所动，寻思起来，倒像那里曾见过的一般，却一时想不起那年月日的事了。贾政又命他作题，宝玉只顾细思前景，全无心于此了……（贾政）遂冷笑道：'你这畜生，也竟有不能之时了……'"宝玉的才气突然无法对付这个玉石牌坊，是因为他忽然发现这不属于大观园，也不属于蓬莱仙境之类的世俗乐园，而是他自己也无法追寻的梦境世界的复现。因此，庚辰本脂批说"大观园系玉兄与十二钗太虚玄境"。

从叙述层次上来说，宝玉梦游太虚幻境并不是一个次叙述，也不是超叙述，因为宝玉的梦境与他醒时的经历，叙述者是同一个人，没有叙述层次的转换，它只是一个伏笔。但是，第一一七回宝玉问和尚"可是从太虚幻境而来"，就点明太虚幻境不仅在主题上超越，而且在叙述层次上也超越（因为和尚来自超叙述结构）。实际上，到宝玉太虚幻境梦之前的前五回，包含了我们在第三章中分析到的全部超叙述层次与副情节层次，合起来组成了一个庞大的超叙述性楔子，这就是为什么宝玉游完太虚幻境后，第六回必须一切重新起头，叙述者还得寻思"从那一件事自那一个人写起方妙"，最后选定从刘姥姥写起，而完全丢下已经开始的情节线索。

这个复杂的超叙述与伏笔结合的集团性楔子，对整个叙述加以过饱和的限定，而贾宝玉与《红楼梦》的其他人物就在这个限定的威胁中展开他们顽强的个性活动，这种命运限定与个人意愿所造成的戏剧性张力使《红楼梦》主题意义深化。伏笔不再只是结构意义或情节布局意义，而具有主题性象征意义。

总的来说，伏笔与其呼应有一定的篇幅比例关系。伏笔总是比较概略、简单，往往是言语（例如《麦克白斯》

中女巫的预言）、文词（例如《孽海花》中的酒令）、幻觉（《红与黑》）、梦境（《红楼梦》）、气氛（《哈姆雷特》的卫士守夜）或者完全不相干的离题（如《安娜·卡列尼娜》中的火车压死人事件）。这些比较"虚"的表现最后在主情节中落实为"实事"。

但是，也有伏笔本是同属于主情节线索的片段，有意安排的穿插使这一小片情节孤立在前，成了伏笔。毛宗岗所言《读三国志法》十二法之三"隔年下种"即此："《三国》一书，有隔年下种、先时伏着之妙……如西蜀刘璋乃刘焉之子，而首卷将叙刘备，先叙刘焉，早为取西川伏下一笔。又于玄德破黄巾时，并叙曹操，带叙董卓，早为董卓乱国、曹操专权伏下一笔……司马篡魏在一百十九回，而曹操梦马之兆，早于五十七回中伏下一笔。"除了最后一例是以虚伏实，其余二例是以实伏实，本章举过的《二刻按案惊奇》一例，也是以实伏实。

## 第五节　情节类型学

既然情节有一定的结构方式，那么根据这些结构方式就可以把叙述归成若干类别，或找出情节结构的程式。这是宏观情节研究的主要内容。这工作有时亦被称为情节分类学，或情节类型学。

某些情节分类工作者把自己限于一定的文类范围，例如普洛普的《俄国民间故事形态学》、托多洛夫的《侦探小说类型学》；有的人具体到某国某个时期的文学，如捷克裔加拿大学者米莱娜·多洛采洛娃·维林盖洛娃的论文《晚清小说情节结构》[14]；甚至有限于分析一套作品研究的，如苏联谢格洛夫《福尔摩斯结构模式的建立》、苏联列夫津以阿加莎·克里斯蒂小说为例的《论侦探小说的符号分析》。当然，这样的工作就不是严格意义上的类型学，因为类型学的定义就是全部囊括。[15]

在比较完整的情节类型学工作中，有的看来是过于琐碎了，例如诺尔曼·弗利德曼的十四情节类型论，是以主人公的三个变量（性格、命运、想法）以及主人公的两种遭遇（即成功地达到目的，还是不成功）进行分类。这样共有十四类情节类型。

六种"命运"情节：

行动型：纯情节小说，目的是暂时的，因此达到目的后可以重新开场另写一篇。如大部分侦探、惊险、科幻小说。

苦情型：正面性格人物，遭受并非他的错误所造成的不幸，情节主要展现命运之残酷。如哈代《苔丝》、海明威《永别了，武器》、密勒《推销员之死》。

悲剧型：正面性格人物，能力强，有毅力，因此对自己的失败至少要部分负责。如索福克勒斯《俄狄浦斯王》、莎士比亚《奥赛罗》。

惩罚型：反面性格人物，目的卑劣，毅力使人钦佩，但终归失败。西方文学特多这种恶棍英雄，如莎士比亚《理查三世》、哈代《卡斯特桥市长》、梅尔维尔《白鲸》。

感伤型：同苦情型，但受苦受难后终于有好结果。如莎士比亚《辛白林》、狄更斯《伤心之家》、奥尼尔《安娜·克里斯蒂》。

钦佩型：高尚型人物，努力使命运好转，至少部分成功。如马克·吐温《汤姆莎耶》。

四种"性格"情节：

成长型：表现人物性格从未充分发展到较充分发展的变化，这种变化基本带来较好命运。如詹姆斯《奉使记》、狄更斯《远大前程》、乔伊斯《艺术家年轻时的肖像》、托马斯·沃尔夫《望乡天使》、托马斯·曼《魔山》。

改造型：同上型，但人物性格是从坏到好起变化。如霍桑《红字》、亨利·格林《爱》。

考验型：正面性格人物，受到压力，但最终坚持其目的而达到之。如海明威《钟为谁鸣》、《老人与海》。

堕落型：正面性格人物，受到压力，但无法坚持，屈服于命运或环境。如纪德《背德者》、契诃夫《万尼亚舅舅》、奥尼尔《琼斯皇帝》、托马斯·曼《威尼斯之死》。

四种"想法"情节：

教育型：主人公的想法得到道德上的改善，或哲理上变得复杂。如托尔斯泰《伊凡·伊里奇之死》、陀思妥耶夫斯基《罪与罚》、伍尔夫《到灯塔去》、托尔斯泰《战争与和平》。

启示型：主人公从不知到知。如达尔《小心狗咬》。

受感型：主人公更好地了解了另一人，从而改变了感情态度。如康拉德《黑暗的心脏》、奥斯丁《傲慢与偏见》、萧伯纳《武器与人》。

失望型：主人公在挫折中失去原有的信仰，与教育型正相反。如菲茨杰拉德《了不起的盖茨比》、奥尼尔《毛猿》。[16]

这个分类很有趣，但问题是过于复杂缺乏规律。正因如此，不能保证这个分类涵盖了一切叙述作品，也看不出如此的工作有什么大用场。

有的分类工作则相反，原则非常清楚，但分得过疏。例如美国芝加哥文论派的领袖伦纳德·克兰的三分类法，他认为"变化"是一切情节的核心，因此就叙述中变化的成分可以把一切情节切分成三类：

行动型：主人公所处环境发生变化。如陀思妥耶夫斯基《卡拉马佐夫兄弟》；

人物型：主人公道德态度发生变化。如詹姆斯《仕女图》；

感情型：主人公思想感情发生变化。如佩特《享乐主义者马利尤斯》。[17]

然而另一个美国批评家福斯特·哈里斯竟然提出一种再简单不过的分类公式，他认为所有的情节不是属于"1-1=？"就是属于"1+1=？"。例如《失乐园》中亚当夏娃的故事是爱上帝与爱人世智慧的冲突，是两因素相减，相冲突；斯蒂文森的小说《马莱特罗华爵士》是骄傲加爱情，两因素相加，互相促进。[18]

他的分类法似乎有有道理，因为一切变化无非相反相成，即使复杂情节我们也可区分出某些片段是相减，某些片段是相加。但这样一化简，我们就会惊奇地发现叙述世界的林林总总不过是爱、恨、妒、野心、虚荣等有限元素加减而成。这样的分类完全无助于文学理解。

加拿大当代著名文论家诺思罗普·弗莱于一九五七年出版的专著《批评的解剖》中提出了一种很有意思的情节分类，以主人公与读者的能力和道德水平的距离为标准。当主人公与读者相比显得如全能的神，那么叙述作品就是神话式的；如果主人公强有力，令人钦佩，就是浪漫式；如果主人公显得比读者强，品德高贵，但有人情味，那是高模仿式；如果主人公与读者各方面都差不多，就是低模仿式；如果主人公比读者低一等，就是反讽式。[19]

这个分类看起来只照顾到主人公，而没有顾到情节本身，但实际上正如弗利德曼的分析所表明的，情节本身大抵只有达到目的与不达到目的两大类，而不同的主人公对情节起的作用要重要得多。弗莱的分类看起来取决于时时变化着的读者心理，但实际上我们可以代之以叙述者与主人公之间的能力与道德距离，这个标准可能更稳定一些。即使是第一人称叙述者兼主人公，实际上也有个自己对自己的态度问题。这样改造一下，我们就可深入到叙述结构的本质性问题中去了：

神话型：《三国演义》中关于诸葛亮的情节；

浪漫型：《三国演义》中关于刘关张的情节；

高模仿型：《水浒传》大部分情节；

低模仿型：《红楼梦》大部分情节；

反讽型：《金瓶梅》、《镜花缘》、《儒林外史》。

我们可以看出关羽最后是失败还是成功实际上与情节类型的关系不大。而且，从上面的分类我们可以看到文学演变的进程，基本上是从浪漫诸型变到现实诸型，再变到反讽型。

的确，情节分类学至今是一个困难重重的研究领域。情节本身卷入的因素过多，任何依靠单一因素所作的分类，往往过于简单，而复杂因素的相互作用，又使分类变得过于繁复。而且，一部叙述作品的情节可以一波三折，每段不同，又可以复线交错，齐头并进，把情节分类学学者压回到民间故事、侦探小说那样的简化类型上去。

对这些叫人头痛的问题，也许至今最乐观的回答是苏联符号学家叶戈洛夫的论文《最简单符号体系与情节类型学》。有趣的是，他对情节的理解，基于对纸牌占卜的研究：任何四张纸牌的搭配，每张扮演一定的角色，每张纸牌的三个向量——花式、点数、位置，总能搭配出一种有意义的情节结构。因此，叶戈洛夫说："情节多不胜数，创造它却只需用十分有限的一套符号。"像占卜一样把情节简化到一套最简单叙述单位是可能的，因此，有可能制作出一个文学情节的门捷列夫周期表，虽然他自己并没有为这问题的解决提出具体方案，而只是从纸牌占卜的数学演算推论出这种可能性，我们也只好满足于这个预言。

读者读到这里已经遗憾地发现，本节内容几乎全是介绍评论别人的勇敢尝试，笔者自己至今还拿不出任何值得说出来让大家听听的情节分类体系，其主要原因是情节分类似乎主要在课堂上给学生一个能做笔记的表格，其他用处不大。


## 第六节　时间、空间与因果


任何叙述，要能够成为叙述，情节中的事件必须有一个前后相续的内在联系，我们说过了这种联系可以称为"可追踪性"[20]。

时间关系、空间关系、因果关系，一般被认为是这种可追踪性的三种基本形式。但是，叙述艺术发展到现在，可追踪性变得非常复杂，究竟某小说（或其他艺术叙述式样）的可追踪性以哪种关系为主，这种关系又和其他关系如何混杂，变成了一个使文论家们很苦恼的问题。

但是，这个问题又是叙述学的根本问题之一，甚至可以说是最重要问题，是任何研究叙述的人，或希图有意识地掌握叙述艺术的人所不能忽视的。

我们先从时间关系谈起。在第四章中我们介绍了叙述中的两种时间顺序，一是底本时间，其中的事件前后相继、绵延不断组成了稳定的时间流。另一个是述本时间，是底本时间被叙述加工后的产物，底本时间被打断，被删剪，被颠倒，被压缩或延长。

述本对底本所作的时间变形，基本上可分成两种。一种变形的目的是使底本中的事件以更方便的叙述形式出现，因为，正如我们在第四章中指出的，完全按底本时间叙述本来就是绝对不可能的事，而叙述为了吸引读者，为了突出主要的、与题意有关的事件，或事件的某些方面，不得不对底本时间进行整理。为这种目的的时间变动，应当称作"再时间化"。

再时间化基本上是一种非破坏性的时间变形，也就是说，底本的时序基本形态还保存着。第四章中提到过的巴尔扎克建议改写《巴马修道院》就是一例。可以设想，司汤达这本名著经过这样的改写，会更富于戏剧性，而原作比较严格遵守底本时间具有的记传意味。但这二种都是再时间化的不同方式，其目的就像什克洛夫斯基所定义的陌生化，通过打乱底本时间，使人们更感到底本事件的时间相续性，和其中包含着的因果链。侦探小说先写尸体，再追寻出恶棍，重建作案经过；黑幕小说先写恶棍，然后跟踪到他杀人留下尸体。不同的再时间化创造了两种小说，但底本时间都是很清晰地被保留着。

另一种时间变形，则对底本时间作了根本性的、破坏性的改变。它不仅在数量上大规模地分割重组底本时间，而且最重要的是，它的目的是使事件脱离底本时间的延续性和顺序性的束缚，通俗地说，就是使述本中的事件无法按底本中的时间顺序复原。这样的变形，我们可以称之为"非时间化"。这种小说不自现代始，十八世纪的《项狄传》和《宿命论者雅克和他的主人》可被视作非时间化的最早杰作，观察一下它们所使用的非时间化手段，我们会惊叹其方法式样之多。但不可否认，现代小说中非时间化的例子多，而且非时间化的目的也更清楚。

除了时间关联，叙述中的事件也有一定的空间关系。在《战争与和平》中我们就看到法军与俄军的战争使一组事件除了时间顺序外尚有空间顺序，而平民人物，主要是皮埃尔的经历，也有一定的空间顺序。两条线索的相交，是时间链与空间链的同时重叠，不然皮埃尔不可能被法军俘虏。

空间关系在相当多的小说中起作用。哈代《还乡》中的艾格顿沼地，斯坦贝克《愤怒的葡萄》中向加利福尼亚流亡的路线，与小说情节的发展关系很大，主人公的命运不可能脱离情节的空间位置。

说到底，任何事件都必须在时间与空间中才能发生。从这个意义上说，叙述中的事件除时间联系外，必然有空间联系。事件在空间中的延续关系组成了情节中事件的空间链。

问题是，文字叙述是一种线性的艺术，一字一词，或者说一个个情节单元，前后相续组成叙述文本，小说虽然不叫作时间艺术，它的呈现（阅读）却是有时间性的，因此，述本有可能对底本进行时间变形，却不可能对底本进行空间变形。我们把叙事诗或小说与有情节内容的空间艺术相比较，例如米开朗琪罗的西斯廷教堂壁画，或中国庙宇中的十八层地狱雕塑，我们就可以感觉到中间的差异。

固然，述本与底本中事件的空间链并不一致，也有变形，但那是随着时间变形而发生的伴随现象，例如主人公白天在街上走，却想起昨夜里做的还乡梦，这里的空间变换是时间上倒述的伴随物。叙述，不可能对底本进行独立的空间变形。因此，独立地谈被叙述事件的空间关系，是意义不大的事。[21]

现代西方文论中谈的所谓叙述的空间形式，是指述本时间与底本时间脱节之后，所取的一种新的可追踪性，似乎事件取得了一种空间式的对应关系。但为什么这种关系是叙述的空间形式呢？看来这些文论家只是对非时间性这个否定性的范畴感到不安，一心想找出一个更可捉摸的名称而已。[22]

托多洛夫认为非叙述的文学作品（例如抒情诗）有一种空间时序，这种时序造成了作品音节或其他成分的回旋往复，造成了节奏和韵的对照，最后形成作品的音乐美。而且，这种复现、平行、对照的关系，被叙述作品借用过来，例如《追忆似水年华》就有一种"大教堂式结构"。[23]

笔者不同意这些看法。首先，诗歌的音乐美并不是空间性的因素组成的，相反，正是时间性的。二十世纪二十年代闻一多、徐志摩等人创用的"豆腐干体"没有能坚持下来，就是因为闻一多所说的诗歌建筑美与诗歌的本质无关。"豆腐干诗"如果在音节上听起来有味，正是因为音节数的相等（像法文诗那样）所造成的时长效果。所谓"梯形诗"，其空间形式加强了节奏感（包括阅读时的节奏感），这才流行开来。真正具有空间形式的诗，是当代西方所谓"具体诗"，即把诗写成图形，那是诗与美术的结合。

托多洛夫从这个错误前提出发，谈叙述作品的空间顺序，就成了架空的议论了。所谓"大教堂式结构"，就像金圣叹说的"横断云山法"、"草蛇灰线法"，毛宗岗说的"横云断岭，横桥锁溪"结构，或"两山对峙"结构。很明显，都是一种比喻，以空间艺术（绘画）喻时间艺术（小说）。

但是中国古代文论家与西方现代文论家如此顽强地设法用空间关系来讨论叙述时间变形问题，恐怕还不能简单地归结为比喻方便，其中还有深刻得多的原因，那就是在叙述艺术中，时序关系总是与因果关系纠缠不清，他们不得不求助于与因果无关的空间性。

应该说，时序就是时序，因果就是因果，所谓"前因后果"早在中世纪前就被拉丁修辞学家们驳倒了。但是，很奇怪，至少在文学理论中，这个问题并不那么容易解决。许多叙述研究者对此很糊涂。

我们从福斯特《小说面面观》中一个著名的例子讲起。福斯特说："故事是按其时序叙述一些事件，情节同样是叙述这些事件，但着重点落在因果关系上。'国王死了，后来王后也死了'是个故事，'国王死了，后来王后死于悲痛'则是个情节。时序依然保留着，但是其中因果关系更为强烈……如果是个故事，我们问：'然后呢?'如果是个情节，我们就问：'为什么呢?'这是小说的这两个方面最基本的区别。"[24]

在福斯特看来，因果关系是叙述艺术中最重要的东西：
"对原始穴居人，对暴君苏丹，或对他们的现代子孙电影观众，没法谈什么情节，他们只有不断地听到'然后，然后，然后'才能不至于睡着，因为他们只有好奇心。而情节需要智力，也需要记忆力。"[25] 他承认叙述可以仅由时序关系构成，但那是原始的作品，或是通俗的读物。真正的小说是靠因果关系形成的，或者说，是表现事件的因果关系的，时间关系只是因果关系的伴随物。

福斯特的观点实在是过于偏颇。他给情节下的定义严重地局限了情节的可追踪性范围。情节就是任何使所叙述的事件具有一定的可追踪性的安排方式，不管它是因果还是其他。

福斯特更错误的地方在于认为因果性是小说艺术的真谛。这是一种极端理性主义的态度，因果的阐发最好是用论文，而不是小说，福斯特也明白为了使因果性得以彰明，读者需要使用"智力"和"记忆力"，而反对只用"好奇心"。实际上，任何叙述的情节线索，正是靠激发好奇心才得以维系。

福斯特的说法，也经不起文学实践的考验。最强调因果关系的，实际上就是福斯特最看不起的通俗文类：侦探小说、间谍小说、科幻小说。在这些文类中，因果关系必须全部说清楚，至少在小说终场之前，因果链中的每一个环节都必须说清楚。侦探小说充分调动了读者的"记忆力"和"智力"。

但是我们现在要讨论的，不是福斯特的错误，而是究竟他举的两个例子有什么不同。的确，就现实情况而言，"然后"所引导出的事件并不一定是后果。"国王死了，然后王后也死了"，在现实中，王后完全可能不是因为国王而死，但是在文学叙述中，由于述本是经过叙述加工的，事件是经过选择剪裁的，因此，上述句子使读者感到的第一个印象就是王后的死与国王的死有关系。可以说这种印象是不合逻辑的，但是，由于艺术性叙述文本的特殊性，这样一种联系是自然的。小说叙述的时序关系总是隐含着因果关系。

托多洛夫举过一对例子：

让扔了一块石头。窗子破了。
让扔了一块石头。把窗子打破。

我们看到，第一句两个事件只有时序关系，第二句只有目的（因果）关系。但是托多洛夫认为，"因果关系在上面两个例句中都是存在的，只有第二个例句中因果关系才是明言的。人们常用这办法来区分优秀作家和拙劣作家"[26]。的确，在小说中，时序关系只不过是非明言的因果关系。

新康德主义哲学家卡西勒认为，时间−因果序的相混是一切神话式思维方式共通的方式："所有的共时性，所有的共存性与接触，都是真正的因果序。这一直被称作神话因果化……把任何时间与空间上的接触都理解为因与果的直接联系。"[27] 小说叙述继承了这种神话因果性。

纯粹的时间关系只存在于一些非艺术的叙述文类之中，例如编年史、年鉴、病历、航海日志，在那里，居后的事件可能是果，居前的事件可能是因，但它们按前后顺序被记下并不是因为它们之间有因果关系、顺序关系才取得压倒性的胜利。要从这些记录中找因果，必须由历史记录者、医生或其他人在研究中进行挑选剪裁，删去不相干事件。在小说艺术中，述本在底本上下的正是同样功夫。

巴尔特指出，核心单元是按因果链排列的，催化单元是按时间链排列的，"叙述的主要动力正是后事与后果的混淆，阅读叙述时，居后的事件就是被前事所造成的事件"[28]。

巴尔特的说法有可能导致混乱之处，他认为时间与因果在叙述中被打混，原因是不同性质的情节单元混合在一起。这个看法至少在实际的分析中是有困难的。笔者认为托多洛夫的看法比较切合实际："逻辑顺序在读者眼里比时间顺序强大得多。如果两者并存的话，读者只看到逻辑顺序。"[29]

因此，时序即因果，是一个文学叙述之结构本身在读者身上培养出来的基本阅读程式，我们已经无法把因果与时间相分离。

现代文学想做的事，正是想摆脱福斯特欣赏的因果性。亚里士多德强调"在情节中，不应当有任何非理性的东西。如果不能排除非理性，这作品就不在悲剧范围之内"[30]。亚里士多德的这种理性主义文学观点即使用来分析希腊悲剧都是成问题的，何况现代文学努力想摆脱的正是因果逻辑带来的纯理性主义。

既然时序关系与因果关系在文学叙述中密不可分，那么，要打破因果关系的最好的办法，也是唯一的办法，就是打破时序关系。

因此，被不少文论家称作空间化的非时序化，实际上是一种非因果化。整个现代文学在时间上的种种新技巧，真正的目的（不一定是每个作家自觉的目的）就在于此。

传统小说的述本时序与底本时序比较整齐的相应，代表了传统作者与读者对叙述中的因果关系不仅感兴趣，而且信赖。现代小说中时间错综变形之复杂，首要效果就是冲淡因果关系，把事件从因果关系链中解放出来，使事件不再成为绝对地前后相继的时间链中的一环，而靠其经验的强度超越时间框架。正如普鲁斯特在《追忆似水年华》中所说的："这个印象是如此强烈，使我经历过的这个时刻对我来说好像是此时此刻。"这样以经验强度衡量事件，事件就超出了底本时序，而进入柏格森的所谓"心理时间"。

另一些作家试图使叙述成为与事件同步的记录，至少给人一种同时性的印象，这样，时序就似乎变成了航海日志那样的纯时序，似乎不再包含因果关系。这当然是一种假象，我们在第四章中已经讨论过，任何叙述都是事后的追述，小说是在底本的事件全部结束后才进行叙述的。但是这种假象有时真起一点作用。《尤利西斯》就给人一种强烈的印象，似乎叙述者像一台记录仪器在跟踪布鲁姆，记录下他的任何行动和想法，直到他睡着，只好再去记录他的妻子毛莉的胡思乱想，似乎没有任何叙述加工，因此时间也就成了纯时间。

当时序越来越复杂，小说可从任意点开始，也可以在任意点收场，这样事件在因果链中的位置也不确定了。没有因果的推进，事件就是中性的；没有时间的推进，事件就是静态的。人物在这样的小说中，就没有性格发展，因为性格发展本来就是有前因后果的事件组合。叙述的展开就似乎只是揭示一个静态的画面，或者是朝纵深发掘人物内心，而不是横向地展示人物的发展。

加缪的名著《局外人》就给人这样的印象。小说中讲故事的过去时态与人物思考的现在时态不断交错，好像电视中预先录好的镜头与现场转播的镜头交替出现，叫人不清楚究竟何者在前何者在后，而主人公经历了一系列重大的变故，现在面临死刑，却依然故我，毫不动心。我们通过这一系列事件所见到的，不是环境变化（因）如何使人物产生反应（果），而是人物如何在经验中发现自己。

时间结构最为复杂的，或许是冯内古特的小说《五号屠场》，小说的主要内容是盟军一九四五年初对德累斯顿屠杀似的滥炸。小说中比利的屡次作时间旅行，作为小说的叙述时间：比利一九二二年出生于纽约的伊利昂，一九七六年死于暗杀。而小说中比利首次的时间旅行是在第二章中，那是一九四四年，比利在战场上："正是这个时候，比利第一次从时间链上脱开了。他的注意力开始在人生的弧线上大幅度摆动，进入死亡领域。那里紫气四溢，没有人，也没有任何东西。那里只有紫色的光泽——还有嗡嗡的声响。接着，比利在摆动中又重新晃回人生，向后倒行，直至出生之前的阶段。"[31] 在死与生两端游走之后，比利从战场上来到了一九六五年，他四十一岁，到养老院探望年老体衰的母亲。接下来，他又通过时间旅行来到了一九五八年，去看儿子的棒球赛。又来到一九六一年，是新年前夜，比利喝得烂醉。被人摇醒后，又回到了第二次世界大战中：他被俘了，在德军的后方。

这样让人物不断地毫无时间秩序地在生与死之间活动，各个时间之间就没有了前后顺序，没有了因果联系，就像小说中说的那样："他同时置身于两地，既站在一九九四年德国的土地上，又在一九六七年驾驶着他的卡迪拉克车行驶在美国的公路上。"

更离奇的是主人公在外星空间度过的一段日子和主人公与外星人的对话。或许这些旅行都不存在，这只是主人公的精神分裂症状而已。年轻的主人公糊里糊涂上战场后，便犹如一颗尘埃一样无法控制自己的命运，不知道自己何时会丧命于轰炸之下，命运处于极端的不可知状态，便会出现这种幻想。没有时序的叙述也展现出了全书主题："关于一场大屠杀没有什么顺乎理智的话可说。"

有文论家称这样一种极端的非时间化为"垂直时间"，因为一般的时间是在横轴上的，是水平发展的，是线性的。一旦事件摆脱了时间以及附着在上面的因果，它只能朝深度发展，它的先决条件是个人从循环往复的或历史式的线性时间中解脱出来。

劳利认为有三种时间：宇宙时间，可用圆圈象征；历史时间，可用水平延伸线象征；存在时间，可用垂直线象征。劳利的"象征"一词用得很好，时间的空间化只是个比喻或象征而已。[32]

历史，正如编年史所显示的，不受因果关系控制。底本也不受因果关系控制，述本的再时间化、叙述的时间加工使事件的时间关系被因果关系所淹没，而述本的非时间化则再次淡化由于叙述加工而形成的因果关系，这种非时间化加工，不是回复到底本时间（《尤利西斯》等作品给人以回复到底本时间的假象），而是通过取消时序关系来取消因果关系。

这样两种模式的叙述实际上为两种历史观服务。再时间化认为历史（或现实，或底本）有必然的因果规律可循。像亚里士多德，像福斯特，像一切理性主义的历史学家（写作历史书的人），用自己的稳定价值体系和规范去抽取历史事件，删剪历史事件，从而使历史被叙述化，被纳入一定社会文化形态的框子，用句老话来说，历史百依百顺地被打扮起来。

与之相反，非时间化是基于一个事实，即历史现实并不服从一个必然的因果规律，其复杂性无法纳入任何现存的价值规范体系。在非时间化的作品中，历史现实就被非叙述化，也就是说，不像在历史写作那样被纳入一定的解释性体系之中，不被强安上一个社会文化形态的框子。

我们可以看到，再时间化往往出现于社会文化形态体系稳定的时代，或者更正确地说，往往出于稳定派的手笔；而非时间化则出现于旧的社会文化形态体系崩解的时代，或出于崩解派的手笔。正如本雅明所说的："当小说的作者与读者对情节和故事失去兴趣时，他们就显得对行为的意义和道德价值失去了信心。"[33]

本雅明的观察是一针见血的：情节的整齐清晰（主要

是时序的整齐清晰）是整齐的道德价值体系的产物。但是历史现实本不应当服从任何一个道德体系。从这样一个观点来看，正因为非时间化没有提出一个新的道德体系，拒绝把历史现实规范化，从而可能更接近历史的真相。

浦安迪认为"中国古典小说的总特征是在叙述模式上，除了时间节奏之外，表现出对空间形式的相对重视"[34]，中国叙述文学的美学整体性不是建筑式的，而是填隙式的。也就是说，不像西方小说那样有"大教堂式结构"，情节都指向一个最高潮，而是像中国哲学的特点一样，注重交替与循环。

具体来说，浦安迪先生认为中国古典小说有两种基本构造，"相辅两极"与"复合循环"。两个术语都极拗口，大致上说，前者以盈亏、进退、兴衰的两元关系为特征，后者以各种元素配列周而复始为规律。

我们已经讨论了所谓叙述的空间化，实际上是一种比喻，线性发展的叙述艺术不可能按任何空间形式发展。浦安迪先生说的实际上是中国小说有一种特殊的时间变形方式，这种方式使中国小说失去了时间的线性特征。

如果我们从中国古典小说的实际情况出发，我们可以看到，大部分中国传统小说的时间格局是清晰的，再时间化的程度就比较轻微，更不用说非时间化了。《三国演义》、《水浒传》和"三言二拍"中的短篇小说，其正邪、忠奸、作恶与报应等中国传统道德观在其情节的整齐的时间性中，表现得很清晰。林冲、武松、宋江等人之逼上梁山，在小说中前因后果极为分明，小说线索再多，也没有破坏这时间关系所包含的因果逻辑。如果认为"一百〇八"这数字中就有"复合循环"，而正邪斗争就有"两极相辅"，那么这里并没有什么非时间化，这只是一种中国传统道德在《水浒传》的特殊事件中的推演。

正如浦安迪先生所言："无穷交替与循环往复是《易经》、道家哲学、阴阳五行、中国化的佛教和宋明理学所共有的现象流观念，也就是说，是整个中国文化的逻辑基础。"[35]

真是如此，那就更说明中国古典小说没有必要走向非时间化，它只需要一种符合中国传统价值观的叙述加工方式，而这种加工，因为这种时间处理方式，有整个中国传统价值观为后盾。

这就是为什么中国传统小说与中国历史写作有惊人的相似之处，甚至，正如我们在第四章中所谈到的，中国小说对时间的处理有一种奇特的时间满格，似乎竭力给人一种印象，即述本对底本即使有加工也极轻微。在下一章中我们将着重讨论这个问题。

中国小说的非时间化，可以说是从《儒林外史》开始的。《儒林外史》一个个故事的前后相继，看起来完全是偶然的，而且是在时间框架之外的，我们没有任何理由相信在后叙述的故事肯定发生在后，更没有理由相信前事是后事之因，后事为前事之果。如果在一个个故事内部时间关系依然很严整，那么至少在整体的关联中，时间关系被片断式的叙述所破坏。这种手法技巧上是否可取，当然是个可争论的问题。但是，《儒林外史》的结构本身很符合其主题需要，小说对传统道德提出强有力的质疑和挑战。我们设想一下，如果《儒林外史》是一部有头有尾情节完整的小说，那么必然交代人物的命运结局，那时此书能提出一种反传统价值的结尾方式吗？没有新的价值体系，如何写出非旧传统之外的结尾？《儒林外史》现在这种无头无尾的处理正是一种挑战的姿势，一种否定的努力。

这就是为什么在晚清，当西方文学手法与西方现代文明意识一起入侵中国时，首先被吸收的就是时间加工的技巧。在今天看来本无所谓的东西，在当日很可能是惊世骇俗的。《九命奇冤》与《六月霜》是晚清的"现代派"[36]。

当"五四"时期的小说石破天惊，打开中国小说的新局面时，中国小说在叙述学上最大的变化就是摆脱时间形式的束缚。鲁迅、郁达夫等人的早期小说完全没有中国传统小说的时间完整形态，而历史本来具有的强有力的非逻辑性与非因果性既造成了"五四"时期小说思想上的反传统，也造成了"五四"时期小说叙述学上的非时间化。

# 注　释

1　Ian Watt, *The Rise of the Novel: Studies in Defoe, Richardson and Fielding*, University of California Press, 1957, p. 27.

2　转引自 David Madden, *A Primer of the Novel: For Readers and Writers*, p. 142。

3　Boris Tomashevsky, "Thematics", p. 182.

4　Roland Barthes, "Introduction to the Structural Analysis of Narrative", p. 12.

5　Roland Barthes, "Introduction to the Structural Analysis of Narrative", pp. 13-14.

6　恰特曼对这两类情节要素有不同称呼，他称核心单元为"内核"，而称催化单元为"伴体"。见 Seymour Chatman, *Story and Discourse: Narrative Structure in Fiction and Film*, p. 54。

7　Roland Barthes, "Introduction to the Structural Analysis of Narrative", p. 30.

8　Percy Lubbock, *The Craft of Fiction*, p. 81.

9　Anthony Trollope, *An Autobiography*, Oxford University Press, 1950, p. 237.

10　Fyodor Dostoevsky, *Letters of Fyodor Michailovitch Dostoevsky to His Family and Friends*, Chatto & Windus, 1914, p. 217.

11　V. S. Pritchett, *The Living Novel*, Reynal & Hitchcock, 1947, p. 216.

12　Ford Madox Ford, *It Was the Nightingale*, William Heinemann Ltd, 1934, p. 211.

13　Roland Barthes, "Introduction to the Structural Analysis of Narrative", p. 119. 巴尔特在《S/Z》中称悬疑构成的问答链为诠释信码的接续，意思是说这些情节成分互相解释说明。

14　Milena Doleželová-Velingerová (ed.), *The Chinese Novel at the Turn of the Century*, University of Toronto Press, 1980, pp. 38-56. 该文把晚清小说分成线串式（string-like）、圆环式（cycle）、统一式（unitary）三种。

15　不少对小说或对全部文学进行分类的工作，并不从情节的结构出发，而从内容出发，例如德国荣格的原型理论，法国巴歇拉尔的想象力物质成分分类，杜朗以西方神话为基础的分类（即把所有的叙述作品分成俄狄浦斯式小说、纳西斯式小说，等等）。这不在本书讨论的范围之内。

16　Norman Friedman, *Form and Meaning in Fiction*, The University of Georgia Press, 1975, pp. 83-91.

17　R. S. Crane, "The Concept of Plot and the Plot of *Tom Jones*", (eds.) R. S. Crane, *Critics and Criticism: Essays in Method*, The University of Chicago Press, 1957, pp. 66-67.

18　William Foster Harris, *The Basic Formulas of Fiction*, University of Oklahoma Press, 1944.

19　Northrop Frye, *Anatomy of Criticism*, Princeton University Press, 1957, pp. 110-112.

20　历史哲学家加里首先提出此概念。（W. B. Gallie, *Philosophy and the Historical Understanding*, Chatto & Windus, 1964）他指出许多叙述文本中的靠件关联相当弱，但既然构成一个叙述，那可跟踪性便成为事件组合成情节的首要条件。

21　加斯东·巴什拉的所谓"空间诗学"指的是文学作品的空间象征性。例如《巴黎圣母院》中卡西莫多说的："这座大教堂是蛋，是巢，是房子，是国家，是宇宙。"这个象征问题与叙述学无关。

22　叙述的空间形式是美国批评家约瑟夫·弗朗克一九四八年发表在《西瓦尼评论》上的一篇评论。他的观点很模糊，但这名称却很有吸引力。一九七九年，普林斯顿大学出版社出版了斯米顿与达吉斯塔妮合编的论文集《叙述的空间形式》，试图总结这课题自一九四八年以来的发展情况。各篇论文的作者依然各说各的，定义依然不清。总的来说，他们所说的空间化实际上还是指的非时间化。有的作者认为所有的叙述都有空间化趋势，这无非是说所有的叙述都有不同程度的时间变形。

23　Tzvetan Todorov, "Poétique", p. 129.

24　E. M. Forster, *Aspects of the Novel*, p. 15.

25　E. M. Forster, *Aspects of the Novel*, p. 16.

26　Tzvetan Todorov, "Poétique", p. 126.

27　Ernst Cassirer, *The Philosophy of Symbolic Forms*, Yale University Press, 1946, p. 45.

28 Roland Barthes, "Introduction to the Structural Analysis of Narrative", p. 94.

29 Tzvetan Todorov, "Poétique", p. 127.

30 Aristotle, *Poetics*, Oxford University Press, 1968, p. 16.

31 冯内古特：《五号屠场》，虞建华译，译林出版社，2008年，第35-36页。

32 John Henry Raleigh, *Time, Place and Idea: Essays on the Novel*, Southern Illinois University Press, 1968, p. 45.

33 Walter Benjamin, *Illuminations*, (tr.) Harry Zohn, Fontana, 1970, p. 83.

34 Andrew H. Plaks (ed.), *Chinese Narrative: Critical and Theoretical Essays*, p. 333.

35 Andrew H. Plaks (ed.), *Chinese Narrative: Critical and Theoretical Essays*, p. 335.

36 《六月霜》是写秋瑾殉难的急就章。上卷开篇写秋瑾好友吴芝瑛在上海新闻报上读到秋瑾殉难消息，然后回溯其被捕牺牲的全部经过。下卷从秋瑾幼年时代写起，直到从日本回国，在绍兴就教职，开展革命活动。终结到吴芝瑛到绍兴领尸营葬于西湖。官吏发掘西湖秋墓的阴谋激起民愤。此书的缺点在于草率，但在时间格局上具有现代小说的复杂性。

# 第八章 叙述形式的意义

## 第一节 艺术叙述与历史叙述

意大利符号学家艾柯把整个符号学研究领域分成两大部分：符号产生的研究，即关于传达的符号学；信码的研究，即关于意指的符号学。[1]本书前七章处理的都是叙述作为一种符号集合的产生过程，这最后一章将讨论艺术性叙述作为符号集合的意指过程。用通俗的话来说，就是艺术叙述的意义如何产生，为什么会有这样的意义，而且为什么它的意指过程不同于其他叙述样式。

艺术性叙述与非艺术性叙述的区别，一直是文学理论中的一个大难题。非艺术性叙述，当然包括各种文体，但最重要的是历史叙述。艺术性叙述所用的语言，与历史叙述所用的语言，在本质上没有区别。本书前七章所谈到的艺术性叙述的种种叙述学特征，在历史叙述中，实际上也都能找到。仔细读一下《战国策》、《史记》、凯撒《高卢战记》或吉本《罗马帝国衰亡史》这样公认的历史叙述范例，我们看到其中也有叙述干预、叙述角度、叙述时间变形、直接与间接转述语等各种技巧，只是程度上与小说或叙事诗有所不同，但我们无法确立一个数量作为艺术与历史叙述的分界。而且，历史写作中，有大量的文学叙述手法。《左传》中写了那么多密谋，既是密谋，谁能见证？现代某些行文严密的历史学家或许会用当事人自述材料，这样就是次叙述；而一般历史学家就用直接进入人物视角的方法写密谋。历史叙述中总是有情节，也就是说，历史叙述和艺术性叙述一样，对底本——真实的历史——进行加工、调节、选择、删略，最后形成的是符合作者的道德价值与文化意识形态的一个情节。加里为此作的辩解很有趣："正如物理科学总得有个理论，历史研究总得有个故事。物理用理论指导实验，哪怕最后被实验推翻也得有个先设方案；在历史研究中总得有个哪怕是暂时成立的故事，用来作为评价、解释和批评的指导性线索。"[2]

因此，有的历史学家指出，历史叙述与其说是科学的，不如说是诗式的。历史叙述写作者必须使他们的叙述具有叙述形状，而这种形状既非事实，亦非事实所要求的科学的解释方法，而是一种成形原则[3]。正如我们在上一章中已讨论过的，艺术叙述的主要特征也正是用一种成形原则来删剪底本。

先前的历史学家中，肯承认这一点的人是不多的。西方历史写作有一条金规玉律，那是西塞罗演说集中引用的马库斯·安东尼乌斯的话："历史的第一法则是不说任何非真实的事，也不回避任何真实的事。"

这实际上完全做不到。即使作为一个为之奋斗的目标，也不可能，因为历史本身无法脱离叙述。黑格尔追溯了"历史"与"故事"在西方语言中的同一语源，然后说："历史在我们的语言中结合了客观和主观的部分。它既指事件，又指事件的叙述……这两个意义的结合并非偶然，而是必须被视为有高度意义的。我们不得不认为历史的叙述与历史的事件是同时出现的。"因此，黑格尔认为，像印度这样没有历史叙述的国家，也就没有历史。

说法似乎太过分，实际上有道理。事件无法为自己说话，无法叙述本身。纯客观的历史事件只有通过各种叙述形式才能被人了解。因此，纯客观的历史事件本身就是一个不可企及的目标。历史事件就像底本，不断地在述本中再现，而每次再现都试图给历史以新的因果组合。洋务运动与中国现代化之关系，黑死病与欧洲封建制度之最终解体之间的关系，其意义一直在变化。

如果历史的意义须不断地被重新阐释，那就很像文学作品。文学作品的意义无法固定下来，只是在世世代代无穷尽的阅读阐释中找到其实现的可能。因此，正如德国当代文论家姚斯所说，历史小件和艺术一样，都具有可能意义的广阔天地，因此都是"开放性意义结构"[4]。

以上讨论，并不是想证明历史叙述与文学叙述没有区别，而是想证明这二者的共同点之多，使它们的区别十分困难。

亚里士多德有个区分历史叙述与诗史的著名论点："诗人与历史学家的区别是：历史学家讲述已经发生的事，诗人讲述可能发生的事。因此，诗更富于哲学性，比历史更严肃；因为诗处理一般性的东西，而历史关心局部的、个别的事实。"[5]

中国古人不知亚里士多德，然而也有相似的见解："太史公纪三十世家，曹雪芹只纪一世家……然雪芹纪一世家，能包括百千世家，假雨村言不啻晨钟暮鼓。"[6]

所谓"亚里士多德命题"，是研究中国小说史的难题，因为它牵涉到更重大的看法，即文学与其他文体的区别：文学叙述比历史叙述更接近真理，而在中国文化史上，没有比历史更具有意义权力的文类了。

亚里士多德认为历史学家叙述的是具体的人参与的特殊事件，而诗人叙述的是某一类人在某一类情况下可能做、可以做或必然做的事，因此，文学叙述的可能性内容就是规律性。他实际上是认为这样的可能性（文学内容）比真实性（历史内容）更接近真理。这种理解，就是后世所谓典型论的滥觞。例如卢卡契就认为文学（或者，按他的看法，真正的现实主义文学）能忠实地表现出历史的必然性。[7]

但是，历史学家们肯定要抗议，说那种只记录个别事件的历史叙述是"断烂朝报"式的编年史，历史叙述的任务正是找出历史事件之间的必然联系和历史发展的规律性。而且，许多文学理论家也一直在抗议过于关注共性实际上造成一部分文学（例如新古典主义时期）作品的说教倾向，艺术关心的是真正的"这一个"，是有意义的个性。

因此，历史叙述与文学叙述如果有区别，恐怕是程度上的区别，即采自历史记录的部分与想象的部分在比例上不同，使用各种加工手法的程度不同（例如历史叙述就不可能用直接自由式转述语），时间变形的剧烈程度不同，最主要的，恐怕是历史叙述中叙述者与隐含作者几乎全部复合使主体意识几乎全部集中到叙述者身上，造成主体意识的单一化。有鉴于以上情况，我们可以同意美国文论家罗伯特·斯柯尔斯的看法。他认为历史叙述实际上处理虚构性写作的一端，另一端是幻想小说。纯客观的历史叙述是不可能的，完全没有现实生活影子的幻想小说也是不可能的。[8] 把这两种不可能的极端排除，我们就看到从历史叙述中想象成分较少，或很少，而各种体类的文学叙述，其中虚构或想象成分越来越多。

历史与小说在中国古典文学中，一直是有意被混淆，从而造成中国传统小说的特殊形态。中国史学传统异常发达，《左传》和《史记》是历史叙述的楷模，同样也是文学叙述的最高楷模。笔者觉得，中国历史叙述的高度发展，实际上在很长时间内填补了文学叙述阙如而造成的空白。印度无历史叙述而小说史诗极为发达，希腊历史叙述远没达到史诗和悲剧的高度，而中国读者听众可能以历史叙述来满足对听故事的自然的渴望，这正是中国叙述艺术发达较晚的原因。所以，"史统散而小说兴"。

说小说"信实如史"，是中国历来对小说的最高夸奖。早期的文言小说，公元四世纪葛洪的《西京杂记》，自称"（刘）歆欲撰《汉书》，编录汉事，未得缔构而亡，故书无宗本，止杂记而已"。葛洪说他现在加以编录，"以裨《汉书》之阙"。历代正史的书目志也一直把此书编入史部。一直到十八世纪，纪昀《四库全书总目提要》称颂此书，用的语言正是葛洪希望听到的——他的拟史目的完全达到了："其中所述，虽多为小说家言，而摭采繁富，取材不竭。李善注《文选》，徐坚作《初学记》，已引其文。杜甫诗用事谨严，亦多采其语。词人沿用数百年，久成故实，固有不可遽废者焉。"用白话小说经典而应"惭悔终生"或"枷号三月"，同样"小说家言"（即虚构无实据），文言小说能"久

314

成故实"，说明文本地位不同，慕史的效果可以完全不同。

自此后，论小说者，都用这种方法来抬高小说地位，称之为"正史之余"、"国史之辅"。远识如李贽，也用同样方式为《水浒传》辩护："何若此书之为正耶？昔贤比于班、马，余谓进于丘明，殆有《春秋》之遗意焉，故允宜称传。"

细读唐传奇小说，可以发现几乎每篇都屡述各人官职以及确切日期，以求史传式的真实感。《唐人小说》的编者汪辟疆指出王度《古镜记》的手法就是"纬以作者家世仕履，颠倒眩惑，使后人读之，疑若可信也"。沈既济的狐妖故事《任氏传》唯恐故事不足为信，用了一个相当长的后设超叙述结构，几乎全是各人的官职，用来造成史传效果："建中二年，既济自左拾遗于金吴。将军裴冀、京兆少尹孙成、户部郎中崔需、右拾遗陆淳，皆适居东南，自秦徂吴，水陆同道。时前拾遗朱放因旅游而随焉。浮颍涉淮，方舟沿流，昼宴夜话，各征其异说。众君子闻任氏之事，共深叹骇，因请既济传之，以志异云。"

而且，从唐传奇开始，中国小说特别注意时间的明确性和完整性，用以追求历史叙述那种时序的整饬。《古镜记》一开始就说明故事发生在"大业七年五月"，以后每个片段都有时间，最后古镜消失时间是"大业十三年七月十五日"。这种详记时间的方法，在明清笔记小说中并不多见，笔记小说似乎是直接继承两晋轶事小说传统。但是在白话小说中，把时间交代清楚成为必不可少的事。"三言"一百二十篇小说，情节发生具体年代不清的只有三篇，而《十日谈》一百篇，说得出年代的没有几篇。据张竹坡说，《金瓶梅》也有年表式的时日，虽然有个别对不上的地方（李瓶儿该云卒于政和五年，乃云七年），但张评一定说是有意"错乱其年谱"[9]。

追慕历史叙述的样式，在白话小说中是比较难的，因为所用的语言完全不同了，但是这并不能使白话小说作者放弃这种慕史意识。

《水浒传》第四十一回结尾宋江梦见九天玄女，其预示下回内容的对句为："只因玄女书三卷，留得清风史数篇。"明斋主人在《增评补图石头记》中对《红楼梦》"总评"说："贾母之姓史，则作者以野史自命也。"而张竹坡干脆说《金瓶梅》是一部史记。当然，我们可以说这里的"史"只是说说而已，作者们知道他们写的不是历史。但是，至少像历史一样据实直录是抬高小说身价的。

由于慕史是基本要求，要写小说就得读史。罗烨在《醉翁谈录》中列出白话小说作者的必读书："夫小说者，虽为末学，尤务多闻。非庸常浅识之流，有博览该通之理。幼习《太平广记》，长攻历代史书。"《太平广记》这样的文言小说只是幼时读物，正式的训练必须是历代正史。

在晚清，白话小说承受的慕史压力不是减轻了，而是更大了。上文说到过刘鹗，认为《老残游记》是"游戏笔墨"，但慕史之心犹在。第四回"刘鹗评"云："毓贤抚山西，其虐待教士，并令兵丁强奸女教士，种种恶状，人多知之。至其守曹州，大得贤声，当时所为，人多不知，幸赖此书传出，将来可资正史采用小说云乎哉。"

晚清白话小说喜用一个爱情故事作为框架，把一段历史尽行包括。《桃花扇》创造的以言情"羽翼信史"方式一直到晚清才在小说中得到许多追随者。这类小说最著名的当推《孽海花》。《孽海花》作者曾朴毫不讳言他以历史为中心："借用主人公做全书的线索，尽量容纳近三十年来之历史。"与《孽海花》几乎同时出现的有林纾的《剑腥录》、符霖的《禽海石》、钟心青的《新茶花》。（这最后一个例子提醒了我们，《桃花扇》之所以在晚清得到响应，可能是得到《茶花女》译文的声援。）上述小说大部分是文言小说，白话小说比较少用男女悲欢离合故事为框架。

晚清小说之慕史倾向还表现在追求"实事实录"的信实性。《二十年目睹之怪现状》中就有这样奇怪的段落："近来一个多月，不是吃小米粥（小米，南人谓之粟，无食之者，惟以饲鸟。北方贫人，取以作粥），便是棒子馒头（棒子，南人谓之珍珠米。北人或磨之成屑，调蒸作馒头，色黄如蜡，而粗如砂，极不适口，谓之棒子馒头，亦贫民之粮也），吃的我胃口都没了，没奈何对那厨子说，请他开一顿大米饭（南人所食之米，北方土谚谓之大米，盖所以别于小米也），也不求甚么，只求他弄点咸菜给我过饭便了。"小说中的一个人物在讲自己的经历，解释性评论却是叙述者做的。叙述者的声音插入直接引语，把叙述给割得七零八碎（原文没有括弧，更难区分谁在说话），完全破坏了叙述格局。此种段落，在晚清小说中屡见不鲜。

晚清小说如此模拟史书，原因自不在远。梁启超等人发动新小说运动，强加给白话小说其无法承担的社会责任，只能迫使白话小说更加追慕历史。在很多小说中，虚构成了负担，与求实要求正面冲突。《消闲演义》[10]中的叙述者就在历史纪实与杜撰虚构之间来回转圈："凭空揣测，最是误事。所以这种《消闲演义》，决不敢凭空杜撰，损人名节。不信，你就调查调查著作大致情形，到底对不对？这些闲言，不必多表。"因此书中常有这样的话："至于他们面见各公使所谈的什么话，既不详悉，亦不敢臆造。"但是，有时叙述者又转过来强调杜撰虚构之必要："有人说阿杰臣是协尉常俊亭奉庄王命令所斩，你怎么说是拳匪杀死？我答道，编小说之法，求其不离大格，火暴热闹，不必太凿四方眼。所谓演义小说，使诸位知道强梁恶霸的结果而已。"此类自我矛盾，是晚清小说文化窘态的又一表征。

晚清小说的慕史倾向尚有更奇特的表现。陈天华的《狮子吼》一书叙述了一个乌托邦式的岛屿的历史，其中有些极奇怪的段落:"文明种……又做了一首爱祖国歌,每日使学生同声唱和。歌云:(歌文原稿已遗,故中缺)。"又有一处说到:"忽然来了一个樵夫……口里唱歌而来(歌词原略)。"[11] 括弧显然是现代编者阿英所加。但不管有无括弧,这两个声明依然很难解释。小说完全可以略去歌词,叙述加工本来就使叙述者只从底本中选择一部分事件加以讲述。如果作者没耐心写这二首歌词(陈天华在此未完小说中写了好几首歌词),声明理由,只能使疏懒更为醒目。

我想这种做法,是这本小说自命为在写历史所造成的。既是写史,一切文件就应该记录在案。如果文件失落,就应提及。这就是注明"原略"、"已遗"的真实目的。

儒家文化哲学并不鼓励虚构想象,不语怪力乱神的传统使需要想象的文类在中国文化哲学中处于不利地位。为了给虚构想象提供依据,必须在史书模式的统治地位中找出与历史性抗衡的文类模式。冯梦龙在《古今小说》序中提出"史统散而小说兴"这个大胆的命题,他认为这种反史统的传统"始乎周季,盛于唐,而浸淫于宋。韩非、列御寇诸人,小说之祖也"。这个传统显然是过于单薄,不足以与史统抗衡。直到晚清史统实际上未散,所以小说,尤其白话小说,始终处于史统的强大压力之下。

另一种为小说辩解的方法,是证明小说性与史传性是两种完全不同的表意方式。在西方,最早是由亚里士多德以比较完整的方式提出的："诗人的职责不在于描述已发生的事，而在于描述可能发生的事，即按照可然律或必然律可能发生的事……因此，诗更富于哲学性，比历史更严肃；因为诗处理一般性的东西，而历史关心局部的、个别的事实。"[12] 其文词虽则简要，却雄辩地引向一个结论：诗比历史优越。历史叙述已经发生的事，而诗叙述可能发生的事，由此，诗处理一般性而历史处理个别性。结论是，文学（诗）比历史事件更接近真理。历史和小说是两种完全不同的叙述模式，历史企图追寻事实，而文学（诗）一端够及必然性，另一端够及可能性。文学想象力在文学中提出的是"如果……那就会怎么样"，因此它在哲学上更触及深层的意义，即所谓"诗的真理"。

在中国艺术思想史上，一直没有人触及类似亚里士多德式的命题。"天人合一"的思想，使人世的实事（历史）既由天意决定，也与社会的结构性规律相合。历史事件虽然是个别的，却充满了真理的绝对性，而文学的一般真实性无法证明，因此实录史实比虚构文学优越，儒家思想体系的这种特色使实际发生的事件之叙述（历史）比可能发生的事件之叙述（小说）具有充分得多的真理性。

最早提到口叙文学的笔记之一吴自牧的《梦粱录》中有一段话，触及了这个问题："盖小说者，能讲一朝一代故事，顷刻间捏合。"[13] 这里是两种口叙文学（"讲史"与"小说")方式的对比,而不是历史性与小说性的对比,但这个对比之中,虚构性显然占了上风。

真正开始提出小说虚构性优于历史纪实性的是金圣叹,他在《读第五才子书法》中写道:"某尝道《水浒》胜似《史记》,人都不肯信。殊不知某却不是乱说。其实《史记》是以文运事,《水浒》是因文生事。以文运事,是先有事生成如此如此,却要算计出一篇文字来,虽是史公高才,也毕竟是吃苦事。因文生事即不然,只是顺着笔性去,削高补低都由我。""以文运事"与"因文生事"之对比点出了两种叙述文本的不同自由度。但自由度尚不能直接导致真理性。张竹坡试图从另一个角度说明小说的优越性:"《金瓶梅》是一部《史记》。然而《史记》有独传,有合传,却是分开做的。《金瓶梅》却是一百回共成一传,而千百人总合一传,内却又断断续续,各人自有一传。固知作《金瓶》者必能作《史记》也。何则?既已为其难,又何难为其易。"

可是,难易问题仍不是真理问题,这个辩解不能说击中要害。在中国历代小说的序跋中,大部分为小说辩护的文字却都着眼于难易。二知道人《红楼梦说梦》云:"太史公纪三十世家,曹雪芹只纪一世家。太史公之书高文典册,曹雪芹之书假语村言,不逮古人远矣。然雪芹纪一世家,能包括百千世家,假雨村言不啻晨钟暮鼓,虽稗官者流,宁无裨于名教乎?"应当说,他模糊感到了关键问题的所在:"纪一世家，能包括百千世家。"但为什么如此，他并没有展开。

在中国小说批评史上，只有很少人触及了虚构叙述的真理问题。陶家鹤《〈绿野仙踪〉序》云："世之读说部者，动曰'谎耳，谎耳'。彼所谓谎者固谎矣。彼所谓真者，果能尽书而读之否？左丘明即千秋谎祖也，而世之读左丘明文字，方且童而习之，至齿摇发秃而不已者，为其文字谎到家也。夫文至于谎到家，虽谎亦不可不读矣。"说历史无法证实，与小说一样是谎言，而且是谎到家的谎言。这论点很精彩，很痛快，但依然无助于说明小说比历史具有优越性。可能袁于令是中国小说思想史上唯一接近了亚里士多德命题的人："文不幻不文，幻不极不幻。是知天下极幻之事，乃极真之事；极幻之理，乃极真之理，故言真不如言幻，言佛不如言魔。魔非他，即我也。"[14]看来这段是中国古代小说评家对小说本质的最高理解，它没有直接向史书压力挑战，所以只是一个声明，而不是一个哲学论证。

遗憾的是，似乎没有一个现代学者注意到这段关于文学想象的真理价值的妙论。偶有提及的，只是把袁于令作为中国小说史上"幻"、"实"之争中的贵幻派人物之一。一般的贵幻派议论，只是强调小说要虚才有趣味。谢肇淛的《五杂俎》只是说"事太实则近腐"："亦要情景造极而止，不必问其有无也……必事事考之正史，年月不合，姓字不同，不敢作也。如此，则看史传足矣，何名为戏？"这只是就艺术效果而言的，贵幻派的大部分议论都属于这一水平的论述。某些贵幻派的论述实际上放弃了真理性，认为真理性只属于历史。例如吉衣主人《〈隋史遗文〉序》中说："正史以纪事：纪事者何？传信也。遗史以搜逸：搜逸者何？传奇也。传信者贵真：为子死孝，为臣死忠，摹圣贤心事，如道子写生，面奇逼肖。传奇者贵幻：忽焉怒发，忽焉嬉笑，英雄本色，如阳羡书生，恍惚不可方物。""阳羡书生"是魔术家。这是就幻论幻，"遗史"没有真理的可能性，也不需要这种可能性。这比袁于令的立场都后退了一步。

晚清的小说理论家，第一次以明确的语言把小说虚构性与历史纪实性作对比。严复与夏曾佑作于一八九七年的名文，看来似乎是了解了一些亚里士多德理论后才写了出来的："书之纪人事者谓之史，书之纪人事而不必果有此事者谓之稗史。"但他们依然没有把它提到真理性的高度。夏曾佑四年后作《小说原理》作了进一步的发挥："小说者，以详尽之笔，写已知之理者也，故最逸；史者，以简略之笔，写已知之理者也，故次之。"这依然是一种叙述手法的浅层次对比。看来晚清小说理论家实际上还没达到金圣叹式的理解水平，更不用说袁于令式的理解了。

中国小说一直到晚清都没有能解答这个理论问题，原因是小说的文化地位过低，小说性与历史性在中国文化思想中不可能形成对抗，也不必要加以对比。"贵实"与"贵幻"

的争论只是在解决历史小说写作的实际问题时出现的，因此，这种争论很难触及小说的真理性问题。中国小说不得不在史书范型的巨大压力下展开其叙述模式。

"五四"时期中国的现代小说最终使中国小说从史书压力下解放出来。在"五四"作家那里，反慕史倾向是自觉的。胡适指责金圣叹"用读历史的方法读小说，寻找微言大义"。鲁迅的《阿Q正传》用讽喻的方法，给慕史倾向一个摧毁性打击。《阿Q正传》的叙述者以史家的身份半显身但非介入地出现于小说中，试图把小说性纳入历史性的控制。小说首章是仿佛正襟危坐的讨论，在中国史传文类的严格范畴中，如何恰当地安置这个无家可归的乡村雇工的传记。结论是无可奈何，只好采用"小说家言"。

然后，叙述者试图用史传程式（也是中国传统小说程式），来个"从头说起"——姓氏、籍贯——却又再次无从下手，因为这套程式不适用于阿Q。当然，传统小说中关于无姓无籍主人公的小说很多，但点明无姓无籍本身就是尊重史传传统。鲁迅所作的，是暴露史传模式对于小说不仅不适用，而且颇为愚蠢。

而且，《阿Q正传》的叙述者在行文中，不放过任何一个机会，调侃史传的实证性："女人们见面时一定说，邹七嫂在阿Q那里买了一条蓝绸裙，旧固然是旧的，但只化了九角钱。还有赵白眼的母亲，——一说是赵司晨的母亲，待考，——也买了一件孩子穿的大红洋纱衫，七成新，只用三百大钱九二串。"

周作人在其回忆中说，《阿Q正传》中的议论，原是为了嘲弄"历史癖"。

鲁迅的另一篇小说《狂人日记》对中国小说尊史崇史的打击更为直接，这不仅是由于叙述者兼主人公"狂人"坚持认为中国几千年文明史是"吃人的历史"，更由于他读历史的特殊读法："我翻开历史一查，这历史没有年代，歪歪斜斜的每叶上都写着'仁义道德'几个字。我横竖睡不着，仔细看了半夜，才从字缝里看出字来，满本都写着两个字是'吃人'!"

真理性不在历史之中，而在历史之外，在历史的语言无法够及的地方，在历史文本的反面。用这种方法，鲁迅否定了中国文化中历史所拥有的绝对意义权力，从而颠覆了中国文化的基本文类结构。半个世纪之后，法国结构主义马克思主义者阿尔都塞才提出了类似的看法："在写下的文字反面才是历史本身。"[15]

"五四"时期小说中的叙述史，一般说来，不像历史学家，却更像一个自传性回忆录作者。叙述的真理价值不在于叙述是否符合事实，或符合于事实应该存在的方式。叙述表意被个人化了，从而个别化了。小说文本的意义不再被文类等级所先定，从而也不再被文化结构所先定。

中国小说的慕史倾向，也是一种顺从文化规范的倾向。史书范型即历史道德规范。美国汉学家白之曾指出"五四"时期小说与中国传统小说的基本差异在于叙述方式："文学革命之后几年发表的小说，最惊人的特点倒不是西式句法，也不是忧郁情调，而是作者化身的出现。说书人姿态消失了。"[16] 因此反过来可以说，顺从规范迫使叙述稳定其各种程序，以保证读者也加入顺从规范。因此，规范顺从模式也必然是意义的社会共有模式。

这样的叙述文本，追慕特权文类范型，与文化的意义等级保持一致，从而加强了这个文化结构。特殊的是，白话小说从文化的下方加强文化结构，它们使社会的下层共享这个文化的意义规范，从而保证了集体化的释义。用这种方式，中国传统小说的叙述者有效地把本属亚文化歧异的中国小说置于中国主流文化意识形态的控制之下。

西方也长期有在小说中追求历史模式的倾向。狄德罗《宿命论者雅克和他的主人》的叙述者一再说："读者，这些并不是故事，而是真人真事。"萨克雷在《名利场》中也说同样的话："就在这次旅行途中，我，这本无一字非真相的历史书的作者，第一次有幸见到爱米丽亚和道宾，并与他们结交。"萨克雷和狄德罗说这样的话时，他们是拿慕史倾向开玩笑。但是，现代西方人有时候也把小说当真的历史。美国通俗政治小说作家阿伦·德多里《劝告与同意》成为畅销书时,《读者文摘》缩写本的广告竟然写道:"此书写一个有争议人物被任命为国务卿时华盛顿官场内真实发生的事。"可以说,这是编辑的一个疏忽,所以被批评家们挑出来作为笑话。但这种把小说当历史的倾向,在人心中隐藏很深。

## 第二节　逼真性

文学叙述之所以与历史叙述关系纠缠不清,相当重要的一个原因是文学叙述可以乱真,可以造成完全不低于历史叙述的真实感觉。逼真,这在很长时期内一直是对文学叙述的最高赞语。李贽评《水浒传》云:"妙处只是个情事逼真……许多颠播的话,只是个像,像情像事,文章所谓肖题,画家所谓传神也。"这种至今为我们的文论家所津津乐道的逼真效果,早在王充《论衡》中就被指斥:"好谈论者,增益实事,为美盛之语;用笔墨者,造生空文,为虚妄之传。听者以为真然,说而不舍;览者以为实事,传而不绝。"

在西方文学中,过于相信文学的逼真,也常被嘲笑。堂吉诃德就是误信传奇小说而生活在虚构的骑士时代之中;美国文论家哈利·莱文也指出包法利夫人实际上是个法国外省的女堂吉诃德,一心想在现世找浪漫之爱和浪漫之死。而在普希金笔下,"达吉雅娜把自己想象作 / 心爱作者的女主人公——/ 克莱丽莎、朱丽叶、黛菲妮"。由于逼真性,亚里士多德所说的艺术叙述的可能性就变成了真实性，世界的虚构模式也就变成了世界的实体。据一九六七年《泰晤士报》报道，至今伦敦邮局还不断收到无法投递的信件，写信人致信于贝克街221B号向大侦探福尔摩斯求助。作者柯南道尔已死了半个多世纪，但由于文学叙述的逼真性这魔术，他创造的人物生命力比他强得多。

由于文学叙述的虚构性和逼真性共存，文学叙述很早就被比喻为撒谎，法国古典主义时代的文论家于埃在《论小说起源》一文中就曾声称小说起源自阿拉伯，原因是阿拉伯人是天生善于撒谎的民族。[17]

关于这一点，托多洛夫介绍说现代逻辑学的看法是："文学并不是一种同科学文体相对立，可以或应该虚构的话语，文学只是一种不用经受真实检验的话语，它既不真实，也不虚构，争论文学是否说谎（是否符合真实），是没有意义的。"[18]

这话实际上没有说明什么问题，只是说文学中的真实不能用实验科学的标准或方法来衡量，也不能用调查历史资料的方法来衡量。也就是说，小说中如果有逼真性的话，它与科学的或历史的真实性有本质上的不同，它是无法衡量、无法判断的，它不是一个逻辑过程，无法固定化。

恐怕更恰当的看法应当是：逼真性并不完全是叙述作品内在的一种品质，而是作品与读者认为是真实的事物之间的关系造成的读者对作品的态度。因此，它既是主观的，又是客观的；它与叙述作品的某些内在品质有关，也与叙述作品和现实的关系有关，又与读者的阅读程式有关。

正因为逼真性如此复杂，我们必须仔细加以讨论。

就叙述作品本身而言，似乎首先应当做到"写得像"，就是李贽说的"像情像事"。但这一点决不是最主要的，可以说，叙述作品本身的"像"是最不重要的，因为语言本来就是一种不便利的符号手段。"手烧痛的感觉比任何文字描绘的感觉强烈，诗存在于文学中，而不存在于直接的感觉中。"[19] 作品本身的现实性只能帮助读者产生逼真感，但现实性再差的作品，也会使读者相信这二者之间没有必然的关联。

英国十九世纪初文论家柯勒律治在其名著《文学传记》中曾讨论过这个问题。他与华兹华斯合著的《歌谣集》中有不少超自然的神怪故事，但是他说即使超自然的内容也可以"在我们内心激发足够的人性的兴趣，和实事的逼真性，从而为这些想象物取得一种暂时的却是自愿的中止怀疑"[20]。这种"中止怀疑"，也就是自动忽略叙述文本中无法完全消除的叙述痕迹，包括各种语言非自然的状态（押韵、分行、分节等）。

那么，问题的关键在什么地方呢？柯勒律治已经有所触及："足够的人性的兴趣。"但是人性的兴趣是一直在变化的，也因人而异的。

逼真性的首要条件是叙述文本与读者分享对叙述内容的规范性判断。所谓规范，即一定社会文化形态使社会大部分成员自觉或不自觉地采用的类似标准，而且他们认为这些规范是自然的、合理的，几乎从来没想到这规范是控制着他们的社会文化形态所决定的。

苏曼殊在《小说丛话》中有一段很有意思的论述。他说："欲觇一国之风俗，及国民之程度，与夫社会风潮之所趋，莫确于小说。盖小说者，乃民族最精确、最公平之调查录也。"这是关于文学认识意义的老生常谈了。从文学中去"多识于鸟兽草木之名"这个很愚蠢的做法，是孔子那信息供应不发达时代不得已而为之的办法，从文学中去认识现实事物，既不方便，又不准确。但是从文学作品中，我们可以认识到社会文化形态所认可或提倡的规范，这是从其他信息来源所不易获得的。苏曼殊继续说："吾尝读吾国之小说，吾每见其写妇人眼里之美男儿，必曰'面如冠玉，唇若涂脂'，此殆小说家之万口同声者也。吾国民之以文弱闻，于此可见矣。吾尝读德国之小说，吾每见其写妇人眼里之美男儿，辄曰'须发蒙茸，金钮闪烁'。盖金钮云者，乃军人之服式也。观于此，则其国民之尚武精神可见矣。"如果我们把这些描写作为认识真实的社会的信息来源，那社会真的认为中国人脸色白净，或者中国妇人都会一见钟情。其实远不是那么回事。把小说作为社会信息的来源，去了解该社会的实际情况，是批评家们自己与某些读者一样把小说世界当作现实世界。但是如苏曼殊这样从小说中认识该社会文化形态所形成的"万口同声"的规范，不把这规范的内容（"面如冠玉"等等）当作现实，而作为该社会文化形态的曲折投射，那就是一个很正确而且得益匪浅的读小说法，因此，规范是小说的真正认识意义之所在。

这种规范主要是道德性的，但也有超道德的部分。例如现实生活中某种社会文化形态所不能接受的事物，在艺术叙述中可能被接受，例如张生与莺莺的婚前关系是封建社会的道德规范所不能接受的，因此在更接近历史性叙述的元稹《莺莺传》中，就必须加以匡正，因为不能被接受，但在文学叙述诸宫调或戏曲《西厢记》中就可能被读者接受，因为规范有超道德而基于人性反应的部分。但即使在这种情况下，规范依然是读者与作者共享的而且被社会文化形态所制约的。我们可以看到，这种非道德的部分总有适当的意识形态补正（即原谅的借口），虽然在现实生活中即使有这借口也不会被原谅。在文学叙述中，只要借口符合规范就行，因此，文学作品中体现的规范与社会行为规范不完全重合，而是大部分重合。

读者基于共同的规范判断而与叙述世界作认同默契，但这不一定说他们完全赞同作品的主旨，或主人公的思想态度。耽读《水浒传》、《红楼梦》的人不一定是正面人物宋江或贾宝玉的崇拜者，他们只是感到作品的逼真性造成了一个他们能够理解的，进而信以为真的世界。他们能对这个那个人物保持批评态度，但是无法对叙述世界保持批评态度，因为他们把叙述中的人和事当作真人真事来看待的，他们对人物的好恶，也是用对真人真事的规范来评价的。

东吴弄珠客《〈金瓶梅〉序》说："读《金瓶梅》而生怜悯心者，菩萨也；生畏惧心者，君子也；生欢喜心者，小人也；生效法心者，乃禽兽耳。"这四种人，虽有菩萨与禽兽这么大的区别，在叙述学上却属于同一范畴，都是认同派。

有时看我们当代有些文学评论文章，非常严肃地谈这个女主人公不应该与那个男人离婚、不应该与这个男人结婚，等等，不由得觉得文学叙述的逼真性的确伟大，足以把批评家们也拉入叙述世界，就像阿丽思把镜中世界当真一样。清华大学三百多名男女研究生在一次调查中列举他们最喜爱的人，女性人物有卡捷琳娜、撒切尔夫人、简·爱、阿信、陆文婷、刘晓庆，男性人物有尧书成、冉·阿让、里根。[21] 这里真人与虚构人物有趣的混合，使人觉得文学叙述的逼真性的确强大到足以成为一个十足的社会存在。

至今还有很多人坚持一种意见，即认为在一个社会中，不同的阶级阶层有完全相反的、对立的道德规范价值。但是，我们仔细观察，就可以发现对某一社会文化形态而言，不同阶层的规范是异中有同，而且在大部分条件下（社会文化形态处于稳定状态时期，例如中国封建社会的绝大部分时期），规范中相同的成分大于相异的成分，这正是主导的社会文化形态得以形成并且发挥功能的主要条件。叙述文本在语言风格上可能各有其读者，在道德内容上却是雅俗共赏的。

仔细阅读一下明清戏剧和小说，我们就可以发现高雅的士大夫剧本与民间俗剧在叙述形态上差别相当大，但在道德规范上的一致性达到惊人程度，以至于如果我们不读剧本的文字，光看内容提要，我们绝对不可能把二者相区分。明代士大夫就已感叹民间艺人维护道德风化的努力，使"徒号儒大夫者不如己"。清代焦循也认识到俗戏"花部"比士大夫喜爱的吴音更坚持儒家道德规范："其事多忠孝节义，足以动人……其音慷慨，血气为之动荡。"

鲁迅在《阿Q正传》中生动地写到这种社会文化的主导规范强加于全社会所有成员之上的情形："阿Q本来也是正人，我们虽然不知道他曾蒙什么明师指授过，但他对于'男女之大防'却历来非常严；也很有排斥异端——如小尼姑及假洋鬼子之类——的正气。"阿Q"有一种不知从那里来的意见，以为革命党便是造反，造反便是与他为难，所以一向是'深恶而痛绝之'的"。阿Q的阶级地位并没有使他有另一套规范。而且，规范渗透于整个社会生活之中，缺乏教养如阿Q，也无法逃脱这套规范的控制。

那么，读者与作品的规范不同，会怎么样呢？那他就无法与叙述世界认同，作品就无法对他产生逼真感。我们无法把儿童读物当真（我们曾经当真过），因为儿童文学另有一套规范形态；我们已无法把古希腊悲剧或《哈姆雷特》当真，因为我们已不明白复仇的荣誉为什么比生命还重要。实际上现代的成熟的读者恐怕很难把任何小说、任何叙述作品当真，因为现代社会文化形态变得过于复杂，很难有一套大家公认的价值规范。在现代，要观察逼真性及其效果，恐怕真的只能到通俗小说、通俗剧及其观众中去找，在那儿我们可以看到已经开始渐渐沉入亚文化层次中去的集体认同现象。

当然，这不是说文学或其他叙述样式就失去了存在理由。文学叙述的意义本来就不在于逼真性或认同效果，但失去这效果的确使文学在社会文化结构中扮演的角色大不相同了，文学不再是一种推进、普及规范的高效能的渠道了。

如果文学在中国还在起这样的作用，文学作品在中国还具有巨大的认同效果，这可能是好事，但随着社会的演化，它将渐渐失去这个地位。

当代文学的许多特征，实际上都可以从文学在社会文化结构中地位的变更中找到。但这已在本书的讨论范围之外，已经不是叙述学能处理的问题。

## 第三节　自然化

本书讨论的是叙述形式，要想单从叙述形式来确定逼真性产生的机制，是不可能的事，因为逼真性是大多数小说（除了现代先锋小说）预设的目的，也就是说，是隐含作者、隐含读者本来取得的共识、共享的价值，不由叙述者控制。但是，我们可以观察到叙述形式与逼真性有一定的关系，某些叙述技巧、叙述手法是为了制造逼真性而创造的；而在某些叙述形态中，逼真性成为其明显的首要目的。

首先，文学叙述能产生逼真性，其基本原因是语言作为一种符号体系的特殊能力。它通过人的语言理解能力，通过人的语言默契，在人（使用者，接受者）的头脑中激发关于现实的印象。因此，逼真性本是语言的内在可能性。

在这里我们必须讲一下从能指（文字）到所指（现实）的符号过程是如何进行的。任何符号都不可能自动指向它的指称物，必须靠符码的翻译。符码，就相当于莫尔斯电码或任何其他密码。使用一套符号，必须已有编码的体系，理解一套符号时，必须有相应的解码体系。只有对掌握信码的人，符号才是可理解的，正如看任何一种球赛一样，"内行看门道，外行看热闹"。

某些我们用作符号的手段，例如图像，本身与指称物有一定的肖似性，用它们作艺术叙述手段，例如电影、戏剧等，逼真性似乎是件自然而然的事。实际上却不然，没有预期的解码过程，它们只是无意义的图像。

而语言，则是一种非图像性符号，它与指称物的关系，完全靠约定俗成的"武断"的符码。同时，语言又是人类最庞大而且最重要的符号体系，它的编码与解码，受整个社会文化形态和人的社会行为的控制。

文学叙述，是语言符号的特殊集合，它在语言符号系统上另外附加一个构造，这个构造（叙述的文类要求）本身构成了符号体系，而这个符号体系，更需要社会文化形态提供编码与解码的转换方式，才能真正做到沟通。

能指与所指的关系，实际上是一种社会契约，文学叙述的逼真性是读者群中世世代代以来形成的集体性契约，是一种程式化解码方式。正因为如此，文学叙述的逼真性，既是多重编码的结果，也是一种社会文化生产强加于读者阅读方式之上的解码方式。

语言叙述从根本上说是线性发展的，是时间性而不是空间性，而叙述世界尽管是虚构的，要被当作真实，就必须在时空感觉上是充分的，因此，它的逼真感要靠读者的想象，而且文学叙述行为必然有大量叙述行为的痕迹，时时提醒读者他们在读小说，而不是进入一个真实的世界。因此，文学叙述的人造性非常强烈。

其实，文学叙述的人造痕迹与逼真性，以及与符号过程的一般效果没有必然关系，因为符号总是人为的。但是巴尔特认为资本主义社会为了推进其文化形态的规范化，努力使叙述自然化："我们社会尽最大的努力消除编码痕迹，用数不清的方法使叙述显得自然，装着使叙述成为某种自然条件的结果……不愿承认叙述的编码是资产阶级社会及其产生的大众文化的特点，两者都要求不像符号的符号。"[22] 巴尔特与法国六七十年代大部分文学理论家一样，在批判资本主义社会时很激进。但自然化问题并不是资本主义的特殊现象，而是文学叙述长期以来的潮流。巴尔特指出的叙述的自然化方法有"书信体，假装重新发现手稿，巧遇叙述者，片头后置的电影"。[23]

我们在第三章中已经讨论过，小说刚诞生的时候就有超叙述结构，并非现代小说，或十八世纪以来的市民小说所特有。但超叙述的确是一种自然化的好方法。例如自白内容的小说，一般人并不长篇大论地向人说自己的罪孽，总得找个理由说明叙述者这样做是在特定环境下自然的行动。纳博科夫的著名小说《洛丽塔》是个老夫痴爱少女的故事，这个内容对五十年代的欧洲或美国来说，都太出格，但非得有个超叙述不可："《洛丽塔》，又名《一个白人鳏夫的自白》，我收到这份奇怪的手稿时，就有这两个标题。手稿作者'亨伯特·亨伯特'，于一九五二年十一月十六日在押期间死于冠状动脉血栓，死时离开庭审理其案子只有几天。"下面就是亨伯特激动的自述。

可能我们会觉得这手法很简单，不一定有把叙述自然化的作用。茅盾的《腐蚀》主叙述是一个内心处于不断矛盾痛苦中的女特务赵惠明的日记体自白，在主叙述前有个超叙述结构，说是"作者"在重庆防空洞中拾到这一册日记。茅盾在《腐蚀》后记中写道："这二、三年来颇有些天真的读者写信来问我：《腐蚀》当真是你从防空洞中得到的一册日记么？赵惠明何以如此粗心竟把日记遗失在防空洞？赵惠明后来下落如何？——等等疑问，不一而足。"可见这个手法的确起了自然化的作用，大大加强了逼真性。

文学叙述还用其他方法进行自然化，加强逼真性。例如十八世纪理查森的小说就用大量细节，精雕细刻。十九世纪现实主义小说更是尽量多使用读者可能分享的经验材料，使情节中堆集起大量在读者的回忆中似乎可以验证的信息片段，这是造成逼真感的重要手段。

十九世纪末开始出现的人物视角小说则用权力自限，给叙述一种客观记录人物印象的假象，因为现代读者对一个坦白承认并非全知、只能写下所见所闻的叙述者更为信任，这样的叙述给人一种目击者写回忆录的感觉。论者早就指出，像康拉德《水仙号上的黑鬼》这样无稽之谈的小说之所以显得真实，就是因为作者丢开了全知式视角，不给自己解释不便解释的情节的权力。

现代小说加强逼真感的另一个手法是减少作者干预，尽可能消除叙述干预的痕迹，隐藏叙述行为。叙述的逼真性，与关于事物的信息量成正比，而与信息发送活动的显示成反比。这有点类似绘画与照片，绘画所提供的细节信息量比摄影少，但信息发送活动的痕迹（笔触）却较明显，因此，一般来说，绘画的逼真感比照片弱。

这个手法很早就被文论家注意到，比如"在任何情况下不要直接向读者说话，避免写任何会提醒他是在读小说的语句"，"技巧的不二法门是作者隐身，所有好作品都通过这办法取得的一个效果：强烈的现实幻觉"。[24]

但是，值得我们注意的现象是，现代小说虽然拥有以上诸种手法，并不见得比十八世纪或更早的小说对当时的读者具有更强的逼真感，正如现代电影给观众的逼真感，也不见得比简陋的元曲舞台演出给当时观众的逼真感强烈。为引起逼真感，起最重要作用的实际上并不在于上面说的信息量与信息发送痕迹，除非在可对比的情况下，信息发送痕迹并不严重地干扰或破坏逼真感。在没有全息摄影的时代，彩色照片够逼真的；在没有彩色照片的时代，黑白照片够逼真的；在没有照片的时代，绘画也就够逼真的；在没见过西洋画写生方式的时代，中国观众觉得单线平涂就够逼真的。现在对着电影明星彩色照片单相思的年轻人，早生几百年也能对着一张仕女图单相思，如《牡丹亭》中柳梦梅见到杜丽娘的画像就能一见钟情。

这就是为什么信息传送痕迹很明显的文类，例如叙事诗，在过去某个时代照样可以有很强烈的逼真性，在今日，弹词也能使一部分听众潸然泪下。同样，事实信息量有限的文类，如童话，如神怪故事，对于某一部分读者，也可以有很强烈的逼真性。

可见自然化并不一定是逼真性的保证。十九世纪欧洲现实主义小说的确有相当强的认同效果，但是从巴尔扎克到乔治·艾略特，到狄更斯，都大量使用叙述干预，尤其是萨克雷的《名利场》这部公认的现实主义名著，其中的干预量之大，在现代成熟的读者看来几乎是贪嘴，但在当时，《名利场》的叙述方式是很自然的。英国批评家凯瑟琳·梯洛曾有段奇妙的辩解，她说："萨克雷的评论（干预）是出于他'表现现实感的愿望'，尽管他公开承认作者与小说的关系，没有一个现代作者敢于这样做……萨克雷的坦白是由于他对真实的热爱。正由于他相信真诚，他能够承认他写的是小说。正因如此，（现实）幻想没有被打破。"[25] 这话很奇怪，似乎单靠愿望就能取得逼真感。但梯洛曾有一点是对的，有的作家，如写《项狄传》的斯特恩，或是写《死魂灵》的果戈理，有意暴露技巧，或有意作大量干预，以破坏逼真感，有论者称之为自觉式小说。[26] 而萨克雷并非如此，他只是并不认为有必要用消除干预这种自然化手法才能取得逼真感。

韩南在评论中国古典小说时，也遇到这情况。他认为白话小说叙述者毫不遮掩的干预，尤其是开场白即"入话"部分的大篇说教，是"有意使修辞（叙述行为，叙述技巧）明确化，以制造一种距离效果"[27]。

这看法是对的，这与布莱希特对中国戏剧的看法相同，即认为技巧手段之显露有助于破坏虚假的现实幻想，从而使观众保持批评能力。

但是韩南在同书中又说，中国白话小说能够达到几分小说的理想境界，即"完全戏剧化，毫不掺杂作者的意见"，也就是说，完全消除叙述行为的痕迹。为什么呢？因为白话小说"已借评论式文字，无饰地公开了作者的活动，使得读者反而常常忽视作者在表达式文字中所暗藏的其他意见"。[28] 这听起来像是一个奇怪的悖论，即越坦白地公开叙述行为，则读者越可能忽略它，而取得现实幻想。

再举一个例子，王蒙在《在伊犁·淡灰色的眼珠》后记中说自己的方法："一反旧例，在这几篇小说的写作里我着意追求的是一种非小说的记实感，我有意避免的是那种职业的文学技巧。为此我不怕付出代价，故意不用过去一个时期我在写作中最为得意乃至不无炫耀地使用过的那些艺术手段。"王蒙的"职业的文学技巧"是什么呢？是直接自由式，是内心独白，是消除叙述痕迹的种种办法，归根结底，是韩南所说"许多小说家梦寐以求的目标"[29]，即逼真性。而在《在伊犁·淡灰色的眼珠》中，"我"作为作者自己的形象一直出现，随时像写日记一样发表评论，因此小说读起来非常像真实的回忆录，或如作者所说的那样成为"历史的见证"。因此，完全暴露叙述行为，而且"炫耀"这种暴露，反而使文学叙述接近历史叙述，而使逼真性几乎变成现实性。

这的确是很奇怪的事，到底怎样才能做到自然化，到底叙述行为的暴露或隐蔽与逼真性有什么具体联系？不少文论家在这问题上干脆宣告投降。例如托多洛夫就认为逼真性实在不好捉摸，它的特征太奇怪："（逼真性）只有在对自身的否定中才能存在，只在无它的时候才能有它。或者我们感受中它是如此，但实际上已并非如此了；或是我们的感受中它如此，但实际上还没有变成如此。"[30]他的意思是，一旦明白自己误信了逼真性，逼真性就不再存在。逼真性实际上靠剥夺读者的主体意识才能起作用。一部作品凭什么能占领读者意识使他解除警觉、甘心投降呢？

笔者个人的看法是：逼真性的契机实际上既在于叙述样式，更在于它与阅读的模式的相契，既然叙述行为的痕迹不可能彻底铲除，那么逼真感就只有靠读者自愿地忽视这些叙述痕迹，也就是说，忘记是在读小说，从而与虚构世界取得认同。

怎样才能做到这一点呢？回到我的原话，只有依靠读者与作者之间共享文化程式：只要读者的阅读程式使他自然忽略叙述符号的编制过程，那么，叙述行为再明显也不会阻止他与叙述世界认同。

反过来，如果由于规范的不相应，由于读者阅读程式中的解码与叙述文本的编码不相应，那么，作品就丧失了逼真性，叙述文本的人造痕迹就暴露出来，而读者就与作品保持一定的距离，这就是"反自然化"。

在口头文学时代，"最好的作者并不是发明最优美故事的人，而是最善于掌握听众也在使用的那种信码的人"。[31]这种信码的同一是口头文学即时即刻充分交流的保证，是故事得以感动听者的基础。听众应当如痴如醉，完全认同，把逼真感当作现实性。保持距离在口头叙述中是不受鼓励的。

当叙述从口头变成书面后，这种编码解码规范合一的格局也长时期保持下来。在五四运动前的中国旧白话小说时代，在十九世纪中叶前的欧洲，隐含作者与读者的位置和态度都是相当固定，规范化的价值使整个叙述过程，使主体的各层次都保持一种使叙述信息畅通的姿态。

一直到十九世纪末，还有不少作家坚持合一规范的叙述传达。特罗洛普在《巴彻斯特修道院》中说："我们的信条是作者与读者应当携手并进，相互之间完全信任。"我们的不少文学概论著作，也在强调作家与读者保持"共同语言"，这实际上是强调规范合一。

自十九世纪中叶开始，欧洲不少作者开始觉察到在叙述作品中他们无法再强把读者安于被动接受规范的地位，读者也开始不安其位，对作品能主动地"中止怀疑"，与叙述世界认同。因此，新的流派兴起，用各种手法来加强逼真性，其中最突出的当然是现实主义-自然主义流派的高数量级细节真实法，对叙述评论则适当减少却依然保留，目的是使读者在熟悉的经验材料的大海中不自觉地与作者保持同一价值规范。左拉在《小酒店》的关键段落经常用这种方式，例如女主人公惹尔维斯在上半部小说中事业比较顺利，成为一个小洗衣店主，以后日渐败落最后潦倒而死。如何会命运转折的呢？她在整理要洗的衣服时，丈夫顾波走进来要求白日行欢："他们结结实实地大声亲嘴，在肮脏的衣服中，这就是他们生活缓慢的腐朽的第一次下落。"如此露骨的裁决，也可以在晚清小说中见到。就作品中反映社会现实情况的信息密度和数量级而言，晚清小说可以说达到了中国小说的最高峰。但是这些小说同时又保留了传统白话小说的各种干预评论程式和叙述者以说书人自居这样一个半隐式超叙述格局。

细节真实与叙述干预这两者对于自然化而言，是背道而驰的，但实际上既要增加逼真性（以把现实幻象强加于读者）又要读者在价值规范上保持认同，这是唯一的办法。从这一点上说，十九世纪欧美现实主义与晚清小说一样，采用的是一种妥协叙述模式，尤其是梁启超等人给晚清小说树立了过高的社会功能要求，因此要求读者认同过于迫切，却又未能摆脱传统叙述形态。在二十多年之中，中国小说实际上痛苦地无所适从。

自十九世纪末起，詹姆斯等作家主张从叙述评论干预中完全退出，同时也放弃全知式的细节描写，转而从人物视角作个人经验陈述。不少叙述学者认为这是把叙述客观化了，但实际上这只是在新的社会文化条件下一种不得已而求其次的自然化，由于作者和读者在文化多元的情况下很难有同一价值规范，因此只能剥露技巧，承认叙述世界的界限，承认其因人而异的局限性，以求读者从自己的有限经验出发来取得呼应。这样，叙述的逼真性就不再是关于客观世界的逼真性，而是关于人物主观世界的逼真性。

如果就是因为这个原因，二十世纪欧美小说不再被称为现实主义，那恐怕叙述艺术的发展方向的确不以现实主义为最高峰。法国批评家柯昂提出过一个艺术各门类共同的发展方向，他称之为"内转公设"："诗歌的历史性发展是有规律地朝着'诗性'不断增加的方向进行的，正如从乔托到克利，绘画的'绘画性'变得越来越强一样，因为每门艺术都可以说不断在经历着'向内转'的过程，越来越接近自身的纯粹状态，即越来越接近自身本质。"[32]

这话意思是说艺术门类，艺术与非艺术，原先比较混杂，互相牵扯不清。早期的文学叙述，就与艺术叙述无法分家，即使后来在题材上分开，在叙述模式上又极为相像，以至于文学叙述长期一直追求艺术叙述再现历史现实的目的，并且为了追求逼真性而不惜不断地进行自然化。现代文学，则正如现代绘画一样，不再搞这种自然化，而让技巧剥露，这样离历史叙述就越来越远，而文学叙述的艺术的本性越来越强化。

中国古人固然一直以自然为最高美学准则，但也有人体会到这个准则实际上有深刻的内在矛盾，这个人就是贾宝玉："（贾政）说着，引人步入茆堂，里面纸窗木榻，富贵气象一洗皆尽。贾政心中自是欢喜，却瞅宝玉道：'此处如何？'众人见问，都忙悄悄的推宝玉，教他说好。宝玉不听人言，便应声道：'不及"有凤来仪"多矣。'贾政听了道：'无知的蠢物！你只知朱楼画栋、恶赖富丽为佳，那里知道这清幽气象。终是不读书之过！'宝玉忙答道：'老爷教训的固是，但古人常云"天然"二字，不知何意？'……众人忙道：'别的都明白，为何连"天然"不知？"天然"者，天之自然而有，非人力之所成也。'宝玉道：'却又来！此处置一田庄，分明见得人力穿凿扭捏而成……古人云"天然图画"四字，正畏非其地而强为地，非其山而强为山，虽百般精而终不相宜……'未及说完，贾政气的喝命：'又出去！'"红学家孙逊先生说这一段"代表了两种美学观点的争论……表达了作者这样一个重要的艺术见解：文艺作品……应该象生活和自然界一样天然浑成"[33]。这看法不错，但是问题的关键不在这里。我认为贾宝玉在这里指责的，恰恰是贾政与其清客的自然化，他反对分明是人力作成的强为其地、强为其山，明明是人工筑成，一定要"天然"，这就是"终不相宜"，还不如"一带粉垣，数楹修舍，有千百竿翠竹遮映"的人造的花园，承认其非自然，利用其非自然，可题"有凤来仪"。也就是说，与其隐藏技巧，追求大巧若朴，不如干脆暴露技巧，反而不给人作伪之感，反而能取得逼真性。

在自然化问题上，曹雪芹（如果贾宝玉在这一段话中的确是作者的代言人的话）真可谓是先知先觉。孙逊先生引脂砚斋批语，说《红楼梦》是"天成地设之文"、"过下无痕，天然而来文字"，意思是说《红楼梦》是自然化的典范作品。本书所引《红楼梦》许多例证明此小说叙述技巧并非隐而不露，而贾宝玉恐怕也不喜欢读明明人力而为却想"天成地设"的《红楼梦》。

叙述作品，任何艺术，模仿现实时总是有操作痕迹的，不可能绝对掩盖这些痕迹，哪怕是超级现实主义的绘画（所谓"照相现实主义"）的细腻笔触，哪怕是自然主义文学的细节饱和，哪怕是"只缺一面墙"的戏剧现实主义，或是

"摄影机做窗口"的好莱坞电影,都无法完全消除艺术操作的人工痕迹。

而西方人看东方戏剧(中国戏曲、日本能剧、巴厘舞剧等),满眼痕迹,整个艺术过程由露迹构成,因此,中国戏曲等对他们来说决不可能是真实,而完全是艺术。这恰恰是布莱希特观看中国戏曲获得的启示,他认为中国戏曲是"一个表演者两个被表演者",也就是说,被表演出来的,不只是真实,而且还有表演行为本身,中国戏曲不仅不掩盖痕迹,而且有意暴露痕迹。

受东方戏曲启示,现代西方戏剧的大潮,尤其是其中实验戏剧一翼,有意在戏剧中采用种种露迹,目的是提醒观众戏剧本身的符号过程,来逆转"资产阶级戏剧"让观众盲信的圈套创造间离效果。某些导演甚至学中国戏曲那样,让打光工走上舞台打光,从而让观众"看到戏剧世界上打着引导"。应当说,这些西方戏剧家是误读了中国戏剧,虽然这误读产生了积极成果。

中国戏曲绝然的露迹——脸谱,念白,唱腔,诗化的语言,程式化的演技,等等——并没有阻止传统文化中的中国观众为剧中人洒泪,"为古人担忧"。

伍子胥大段唱词之后,喝一杯舞台小工送上的茶水,观众一样感动,并没有间离效果。这一点某些西方文论家也注意到了。苏珊·朗格曾指出:"欧洲观众看中国戏剧,总对舞台小工穿着日常衣服跑到台上来感到十分吃惊而且恼火；但是对习惯了的读者而言，小工的非戏剧服装本身就足以使他的上台成为不相干的事，就像电影院中领座员偶尔挡住我们的视线一样。"[34]

因此，痕迹本身并不妨碍现实感。十分醒目的痕迹，如戏曲的念白、唱腔、做工、粉墨脸谱、彩翎披挂，应当说很难产生现实感，实际情况却是十分煽情。"李三娘磨房产子"会让多少观众哭得泪人儿似的；"刀铡陈世美"会让多少男子汉胆战心惊，哪怕他们看到磨盘是张桌子，铡刀是硬纸。但是布莱希特的误读使他能在现代第一次提出露迹理论并付诸实践，创造了现代艺术的根本原则，用露迹来提醒观众戏剧并非现实：艺术本身是一个符号表意过程，从而破坏"资产阶级戏剧"有意诱导现实感，以让观众盲信的圈套。

布莱希特的理论与实践，对现代文学有至为重要的意义。

最早讨论露迹的，实际上不是布莱希特，而是俄国形式主义文论家什克洛夫斯基、托马舍夫斯基、特尼亚诺夫等人。他们首先指出所谓现实主义，实际上是把人工斧凿痕迹程式化的结果。他们推崇露迹作为一种创作手段，即陌生化的手法，用违反程式来"延长感知"。

对资产阶级文化和中产阶级趣味深恶痛绝的巴黎知识分子，接过布莱希特的火炬，视现实主义为资产阶级文学的骗局。巴尔特认为意识形态控制艺术的基本手段，就是使艺术符号自然化，使符号变得不像符号，而像客观真实本身。他称这种意识形态控制下的自然化为当代神话，是"不健康"的符号。

此种情况不限于乡野小民，见多识广的现代大城市居民一样对艺术操作的痕迹视而不见。电影明星的熟面孔并不妨碍观众为他们的奇异冒险行为担惊受怕。

在现代文化中，能使读者观众觉得非常自然进而完全认同的，是俗文学及其程式化接受方式。茅盾在三十年代发表的《封建的小市民文艺》一文中对电影《火烧红莲寺》的观众有一段精微的观察："从头到尾，你是在狂热的包围中，而每逢影片中剑侠放飞剑互相斗争的时候，看客们的狂呼就同作战一般，他们对红姑的飞降而喝采，并不是因为那红姑是女明星胡蝶所扮演，而是因为那红姑是一个女剑侠，是《火烧红莲寺》的中心人物；他们对于影片的批评从来不会是某某明星扮演某某角色的表情那样好那样坏，他们是批评昆仑派如何、崆峒派如何的！在他们，影戏不复是'戏'，而是真实！"

电影的平面性、无色彩、演员演技之优劣等叙述行为痕迹，本来是足以破坏逼真感，但在道德和心理的规范合一时，则完全消失了，叙述作品也消失了，只剩下一个天然浑成的真实世界。

自然化既是作者与读者的精神默契，又使读者心甘情愿上当受骗，认同作者的价值标准，放弃批评距离和审美距离。不论是现代的文学创作实践，还是现代的文学、阅读实践，都离这个方向越来越远。现代美术有意暴露并利用人工斧凿痕迹，现代文学有意提醒读者注意其叙述的虚构。

在后结构主义批评家手中，露迹问题已被提高到后现代文学艺术创作的基本原则。利奥塔指出文学或绘画的表现力，不在于其产生的和谐光滑的表面，而在于保持语词、线条、笔触等操作痕迹，他称之为"价值领域的开放和自由"。后现代艺术家不再是弗洛伊德所说的需要艺术来升华的精神病患者，不是急于为潜意识的苦闷寻找象征替代品，恰恰相反，他们坦露自己"非正常"的精神状态，他们努力暴露自己与社会公认价值的距离，不以做个"精神分裂者"为耻。为了这个目的，他们有意用各种手段来破坏艺术反映现实的假象，破坏艺术本身的整体性，艺术的自身成为艺术的现实。整个艺术品就被括入了引号，技巧的目的是给作品加引号，操作痕迹就是引号。

## 第四节　有机论与整体论

在第七章讨论情节时，我们已经谈到叙述作品与现实在结构上有明显区别：作品有结构，有起承转合，有高潮有结尾，而现实生活是永不中断的现象流。作品有形式，而现实无形式。因此，即使叙述作品或许能自然化到天然浑成，现实却是虽天然却不浑成。

但是，正因为人们苦于无结构的现实太难以把握，叙述作品的形式完整性就成了人们把握现实的捷径。因此，文学作品的有机论是西方现代文论中二百多年来被反复强调、反复论证的命题。

所谓有机论，就是认为叙述作品，或其他文学作品，每篇都是一个完整的不可分割的整体，像自然界的有机物（生物）一样，是细胞所组合起来，不是一个堆集，而产生了完整的生命。这个术语原是柯勒律治在十九世纪初讨论莎士比亚戏剧时提出的，他认为强加形式于材料并不能构成作品的有机性，有机形式"是内在的，当它从内部产生发展起来时才能形成，而且这内在形式的充分发展，也就是作品外部形式的完美之时"。[35] 他这种看法可能来自浪漫主义时代盛行的万物有灵观念，自然物外形之完美是因为其内部的生命力，而作品也从其内含形式取得外表的形式技巧。

近两百年来西方大部分作家和文论家都支持有机论，我国的文学理论家也支持"内容与形式的完美统一"。但是，这种作品形式的完美性是否如柯勒律治所说来自一个神秘的内在形式呢？别林斯基有另一种看法，他认为"现实本身是美的，但它之所以美，是在本质上，因素上，内容上，而不是在形式上"，因此，现实的美需要艺术作品赋予形式，而艺术作品之美就在于其形式的整体性，"因为它里面没有任何偶然和多余的东西。一切局部从属于整体，一切朝向同一个目标，一切构成一个美丽的、完整的、独立的存在"。[36]

笔者不打算在这里卷入现实究竟是不是美的这专供美学家头痛的话题，别林斯基的论点之所以有趣，是因为他强调现实无形式，因此艺术作品的形式必须至善至美，"没有任何偶然和多余的东西"，这样才能赋予现实的美的表现形式。

这样的作品在实践上是否可能？既然作家本人在创作过程中不断地在作修改，我们凭什么相信传世的文本就是一字一句动不得的至善至美形式？

结构主义者为了在系统内部进行批评运作，更强调叙述作品结构之必然完美。让·皮亚杰著名的结构三条件（整体性、转换性、自律性）强调系统的完美，其转换也不会损害这种完美："结构中内在的转换不会超越结构本身，而只在结构中引发结构自己产生新的因素，同时保持同一个规律性……从这个意义上说，结构是'封闭的'。"[37]因此，叙述作品中的各因素，作为一个结构系统，是自足的，是自身保证完美的，它不可能有不服从这个系统完美性的多余物。

巴尔特发展了这种观点，提出艺术无噪音论。所谓噪音，是信息论术语，指的是与所要传达的信息混杂的，因而是多余无用的信息。巴尔特说："艺术是没有噪音的……艺术是一种纯粹体系，其中任何单元都不浪费，无论把这单元与叙述某一层次联系起来的线索是多么远，多么松弛，多么纤细。"对这个绝对的论断，巴尔特似乎有点不放心，因此他加了好几条注释："这正是艺术与生活相区别的地方，生活中的信息传达都是扰乱的，模糊的。这种模糊性……在艺术中也能存在，但却以一种特殊的符码化的因素而存在（例如在瓦多的画中），即使如此，这种模糊性对于写作的信码来说，也是不可能存在的，写作毫无例外是清晰的。"[38]

在巴尔特的论著中，光彩夺目的新鲜论点很多，但有时却没有加以仔细证明。就拿这个艺术（他在注中限定为写作艺术）无噪音论，就是没有证明的宏论。他的《结构分析导言》自称目的"不是寻找结构，而是寻找形成结构的过程"，但结果是困于结构主义的形式主义倾向，巴尔特似乎感觉到这一点，因此这本书在巴尔特的主要著作中，显得出奇的僵硬，缺乏光彩，而且浮于浅层。

英国当代批评家弗兰克·刻莫德有一段话说得很精彩："巴尔特之所以最后放弃了用形式主义方法确立底本与述本的言语–语言关系的努力，正是因为他害怕即使这样做成功了，也只会复活旧有的特定作品特定结构这种有机论神话。这样，我们想打开的作品却重新关闭，重新拥有一个所指的秘密。"[39] 刻莫德认为有机论是一种形式主义的神话，但有机论却不一定只有形式主义者才热衷。卢卡契从完全不同的立场出发，建立了一种类似有机论的理论辩证整体论：作品的各个部分和各种矛盾综合成一个辩证整体。据卢卡契说，这种整体性来自作品所反映的现实世界的整体性，作品给予这种整体性以形式，但整体性本身是内在的。

正因为如此，有机论在卢卡契手中变成了一种作品评价标准：能用作品的整体性反映现实的整体性的作品就是好作品，其形式是"正确的"，反之，就是"不正确形式"。在卢卡契看来，十九世纪批判现实主义，以司各特、巴尔扎克和托尔斯泰为代表，把整体性形式与整体性内容结合了起来，从而具有正确形式；而从《项狄传》开始的现代小说，充满了"未加选择的材料"，福楼拜过分注意主观，左拉过分注意细节，这都标志着十九世纪资产阶级小说在走下坡路，而普鲁斯特与乔伊斯则代表了"全部形式与全部内容的大解体"，"以牺牲现实整体性来强调现实的某个片面"。[40]

我们可以看到卢卡契辩证整体式有机论的几个特点：第一，别林斯基认为世界虽然美却不完整，卢卡契认为世界是完整的，因此正确反映世界的文学作品也是完整的；第二，卢卡契承认有不少文学作品（尤其是现代作品）是不完整的，其原因是作品中有太多"未加选择的材料"（噪音），因此，他的整体论不是一种描述性理论，而是评价性理论。

从二十世纪初起，不少作家和文论家起而反对作品整体性观念。马雅可夫斯基等未来主义者与俄国形式主义文论家很接近，他们认为过分重视作品的整体性或有机性，是"旧式的象征主义理论"，它意味着把读者的功能缩减成被动的、感受性的。[41]这和后来布莱希特在与卢卡契三十年代著名的辩论中所坚持的观点相同。布莱希特认为把文学作品看作一个整体是虚假的，因为这种整体性妨碍读者认识客观世界的缺陷与社会的不合理。[42]

布莱希特的看法应当被推引到叙述分析上。有机论，或辩证整体论，是叙述中各种自然化实践的理论基础，其目的就是用形式的整体性（有头有尾结构完美）来加强逼真性，使读者与叙述世界完全认同而放弃批评距离。如果没有这种距离，叙述作品与现实世界就完全合一了。

叙述作品，是一定社会文化形态下的文化产物，叙述作品的结构并不依赖社会现实的结构，任何观念的结构并不与现实合一。思想本身就是以保持观照审视的距离为前提的。

苏联符号学家洛特曼对有机论作了很有说服力的反驳。他认为生活是自然状态的，而艺术文本是有组织的，这两者之间始终处于一种对立状态。普希金之前的俄国文学，例如茹科夫斯基，努力把作品的结构搞单一化，目的是使读者把现实吸收到一个固定结构的系统中去。用有组织的文本加于无组织的生活内容之上，其结果完全不是现实主义，而是强求社会价值的一致性。

普希金的伟大贡献，据洛特曼的意见，正是使文本组织和观念相对化："从《鲁斯兰与柳德米拉》开始，长诗的艺术体系基本上不再被吸收到任何一个已存的观念体系中去……艺术创作变成了相对性的王国。"[43] 而普希金的叙事长诗《叶甫盖尼·奥涅金》，如果说比较出色地反映了现实，那正是因为这部作品的文本结构"剧烈复杂化"："客观性（一种超结构性质）是结构关系在数量上和质量上增加的结果，而不是它减少的结果。"[44] 既然现实无结构，真正要反映现实就不能拘泥于叙述结构的完美性，而必须以叙述结构的复杂性来反映现实的无组织性。用洛特曼的话来说就是："复杂关系，对于力图超出修辞词义观点的主观界限而再现客观现实的现实主义风格来说是非常重要的……其结果是艺术模式再现了现实的一个重要方面，即现实的任何有限注释的无限性。"[45]

叙述结构的单一化、有机化或辩证整体化所能提供的，恰恰就是用有限来注释现实的无限性，用同一规范体系下产生的逼真性来代替无限的现实世界。

## 第五节　形式中的意义

　　从以上各节的讨论中我们可以看到，叙述形式对于叙述作品的意义来说，决不是一个外加的、辅助性的因素，叙述从来不会让内容单独承担传达作品意义的任务。从近代以来文学发展的趋势来看，从现代文学潮流的总体趋势来看，叙述形式特征所体现的社会文化形态意义成分越来越大，有时甚至超过从内容中可能发掘的意义。从卢卡契的形式"正确形式论"，到后结构主义符号学的文本编码问题，都在证明这一点，甚至有论者说："意识形态被构筑成可允许的叙述，即是说，一种控制经验已提供掌握了经验感觉的叙述。意识形态不是一组推演性的陈述，它最好被理解成一个复杂的延展于整个叙述的文本，或者更简单地说，是一种说故事的方式。"[46] 这样说当然过分了。但我觉得倒过来说还是正确的，说故事的方式与意识形态必然有密切关系。引文中的"意识形态"，由于在我国理论界的使用历史，被带上过于强烈的政治色彩。某些西方理论家认为意识形态主要是文化形态，例如格茨就认为意识形态是"符号的文化体系"[47]。

　　既然存在这样一种必然联系，那么，叙述学的形式分析就可以进行到文化形态分析的深度，而且据我看，也必须进行到文化形态分析的深度才算是真正的叙述学分析。反过来，也只有深入到叙述形式产生的社会文化形态背景，我们才能理解一种叙述形式的实质。

我们可以用本书讨论过的一些叙述技巧举例来说明这个问题。

叙述评论干预表面上是帮助读者如何给予某个情节以正确评价，但正如我们在第二章中指出的，评论大部分是老生常谈，只有在作者与读者之间能有共同规范时才能出现，也就是说，读者能把自己放到隐含读者位置上时才能出现。布斯认为"非常自然，当同一人物的善与恶的混合越来越复杂时，作者判断才越来越成为必需"[48]，这话至少是说把叙述评论目的搞错了，评论并不是阅读指导，大部分情况下是规范的提醒，就像舞台上正在出现一个热闹场面，而有一个旁观的角色朝台下观众挤眼睛，或是指着那些人物向观众说句讽刺性的笑话。评论多到一定数量，并不证明作者怕读者读不懂，而是作者对读者的规范认同很有信心的表现。

例如中国古典小说中的评论量极大，而且这种特色一直继续到坚持传统风格的现代叙述作品之中，这与中国传统社会文化形态的道德评判倾向有很大关系，也与中国叙述艺术的历史叙述源头有关。从"太史公曰"到"三言二拍"楔子中不可免的说教，其中有直接联系。浦安迪认为："平衡、报应、坚信宇宙运行中自有道德秩序，造成中国特有的叙述类型。在很多情况下，与其说这是某种信仰的主题阐述，不如说是一种形式美学特征。"[49] 这是一个很出色的总结。

从欧美小说叙述角度的变迁中，我们可以看到十九世纪末以来欧美社会文化形态的巨大变迁。

十九世纪末以前的传统小说，除了第一人称小说，很少坚持用人物视角。人物视角实际上是十九世纪末以来从工业化渐渐进入后工业化时代的社会文化形态的产物，是社会形态越来越体制化时，个人处于与社会对立状态中不安意识的表现，是社会道德规范合一性崩解的产物。人物视角不仅是一种文学技巧，更是一种思维方式。直接向"看官"或"亲爱的读者"发出呼声不仅技巧上可笑，更是在价值观上可笑，因为这种呼声使规范不同的读者反感。

这时，叙述主体意识的分解越来越严重，而且主体意识重心下移，离开神一般主宰叙述世界的作者，而移入人物的主观有限性之内。

人物视角的叙述方式尊重经验的有限性和相对性，这是在整个社会文化形态的压力下产生的态度。尼采在十九世纪中叶就开始强调"不一定有什么意义，不过是与意义有关的看法角度而已"[50]。因此，真理只是经验相对主义。英国现代文论的先行者沃尔特·佩特说："对现代精神而言，除非在某种相对的条件下，我们不知道，也无法知道任何事物。"[51]而王尔德直接指出了这种经验相对主义导向人物视角的路线："不管我们如何努力，我们无法穿过事物的表象走向事物的真相。而且，其原因可能很可怕，事物可能除了表象以外没有真相。"[52]

　　普鲁斯特的《追忆似水年华》是第一人称小说，因此照例说对人物视角的盛行无关，但是普鲁斯特在这本书中用其他方法强调经验的相对性。在第一部《斯万家那条路》中，"我"对斯万的印象，以及"我"听家中人说的斯万的话，无法合成一个整体，这时"我"体会到："无疑，他们所认识的经常出入俱乐部的斯万，与我婆姨创造的斯万完全不同……我们的社会人格是许多别人思想的创造物。"最后的这个警句，正是人物视角所依据的经验相对主义的注脚。

　　人物视角小说中，作者的干预评论失去了立足地，因为叙述者过于隐身。照例说这样客观的叙述会加强逼真性，实际上并不是这么回事：从詹姆斯开始的人物视角小说，并不给读者强烈的现实幻象，这是因为人物视角小说表现了个人与社会的一种紧张状态，一种信任危机，一个只有个人而没有人、只有人生经验而没有体现这些经验的世界已经产生。当共同规范崩溃，再客观的叙述都不可能使读者与叙述世界认同。

　　晚清小说《邻女语》可能是我国最早使用人物视角的小说，全书都是在庚子事变时北上放赈的金不磨在路上听到见到的女性人物的情况，如听到隔壁尼姑的谈话，或邻室女郎的悲唱，或旅店女东家的诉苦，等等。但是这本小说的重点显然不在这些次叙述上，而在主人公金不磨的思想反应上，正如阿英所说的："金不磨在作者的笔下，是一位个人主义的英雄。"[53]

这就是为什么布斯对现代小说的人物视角很不满，认为价值观的相对化造成道德危机，叙述仅有的客观性被叙述者或人物有限经验的不可靠性所破坏，可靠叙述几乎完全不可能重新确定其地位。[54] 英国当代马克思主义文论家雷蒙·威廉斯对以布斯为代表的这种现代叙述学保守主义有段精辟论述："从我们的有限的价值观来观察生活，在布斯看来，这种做法在两点上极其有害：首先，机械地使用人物视角破坏主体，而十九世纪全知叙述者却能够控制主体，并产生很好的效果。（菲茨杰拉德写了《温柔的夜》两种文本，不知如何处理为好，是个经典例子。）第二，纯粹的人物视角引来了全面的相对主义，由此我们只能就叙述者所及接受这叙述，这就造成全部绝对价值判断标准的毁灭，其后果是文学效果的源头也被毁灭。"[55]

威廉斯所说的这个"文学效果"，就是逼真性。这很接近加缪提出的一条相似的规律："艺术家越感到与社会一致，就越不用在风格上扭曲他的素材。"[56]

这个看法是很正确的，但是现代社会缺乏合一道德规范，人与人及人与社会的关系变得多元化复杂化，布斯认为是坏事，对社会对文学都是坏事；笔者认为是好事，因为它是现代社会思想空前活跃、社会文化形态飞速变化的标志。如果这种情况迫使叙述样式也趋向不稳定，趋向多元化，那更是好事。如果叙述样式至今还是十九世纪中叶的原样，说实话，这本叙述学也不用写了。即使写，薄薄几页也就够了。

## 第六节 症候式阅读

张岱在《陶庵梦忆》中讲到晚明阮大铖家乐："余在其家看《十错认》、《摩尼珠》、《燕子笺》三剧，其串架斗笋、插科打诨、意色眼目，主人细细与之讲明。知其义味，知其指归，故咬嚼吞吐，寻味不尽。"传统的批评认为作品的意义是确在的，它是作者本人安置于叙述的内容和形式之中的，阮大铖本人向张岱介绍他的剧作"串架斗笋"、"意色眼目"中的"义味"和"指归"。如果我们没有张岱这样幸运，也只能慢慢读，细细嚼，再从历史资料中找找阮大铖生平与思想和晚明的时代背景，就基本上确定作品的意义，这就是传统批评所用的方法。

二十世纪四五十年代盛行于美国的新批评派，则强调作者的创作意图不能算数，作品的意义全在文本之中，"诗开始存在之时，恰好就是作者经验终结之时"。[57] 作品本身是意义的存在方式，也是批评家捕捉意义的唯一证据，意义是确在的，但不在作者创作意图中，也不在读者阅读反应中，而就在文本之中。因此，他们要求对文本作耐心的"细读"。

现代文学批评认为这样两种态度都是不可取的，因为作品的意义并不确在于文本的文字之中，也并不由创作过程中确立。有确定意义的文本是不存在的，"确定的文本这概念只属于宗教，或属于疲倦"[58]。博尔赫斯这句话很尖刻，但实际上还可以加一句：确定的文本，属于传统文化观念和传统批评方式。

巴尔特在其批评名著《S/Z》中提出一个看法：叙述文本有两种，一种是传统的，称为"可读式"，可供读者直接消费式地接受，其文本单线性编码，限制了意义多元的可能。这种作品可以比作杏子，哪怕浮泛阅读也能找到文本中意义所在的内核。另一种叙述文本是现代的，称为"可写式"，它是一连串能指的集合，其编码是多元的而所指却是不确定的，它并不让读者被动地消费，而是让读者重写，即不断地重新发现其意义。这种作品如洋葱，意义层次很多，却找不到一个固定的内核。[59]

但是巴尔特拿来作可写式范例分析的，却是一个他认为是典型的可读式作家巴尔扎克的中篇《萨拉金》。巴尔特出色的、令人目眩的分析，却令人得出一个与巴尔特的论断相反的结论，即任何叙述作品不管传统的还是现代的，都可以是可读式的，也可以是可写式的，关键在于阅读-批评操作的方式。用吃杏子的方法阅读，那么意义再复杂的小说也会被固定在内核上，都成为可读式小说，伍尔夫的《到灯塔去》可当作感伤小说来读，阿兰·罗伯–格里耶的《橡皮》可当作侦探小说来读，《阿Q正传》可当作讽刺小说来读，《红楼梦》可当作才子佳人小说来读。

相反，用吃洋葱的方法阅读，那么意义表面上很单一、文本的单线性编码很清晰的小说，我们也可以发现其意义呈现出多元的复杂性。巴尔特读《萨拉金》就是范例。法国批评家皮埃尔·马歇雷读《鲁滨孙飘流记》或儒勒·凡尔纳的科幻小说[60]，美国女批评家凯瑟琳·贝尔西读福尔摩斯侦探小说[61]，意大利符号学家艾柯读詹姆斯·邦德间谍小说[62]，都证明了这一点。其原因，是由于文学作品作为符号集合的特殊性。在叙述作品的内容被铸成叙述文本的过程中，社会文化形态作为编码的控制原则加入进来。但是文学叙述形式与内容的结合是一个过于复杂的符号意指过程，不可能像政论或历史叙述那样被吸收到一个单一化的原则体系之中，也就是说，没有一个叙述文本的编码是单线性的。因此，社会文化形态由于被使用于这个过分困难复杂的任务而出现裂缝。

当叙述作品的叙述程式符合一定的社会规范时，作品往往会有个很光滑圆满的表面，有稳定的叙述程式，看起来就像是个饱满的杏子，里面有坚实可触的内核。可写式阅读正是不盲信作品表面的完整性，而努力追寻社会文化形态与叙述意指过程之间的差距和空白。在那些地方，叙述作品的真正意义在批评阅读的压力下处于不断分解的运动之中。

这样透露出来的意义，往往与作为叙述作品内容的经验材料没有太多的关系，而是与选择评价加工这些材料的社会规范和准则有关。换句话说，作品的隐含意义不一定在于其内容，而很可能在于这些内容是如何进入叙述形式的。用符号学术语来说，就是阅读－批评的目标不局限于能指，而更在于从能指到所指的过程。

力图寻找固定意义的阅读方法实际上把符号的意指过程看作是单线意指过程，但是由于叙述作品符号编码的复杂性，意指过程永远不可能是单线的，而是多元的。因此，阅读－批评应当把作品看作是不可避免的分解的过程，这是洋葱式的阅读。

这种寻找社会文化形态与叙述意指过程之间的差距的阅读－批评，我们可以称之为"症候式阅读"[63]，因为它是以承认作品的内容与形式之结合方式必然有缺陷、作品的意义并不稳定存在为先决条件的，也就是说，看书如医生检查病人。

以上讨论，听起来很抽象，看一些作品的实例我们就可以明白症候式阅读原理实际上并不玄妙。当然，应用于具体作品时，比起用传统批评方法，要费好多脑筋。

风格的断裂往往是揭示潜在意义的指标，就像地层断裂是地质学家弄清先前地壳运动造成现存地层构造的关键点。作家维持作品风格完美性的努力，实际上是把一种修辞结构作为作品本体存在形式的努力。在风格大师手中，这种完美性可使作品显得天衣无缝，但绝对完美无缺的风格形式是不存在的。

在大部分作品中，风格断裂往往是不经意的，是叙述形式在各种条件压力下失去控制的"笔误"。看一个简单的例子，中国传统小说中常见的"有诗为证"，经常与叙述的脉络无法结合。作者在《醒世恒言·卖油郎独占花魁》中企图把小商贩卖油郎的嫖妓说得如何符合封建伦常，因此努力用细说慢写的风格隐藏他不惜代价追求性满这个不符合社会文化规范的动机，但是，在"有词为证"的一段诗中，突然变得放肆："一个是足力后生，一个是惯情女子……那边说一载相思，喜俉幸粘皮贴肉……红粉妓倾翻粉盒，罗帕留痕；卖油郎打泼油瓶，被窝沾湿。"这时，在叙述正文中努力压住的反规范内容，即欲望的追求，在风格断裂处冒出头来。作品的道德规范也自动地隐去某些情节，从而在叙述的完整性上造成破绽。而当读者与作品的规范合一时，他也并不觉得这种隐言的存在，更不觉得叙述的完整性被牺牲。在症候式阅读的压力下，我们会发现自然而然的叙述中疑问很多。例如《三国演义》中最竭力回避的问题是刘备如何在军阀的拼死互噬中生存下来，并且发展成最成功的军阀之一。光靠行仁义当然会比陶谦或公孙瓒更快地被消灭。该书第十七回："（刘备与曹操）相见毕，玄德献上首级二颗。操惊曰：'此是何人首级?'玄德曰：'此韩暹、杨奉之首级也。'操曰：'何以得之?'玄德曰：'吕布令二人权住沂都、琅琊两县。不意二人纵兵掠民，人人嗟怨。因此备乃设一宴，诈请议事；饮酒间，掷盏为号，使关、张二弟杀之，尽降其众。'"显然，惩罚"纵兵掠民"既是军阀间互相吞并的常用借口，也是作者享有读者认可的共同道德规范。

美国文论家凯瑟琳·贝尔西对《福尔摩斯探案集》中的一个短篇《查尔斯·奥古斯都斯·米尔沃顿》的分析也说明这点。书中主人公米尔沃顿是个勒索犯，他似乎专门设法搞到某些贵妇人的要害信件进行勒索。一个叫伊娃的女士正准备与某伯爵结婚，米尔沃顿掌握了她早年给"一个穷苦的青年绅士"的信件，于是进行勒索，因为伯爵看到此信肯定会取消婚约。福尔摩斯假说愿与米尔沃顿的女仆订婚，从而潜入此人家里，却看到米尔沃顿与另一女子吵架，那女子大嚷，说米尔沃顿把一封信寄给她的丈夫后，"伤透了他的侠义心肠，他死了"。最后，这个女人开枪打死了米尔沃顿。出事后，伦敦警方要福尔摩斯协助破案，但福尔摩斯拒绝参与。

贝尔西指出，侦探小说是实证主义的文学表现，其情节要求是把一切说得一清二楚，真相大白。但这篇小说一字不提伊娃的信的内容，以及杀死米尔沃顿的女子的信的内容，因为这两封信肯定是婚前性关系或婚外性关系，一旦说明，就会使当时读者失去对这两个女性人物的同情，也使福尔摩斯潜入米尔沃顿家所用的手法显出卑劣的性质，更重要的是，使这篇小说的道德价值观出现大漏洞：这位丈夫因道德问题伤心而死，公爵将因道德问题而退婚，而小说不得不要读者为这两个道德问题而同情女主人公，但实际上读者与公爵或这个丈夫的道德观又是一致的。于是，唯一的办法就是不涉及福尔摩斯甘愿为之采取非道德行动的这两封信的内容。

上一章提到过《福尔摩斯探案集》以其惊人的逼真性著称，为了造成这种逼真性，它以华生写笔记或回忆录的方式作客观叙述，福尔摩斯的行动似乎一步步都是科学的、逻辑的。但小说一旦涉及社会文化形态，科学的逼真性就破裂了。因此，贝尔西认为，古典现实主义"充其量只是把自己放在现实与幻觉之间"。

贝尔西举的这个例子也说明，塔布，或译禁忌，并非真的不说，隐言大部分是以暗示，或隐隐约约闪烁其词，来避开确切的描写。也就是说，不点破已经濡湿的窗纸。

《红楼梦》第十五回："宝玉笑（对秦钟）道：'这会子也不用说，等一会睡下，再细细的算帐。'……宝玉不知与秦钟算何帐目，未见真切，未曾记得此系疑案，不敢创纂。"《红楼梦》中这样的隐言，尚有多处，都是有关宝玉的异性或同性恋关系。既然叙述情节展开的基础是树立贾宝玉作为读者同情的主人公，那么贾宝玉在相当多方面都可以自行其是，却在社会文化形态最禁忌的性问题上不能亮得太明。因此，《红楼梦》在这问题上显得出奇的虚伪，唯一写出与贾宝玉有性关系的女人是袭人，袭人预定要做偏房，与偏房的性关系既非婚前也非婚外性关系，是当时社会道德规范可以同意，或可以原谅的，不会损害正面人物贾宝玉的形象。用对规范极为理解极为尊重的袭人的话来说："自知贾母曾将他给了宝玉，也无可推托。"贾宝玉可以不读经书光写诗词，可以拒绝去仕途上"显身成名"，在封建士大夫观念上，这是叛逆的，但就整个读者群而言，大部分人显然没有当上官，因此不妨有个人物帮他们骂几句他们想骂的话。但在性关系上，社会的塔布比什么都要紧。因此，我们看到宝玉与晴雯的关系暧昧不明，丫头帮宝玉洗澡，弄得"席子上都汪着水"。点到此为止，再说清就使小说无法写下去。

纪德曾经指责普鲁斯特自己是同性恋者，却在《追忆似水年华》中把同性恋的夏尔吕男爵写成丑恶的性变态的牺牲品。但是，纪德自己在以同性恋为主题的小说《背德者》中，也只是反复暗示，却从不点明。主人公自述的语调优雅而高傲，与他内心的忧虑、犹疑和自责正成对比。道德压力，造成人格分裂，最终形成叙述风格的裂痕。

现代社会学开创者杜尔克海姆对犯罪概念有个有趣的定义，他说："并不是因为某件事是罪行，我们才加以惩罚。"[64] 他的意思是说，因为社会对某种行为要给予惩罚，所以称之为罪行。

用到叙述学上，我们可以说："并非因为这话是塔布，所以我们不谈；我们不谈，所以这是塔布。"我这话不是诡论，罪行和禁忌都是从属于一定社会观念的不断变化的概念，决不是绝对的道德范畴，它们正需要社会文化形态的确认才能形成。反过来，罪行和禁忌范畴的形成也帮助社会文化形态取得一致。因此，在塔布问题上，叙述文本不仅仅单纯地顺从道德规范，而且参与建立或维护道德规范。

叙述盲区，是比社会禁忌范围大得多的空白区，是社会文化形态与叙述形式内容完美结合可能性之间的大规模的冲突。盲区的存在，往往使作者的所谓"创作意图"（即社会文化形态的个人表现）完全被阅读所颠覆，而使叙述的逼真性完全失去立足地。

笔者相信，任何一部叙述作品，最后总能被发现有盲区，某些作品我们之所以觉得内容形式结合得很完美，或比较完美，只是因为我们自己被束缚于相同或相似的社会文化形态之中而不自觉。任何社会文化形态都是排他性的，也就是说，拥护某些规范，反对某些规范。当然，任何社会文形态都能理直气壮地自我辩护。但是，任何辩护实际上都是依据同一规范，因此是循环论证。这就是盲区的由来。

同时，任何社会文化形态，如果不能自然而然根本不需要作自我辩护，它就无法再存在并发挥作用。这就是为什么叙述自身并不感觉到盲区的存在，而需要阅读来发现，而且这也是为什么我们比较容易发现古代的、先前的、外国的等离我们较远的叙述作品中的盲区，却沉醉于靠近我们身边的作品之逼真性，看不到它们也可能有盲区。

《三国演义》之抑曹扬刘观念之虚妄，以及对刘备、诸葛亮和关羽描写之破坏叙述完整性，已经被许多批评家讨论过。但这种强加于叙述之上的封建正统观和忠义观，在中世纪中国读者看来，是理所当然不必解释的事，因为这是社会文化形态使绝大部分社会成员采用的规范，这样叙述的逼真性就掩盖了盲区。

再举一个例子，孙犁的小说《铁木前传》。这部小说中塑造得最生动，而且使人感到亲切的，却是被批判的人物小满儿，正如一个批评家所感叹的："这是一个真正复杂的性格，复杂到难以分辨她究竟是无耻还是无邪的程度。"[65] 无疑，小满儿是一个追求享乐（包括性享受）的青年，但是她追求得真诚。小说写到小满儿对自己行为的追悔，写到辛勤劳动搞集体化的先进农村青年对她进行帮助，据说小说的主题是要证明"耐心地教育她、改造她，要把她的聪明才智和旺盛的青春力量引上正路"[66] 是多么重要。可能的确这是小说的主题，但小满儿形象的成功，使这个主题完全崩溃。小满儿是五十年代后期六十年代初期一系列农村小说中中间人物的先行者，而且，也正如这些小说一样，中间人物形象特别生动丰满，使这些叙述作品撑裂了主题。

当然，我们现在已经比较容易看出这些小说中"农业共产主义"意识所造成的盲区，但在当时，中间人物的创造者、鼓吹者和批评者实际上都把头碰在同一堵墙上，他们使用的是相似的规范，赞同写中间人物的人并不是想赞美中间人物，批判中间人物论的极左派正是抓住了把柄：中间人物在这些小说中都只是在情节上被惩罚，在字面上被改造。这是一个绕不出来的死胡同，一个作者和当时的批评家（无论是左是右）都无法看清的盲区。

牵强的巧合往往指示盲区的所在。《醒世恒言·卖油郎独占花魁》在人际关系上，在婚姻和性关系的自由选择上，非常富于挑战性，但小说一定要写男女双方因战乱而失散的家庭由于他们的结合而非常巧地会合，从而使两人的结合为家庭秩序的恢复服务。相仿的例子可见于折子戏《秋江》的原剧《玉簪记》。《秋江》中尼姑陈妙常逆江而上去追她的情人，而在原剧中陈妙常与其情人竟然是指腹为婚，此后两家失散不通音信，因此虽然陈妙常自己不知道，她向社会道德的勇敢挑战竟然是在履行封建婚约义务而已。巧合把太富于挑战性的个人行动硬塞入规范的框架之中，从而在内容与形式的结合上造成明显的裂痕。

《简·爱》这本至今被中国大学生爱读的小说，同样落入一个巧合的陷坑：简·爱虽然很爱罗切斯特，但只要罗切斯特的发疯的妻子在世，从十九世纪英国社会公认的美德来说，她就必须拒绝罗切斯特共同生活的要求。这个道德约束与叙述展开无法相容，最后谁让步呢？当然是叙述，于是来了个可怕的巧合：罗切斯特太太在一场火灾中被烧死。这样叙述服从了道德规范，却造成很明显的盲区。

因此，我们看到，叙述作品的内容与形式之间充满了裂缝、隐言和盲区，它们比明白说出的内容能揭示更多的东西，它们是作品不完美的症状，它们无法造成逼真感。相反，它们破坏逼真感，它们无法造成现实幻象。如果说它们也揭示现实的话，它们所揭示的不是现实生活的具体内容，它们反映的并不是作为古典现实主义宗旨的关于世界的真相，它们讲出的是关于观念形态的真相，被意识形态所压抑的真相，存在于意识形态本身之中的真相。[67]

为什么观念形态自己不能说出自己的真相呢？因为观念形态的最大特征是有自己完整的体系，对什么都有一套解释，但就是无法认识自己。那么为什么文学叙述能够揭示观念形态所隐藏的东西，或暴露它的界限呢？因为文学叙述作为一个符号过程实在是过于复杂，把文学叙述的内容和形式组织起来，这个任务太重，超过观念形态所能承受的范围，文学叙述不像政论或历史叙述，能够和谐地、自圆其说地统一在一个观念形态之下。因此，文学叙述必然撑破观念形态，用马歇雷的话来说就是"叙述用使用观念形态来向观念形态挑战"。

金圣叹序《水浒传》云："忠恕，量万物之斗斛也。因缘生法，裁世界之刀尺也。施耐庵左手握如是斗斛，右手持如是刀尺，而仅乃叙一百八人之性情、气质、形状、声口者，是犹小试其端也。"

从这个社会文化形态来说，使用于叙述只是"小试其端"，但《水浒传》叙述文本的复杂性早使这个刀尺破绽百出。因此，文学叙述不能仅仅被看成反映、表达或体现了观念形态，文学叙述更是揭露了文化形态的边界，或者说其局限性，而叙述形式上的所谓漏洞或疏忽，往往是此种文化形态有限性的症候。本书中已经有很多例子。再举一段郁达夫的名篇《春风沉醉的晚上》："我囊里正是将空的时候，有了这五元钱，非但月底要预付的来月的房金可以无忧，并且付过房金以后，还可以维持几天食料。当时这五元钱对我的效用的广大，是谁也不能推想得出来的。"此话是全文唯一泄露"叙述现在"。我们会突然意识到叙述者"我"在讲述自己过去这段经历时，叙述"我"与被叙述"我"突然分裂。叙述"我"的此时恐怕很不一样了，穷愁潦倒、贫困不堪、在上海贫民窟与卷烟女工二妹同病相怜几乎互相爱上的人物"我"，现在可能阔多了，不再在乎那五元钱的意外收入。《春风沉醉的晚上》之所以能打动人，在于其弥漫着一种叫人透不过气来的伤感，尤其是其结尾之无出路、之绝望。上引这段中暴露出的"二我差"，可能是个疏忽，却差点毁了整篇小说，也几乎翻开了整篇小说的意识形态盲区：被抛出权力结构的现代知识分子，与被抛出土地的农民，在游离于中国传统社会结构的上海贫民窟中，有结合的可能吗？

这并不是说叙述作品的结构越差越好。作品结构差可能使症候容易找到，但这症候可能只是作品形式本身的不完美之处，与社会文化形态的压力没有关系。从清代中叶开始流行公案侠义小说，到晚清鸳鸯蝴蝶派小说，到现代的言情小说与武侠小说，中国在通俗小说上历史悠久，不让与人。这些小说当然也可以用症候式阅读法来进行批评，但是它们所能揭示的意义层次和意义深度都很有限，因为社会文化形态明确表现出来的部分，决不会是它的边界部分，而是其最稳固的部分，局限于此，就看不到它的真实形态。要找出《三侠五义》中的封建道德伦理观念，不需要花太大的力气，但我们所能得到的，也就极有限了。当然，即使这样的作品也能造成足够的逼真性，因此也需要读者能站在一定的距离之外，或之上，才能进行症候式阅读。这个距离，笔者称之为"批评超越距离"。像茅盾描写的《火烧红莲寺》的观众，就完全没有批评距离，我们能请他们评论崆峒派、昆仑派，却无法让他批评《火烧红莲寺》的道德规范。

阅读超越，就是拒绝认同，拒绝把叙述世界的逼真性当作现实世界的实体性。

美国十九世纪作家爱伦·坡有一篇短篇侦探小说《被偷的信》，情节很简单：首相夫人昔时在头脑发昏时给情夫写了一封信，现在此信落到了首相的政敌某侯爵手中，成为他政治讹诈的手段。巴黎市警察到侯爵府进行彻底搜查，结果一无所获；首相夫人想到请大侦探杜邦出马。大侦探装作礼节性地访问侯爵，结果就在正常放信的地方壁炉上方的信插里找到此信。

这个故事很类似《空城计》，侯爵在演诸葛亮（或其他大智大勇的战略家）的故伎，巴黎警察是司马懿，想到各种可藏之处，就是想不到看一看不藏的地方。大侦探杜邦比司马懿聪明。

巴尔特说，爱伦·坡的这篇小说对文学批评来说有极深的寓意：巴黎市警察所做的是刑事侦查的职业性操作，从职业水平层次上说他们做得无懈可击。正如司马懿所做的是战术上的判断，从战术上说，他的退兵决策是完全合理而且必须。但侯爵和杜邦做的是超越刑事侦查职业层次上的对抗，他们都在系统的垂直轴上运动而进入了高一层次，单层次操作者巴黎警察或司马懿不可能做超越这个层次的推断。

由此，巴尔特得出一个文学批评的原则性方法："要理解一个叙述……必须把叙述线索的水平串接投射到隐指的垂直轴上。读（或听）一个叙述，不是从一个词到下一个词的运动，而是从一个水平到另一个水平的运动。"[68]

笔者认为巴尔特这个原理有一般的符号学意义：我们要理解任何一个符号体系的构成，即符号的编码，不能在这个符号集合本身的层次上追溯，而必须超出这个操作层次，进入控制这个操作体系的更高一层系统。

这个垂直方向的运动，就是取得批评距离。哪怕从技巧上理解一个叙述，都必然找出这些被叙述事件的叙述者，找出叙述行为是如何形成的。要理解控制叙述的社会文化形态，就必须越出叙述的逼真性控制的范围。同水平阅读即使看出症状，也会把症状当作病因，异水平阅读才能把症状当作诊断的起点。同水平的阅读是与叙述世界合一，从作品本身中分解意义，异水平阅读是与作品保持超越式批评距离，用批评操作从作品后面构筑意义。

而且，由于控制叙述的层次远不止一个：心理层次，民族性层次，人性层次，社会文化层次（本书没有谈到其他一些层次，但并不是否认它们的存在），等等。因此，异水平阅读所构筑的文本意义就不可能只是单层次的。

总结一下笔者在本节中所建议的症候式阅读的基本原

则，那就是，我们必须承认叙述作品与社会文化形态相互的压力，使叙述作品的线索与形式决不可能完美结合，正是从这些不完美处，从叙述行为留下的各种痕迹中，我们可以看到社会文化形态的有限边界，而为了能看到这些不完美处，就必须拒绝作品的规范，拒绝作品造成的现实幻想，获得并保持超越性批评距离。

可以看出来，这样的批评实际上是对叙述文本的扬弃，因为它肯定了叙述文本不是一目了然，从字面意义就可以解释的。苏联符号学家洛特曼对此提出过一个惊人的看法，他认为"文本的真实性即在于其不可解"，因此，"与文本出现的同时，必然要出现文本解释者"，例如有巫辞就得有祭司，有经文就得有牧师，有法律就得有律师，同样，有艺术作品就得有批评家，"解释者的定义就排除了每个人都能成为解释者的可能"。

这话听起来太有点精英主义或文化贵族主义，看不起群众，实际上客观情况是不仅一般读者，而且大部分批评家，都只在作品同水平层次上作消费或阅读，吃杏子式阅读，我们不可能要求所有的读者都能有超越性批评距离。

反过来说，批评也就不能如一般的阅读，印象式的、欣赏式的、阅读指南式的批评也不能看作真正的批评。理解作品的内容或其中表达的观点等，只是真正的批评操作的准备工作。优秀的文学叙述作品，像一辆焊接装配得天衣无缝、油漆得闪闪发光的汽车，要了解它究竟是如何工作的，就不能只坐在驾驶室里，不能沉醉于叙述世界之中，而是得把它顶起来，在它底下找到滴着不雅观油腻的缝隙。

"头脑冬烘辈，斥为小说不足观，可勿与论矣。若见而信以为有者，其人必拘；见而决其为无者，其人必无情。大约在可信可疑、若有若无间，斯为善读者。"明斋主人在《增评补图石头记》中对《红楼梦》的这段"总评"，是对现代叙述学最困难的课题——叙述作品意义——一个令人称绝的答复。

相比之下，巴尔特对这问题的解释，就显得笨拙："文学作品既非十分无意义，也并非十分清晰；其意义是'悬搁'的。它呈现给读者的是一个意义系统，但意指物却是无法掌握的。这种意义中固有的'失义'正是为什么文学作品有如此大的力量，可以提出关于世界的问题，而不必回答。"[69]巴尔特如果读过中国"前叙述学"，也会向中国古人的卓识表示敬意。

## 第七节　元小说

"元"（meta-）这个前缀，原是希腊文"在后"的意思。亚里士多德文集最早的编者安德罗尼库斯把哲学卷放在自然科学卷之后，名之为"Metaphisics"（《物理学之后》)。由于哲学被认为是对自然科学深层规律的思考，因此"meta-"这个词缀具有了新的含义，指对某个系统深层控制规律的探研，如语言的控制规律（语法、词解、语意结构）被称为"元语言"。元语言就是"关于语言的语言"。小说文本的元语言就是诠释规范体系，就是前面说的"诠释指导"。

以此类推，"元历史"大致上就是历史哲学，"元逻辑"则是逻辑规律的研究，"元批评"类近于哲理美学。港台学者把"meta"译为其希腊原意"后设"。但早从康德起我们就知道规律并不出现于现象之后，"后设"这译法不妥。"元"当然是《周易》起开始使用的旧词。《春秋繁露》云："元者为万物之本。"这译法很能达意。

小说作为一种言语行为，其释读受控于元语言（广义的语法、词典）。但当小说把小说本身当作对象时，就出现了一种"关于小说的小说"。小说自己谈自己的倾向，就是"元小说"。西方批评界在确定"元小说"这个术语前，犹豫了很久。布鲁克-罗丝称之为"实验小说"，爱德勒一九七六年称之为"超小说"，罗泽同年称之为"外小说"。"元小说"这个术语在一九八〇年左右开始得到公认。但德国学者鲁迪格曾在《当代元小说》一书中指出，在八十年代初，元小说只吸引了一小群"难得别扭的小说的读者"，而到了八十年代末就蔚为大观，"大批雄心勃勃的批评家和学者进入了这个现在属于文学基本原理的领域"。

元小说是一种非现实主义小说，它与超现实的、荒诞的、魔幻的小说不同，它的非现实不是在内容上，而是在形式上，它在叙述方式上破坏了小说产生现实感的主要条件。

把某物打上引号，就是使某物成为语言（或其他艺术表意手段）的操作对象，而不是被语言反映的独立于手段之外的客体。当我们说"小说表现'生活'"，这完全不同于说"小说表现生活"。后一个宣言是自然化的，生活被当作一个存于小说之外的实体，保留着它的所有本体实在性；而前一个宣言，生活处于引号之内，它的本体性被否决了，它只存在于"小说表现"的操作之中，在这操作之外它不再具有其独立品质。也就是说，它不具有充分的现场性。

这两个宣言还有更深一层分歧：在"小说表现生活"中，"生活"与"小说"处于同一符号表意层次，操作是同层次的水平运动，它的运动轨迹显彰与否是个次要问题；在"小说表现'生活'"中，主宾语项是异层次的，而"小说"比"生活"高一层次，它居高临下地处理引号内的事项，表现的操作就成了突然层次障碍的关键性行为。

换句话说，在"小说表现'生活'"这陈述中，与"小说"这主词有关的，与其说是"生活"的诸本质内容，不如说是小说表达本身，它的构造之自我定义功能：小说成了关于自身的表意行为，成了关于小说的小说，也就是说，成了元小说。

从形式上说，元小说不断在露迹中展开。归根究底，小说的形式本身，注定了它非谈谈自己不可。叙述行为，正如意识行为，是超层次的。元小说的痕迹在任何小说中都可见到，小说是作者"偷偷记下"的叙述者在一个特定场合讲的故事，因此任何叙述都是一个超层次的活动。在文本中，叙述加工的痕迹处处可见：叙述指示暴露叙述者的操作方式，叙述者对人物情节的评论是明显的控制释读的努力，转述语显示了叙述者改造细节的活动，叙述时间的变易是叙述者控制事件的因果联系，叙述分层使叙述者人物化，使他的超脱地位染上个体色彩……如果读者对这些人工斧凿痕迹过于认真追究，叙述世界的自足性就成了问题，叙述的逼真性效果就会消失，既不能催人泪下、兴观群怨，也不能使人忘乎所以、海淫海盗。

幸运的是，在传统小说中，这些元小说操作痕迹都被程式化、非语意化了。读者不再注意它们，因为它们已是叙述表意方式的一部分，叙述痕迹不再破坏叙述世界的逼真性，反而加强了它。巴尔扎克或萨克雷的作品有大量叙述干预，但依然不妨碍它们成为现实主义的典范。

元小说所作的，不过是使小说叙述中原本就有的操作痕迹"再语意化"，把它们从背景中推向前来，有意地玩弄这些"小说谈自己"的手段，使叙述者成为有强烈自我意识的讲故事者，从而否定了自己在报告真实的假定。这样有意显露斧凿痕迹的小说，是自反式元小说，或者说，是自我戏仿式的元小说。自觉式小说在欧洲小说史中已有很长时间的传统，但在二十世纪前一直没成气候。奥尔特的《片面的魔术》是研究这个传统的名著，但他承认这是相对于西方小说"大传统"的一种"次要传统"。[70]

有些中国批评家已经感觉到了先锋小说的这种倾向，例如若干评论说马原的小说"不是关于冒险的小说，而是关于小说的冒险"，又有论者说洪峰的作品中"叙述过程与叙述方法成为小说的中心主题"，但他们没能找到一个合适的批评语言，他们的讨论在理论上是孤立的。

其实在先锋小说之前，自反式元小说倾向在中国小说中正逐渐加强。王安忆《锦绣谷之恋》中的叙述者急不可耐地想取得自我意识，叙述者自我取消了客观性，似乎比主人——一个寻找婚外恋的女人——对情节发展更感兴趣。但是这作品的露迹只偶一为之、适可而止，是一种"中小说"。这是艾伦·怀尔德的用词，据称是"现实主义小说与自反小说的中间地带，其实验性相当强，但主要不靠自反方法"。

马原的作品是典型的自反式小说。作品的叙述者似乎抓紧一切机会提醒读者他并不是在报告真相，而"仅仅是在讲故事"。在《旧死》中，一个平行的情节写出叙述者如何构思故事的全过程。在《虚构》中，第一人称叙述者不断地指出他正在创造的世界——"我"在一个麻风病院的经历——完全是构筑的产物。在从《海边也是一个世界》、《冈底斯的诱惑》起的一系列小说中，陆高和姚亮这两个人物构成了所谓"伪对"，成为作者人格的双重替代，他们不但抢夺叙述主体，甚至再三把一个叫马原的人物请来证实他们的叙述；在另一篇《死亡的诗意》中，警察报告式的绝对真实的片段被镶嵌在有意暴露的虚构性的背景上。这样，叙述者的参加就变成了叙述者拆台。

任何文本都不可能单独存在。"关于小说的小说"可以理解为"关于别的文本的小说"，整个文化无非是文本的堆集。

当然，任何文本的表意和释读都会依赖前文本，不然意义无法构筑，不可理解，此种元小说倾向也是任何小说必然具有的。但是，如果某部小说有意暴露并且操纵它对某一种或某一个前文本的依赖，并以此取得某种特殊意义，就取得了另一种元小说倾向——前文本元小说，或文类戏仿式元小说。

余华的大部分作品可以被读成前文本元小说。余华戏仿的对象是中国文化中各种表意权力占垄断地位的文类。《一九八六年》、《往事与刑罚》所透露的历史的血腥味，是对历史（中国文化中意义权力最高的文类）的抨击，是反历史；《西北风呼啸的中午》、《世事如烟》是对中国孝为先伦理的逆转，是反《孝经》；《现实一种》是对中国家族伦理的无情颠覆，是反《家训》。在另一批作品中，余华戏仿的利刃指向了中国文化中对群众控制力最强的俗文类：《河边的错误》是反公案或反侦探小说，《古典爱情》是反才子佳人小说，《鲜血梅花》是反武侠小说。在这些作品中，传统叙述程式被严格尊重，其结果是受到无情的嘲弄。

可以把"关于别的文本的小说"再推论一下：一切把人与世界联系起来的意义体系——意识、想象、经验、认识、人际关系、历史、社会、文化、意识形态，等等，都可以被视为文本，因为它们组织并传达意义。关于这些扩张的文本概念的小说，都是关于小说的小说。从这个观点看，任何小说也多少有元小说性，因为它们的内容无非是这些东西。但是，传统小说认为这些主题都是可描写的，是客观存在的，有实体的对象，小说的任务是反映这些对象，而元小说认为这些都是一些人工设置的符号编码解码体系，它的构筑方式与小说叙述大致相同，因为人基本上只是"会虚构者"。因此，"关于小说的小说"就被扩大为"关于类文本体系的小说"，这是一种扩张了的戏仿式元小说。

格非的作品可以作为当代中国先锋小说中扩展型戏仿式元小说的佳例。这些作品可以分为两大类。一类从最早的《没有人看见草生长》到一九八八年的《褐色鸟群》、《青黄》，直至《夜郎之行》，在这类作品中格非试图以纯幻想构筑非现实或反现实的现实。想象体系与现实体系的胜利对抗，使这类作品具有诗意的梦幻气氛。另一类从一九八七年的《迷舟》到一九八八年的《大年》、《风琴》，这些小说锚定在特定近代史背景上，却绝不是历史小说。其中的误解再误解，阴谋与反阴谋，是分别染上道义色彩的各种价值体系的对抗。在这变幻莫测的争斗中，历史现实的充足性受到嘲弄，历史被无奈地打扮、扭曲、蹂躏、改嫁，以至完全谈不上有什么本来面目。就拿情节有趣使电影家指痒的《迷舟》来说，爱与死的游戏这个老题目被重现成对历史释读规范和个人感情释读规范的双重嘲弄。于是，真理变成了规范的奴隶，历史只有靠压制真相谋杀意义才能展开。

从根本上说，戏仿是文学艺术的基本存在方式。说文学艺术反映现实，不仅是对现实本体性的迷信，更是文学艺术能力的夸张。现代社会科学（尤其是马克思主义）认为社会意识是虚假的。文学艺术最强大的力量在于扭曲经验世界，使其失去自然性，戏仿各种释读体系从而暴露意义暴政之无理。

在中国现当代文学的研究中，有一个"影响陷阱"。八十年代初现代派是个恶谥，欲加此罪于人的评论家称之为真现代派；八十年代后半期却出现了伪现代派之说，欲加此罪于人的评论家斥之为"无现代意识的现代派"，因为在

"中国没有现代派的土壤"。先锋小说作为当代小说现代性最强的一翼，更难逃此罪名：没有先锋意识的先锋派。更率直的说法是，先锋小说是模仿抄袭外国先锋派。

幸亏，与"五四"时期作家不同，当代中国作家大都不直接阅读原文。我们检查一下一九八五年之前西方文学作品在中国的翻译出版情况，就可以看到，一些公认的元小说大师——唐纳德·巴塞尔姆、约翰·巴思、罗伯特·库弗、伊塔洛·卡尔维诺、萨缪尔·贝克特等的作品大都没有得到翻译介绍，直至今日介绍也极少。约翰·福尔斯的名著《法国中尉的女人》翻译出版了，但元小说性最强的第十三章却被删去了，不知是怕读者看不懂还是译者或编者自己没看懂。也许博尔赫斯是个例外，但也没有得到有深度的评论推介。这个局面，至今日基本如此。由于版权困难，西方当代作家的名著翻译过来的极少。

至于元小说这个概念本身，中国大陆作家和批评家几乎完全不知道，对中国当代先锋派作品的评论局限于"反文明"、"逃避"等题旨层次，而台湾作家（黄凡等）在批评界推动下有意识地实验的"后设小说"，在大陆似乎从未引起足够的注意。台湾联合文学版《如何测量水沟的宽度》集中发表了一批元小说实验作品。《收获》曾刊登黄凡的"后设小说"，但没有说明其结构特点。台湾和大陆元小说的对比将另文探讨。

中国当代先锋小说家的元意识是自然产生的，至今元小说作家们自己不识真面目，因此它不可能是伪造的赝品，不可能是强行移栽的明日黄花，也不会是一种玩弄手法的小摆设。元意识在中国当代小说中的产生，是当代中国文化发展的必然。

在中国哲学传统中，元意识由来已久，尤其是在释道这两家非主流思想中，例如《道德经》强调区分君临于"可道"、"可名"世界之上的"常道"与"常名"，例如禅宗谕"至佛非佛"和论"迷"与"悟"（《景德传灯录》卷二十八"在迷为识，在悟为智；顺理为悟，顺事为迷"，清晰地指出层次控制关系）。

奇书《西游补》可以说是中国第一本元小说。翻转《西游记》，固然已是戏仿，而书中论及层次观念，妙趣横生，发人深思。例如第四回孙行者入小月王万镜楼，镜中见故人刘伯钦，慌忙长揖，问："为何却同在这里？"伯钦道："如何说个'同'字？你在别人世界里，我在你的世界里，不同，不同！"

可以不无骄傲地说，中国先贤对元意识比西方古人敏感得多。然而，西方现代元意识发源于希腊哲学与数学的推理逻辑之中，例如欧几里得几何体系之严密，固然难逃导致千年机械论统治之咎，但一旦发现触动公理，即可创立整个新体系，它就直接引向了元数学。中国当代知识界的元意识是一种现代意识，无法借释道而生，虽然艺术家们常可求助于释道之敏悟。

二十世纪八十年代初开始的方法论热，与一九八五年起关于中国文化的热烈讨论，为先锋小说的元意识的产生提供了最基本的精神土壤。方法论即元方法。西方有些论者认为现代元意识的产生是信息爆炸的结果，是掌握过于庞杂的信息之需要。可以说，中国当代知识界的元意识，是掌握过于庞杂而模糊的中国文化和历史信息之需要。读余华和格非的作品，这种庞杂和模糊造成的焦虑感十分清楚。

然而，这种文化界的气氛要进入小说，还得靠小说自身的发展。二十世纪八十年代，中国小说对释读指导渐渐增长的不安最后导致了元意识的产生。

八十年代上半期的伤痕文学与改革文学正是靠强力的注释性指导而适应社会需要的。八十年代中期，对已有释读体系的不信任导致了信码的崩溃，新潮小说实际上是释读规范危机的产物。

这种危机首先表现在失落者文学中，刘索拉、徐星、陈建功、多多、吴滨、洪峰等作家的作品生动地体现了当代城市青年一切价值的失落，甚至前几年知青文学中的个人主义和存在主义价值都被丢弃，可能到这时候中国文学才成功地越过《约翰·克利斯朵夫》的水平。但是，虚无主义的自伤自悼、自暴自弃依然是一种价值的追求，虽然是负向的，王朔等人已证明这种自恋情结可以成功地作为大众消费商品行销市场。

新潮小说的另一价值取向是热闹了好一阵的寻根文学。但无论是寻根寻到少数民族，还是到山区穷乡，还是到朴实乡村，还是到"靠本能生活"的前辈，或者到中国传统文化中的非主流体系，都是信码–规范体系危机中病笃乱投医式的寻找，而寻找当然是在追求价值，追求可行的信码–规范体系，哪怕追溯的结果是对中国文化伤感而厌恶的否定（韩少功《爸爸爸》），其救治之心殷切可见。

诚然，离心运动是二十世纪全世界文学总的趋向，但是如果离心的方向依然是追求对世界的诠解方式，那么这是同水平的运动。欲超越当代文学传统，需要对更根本的东西——表现形式与释读方式——进行破坏和再建。先锋小说元意识的产生符合了这个需要。

元意识，是对叙述创造一个小说世界来反映现实世界的可能性的根本怀疑，是放弃叙述世界的真理价值；相反，它肯定叙述的人造性和假设性，从而把控制叙述的诸种深层规律——叙述程式、前文本、互文性价值体系与释读体系——拉到表层来，暴露之，利用之，把傀儡戏的全套牵线班子都推到前台，对叙述机制来个彻底的露迹。

这样的小说不再描写经验，叙述本身创造经验。读者面对的不再是对已形成的经验的释读，读者必须自己形成释读。当一切元语言——历史的、伦理的、理性的、意识形态的——都被证伪后，释读无法再依靠现成的信码，歧解就不再受文本排斥，甚至不必再受文本鼓励，歧解成为文本的先决条件。换句话说，每个读者必须成为批评家。

元小说实际上是一种批评演出，是批评家作为叙述者或人物，从故事内部批评叙述规则，颠覆叙述创造真实世界的能力。因此，叙述者是在批评任何能够暂时立足的隐含作者。元小说暴露叙述策略，从而解构现实主义的真实，消解利用小说的逼真性以制造意识形态神话的可能。

元小说揭示小说虚构性，从而导向对小说与现实的关系的思考。元小说表明符号虚构叙述中，意义很大程度上只是叙述的产物。这样，我们所面对的现实世界也并不比虚构更真实，它也是符号的构筑：世界不过是一个大文本。符号的边界就是世界的边界。正如阿兰·罗伯-格里耶所说："读者的任务不再是接受一个已完成的充分自我封闭的世界，相反，他必须参与创造，自行发现作品与世界——从而学会创造自己的世界。"[71]

由于把深层推到表面，先锋小说就滞留于表象，因此它是中国第一个真正形式主义化的小说流派。内容被化解于形式之中，只是形式的添加剂。对这样的小说，主题深化、结构统一、有机整体、立体人物等传统文学理论与批评语言完全不能适用，我们能见到的只是拒绝主题、结构瓦解、片断零散、平面人物、性格单一。指出这最后一点或许会使人惊奇，但先锋小说中的人物都是单向度的，没有复杂性格。马原的《拉萨河女神》与余华的《世事如烟》中的人物甚至没有名字，只有号码（虽然这念起来挺别扭）。

由于叙述世界的自足性取消了，先锋小说中的直接转述语（不管引语式还是自由式）大量减少，因为人物性格已不再是叙述目的。在绝大多数先锋派作品中，人物无论性别年龄职业如何，说话的口吻不同程度上消失了个性，渐渐融入了叙述背景，也就是说，重新取消了质地分析。直接引语的绝对地位与人物语言的个性化是中国传统小说最明显的风格标志之一，看一下延安时期的小说，或邓友梅、贾平凹等最近的风土小说就可明白直接引语程式的重要性。

随着先锋小说的兴起，中国当代小说不仅成功地恢复了"五四"精神，回到了中国现代文学的起点，而且开始超越，走向对中国文化的更彻底批判和更有效继承。

不错，"五四"小说的立足点是对传统中国文化的总体批判，但"五四"小说对旧的元语言体系的攻击却是以拥护新的体系为后盾的，以新易旧成为解决一切问题的灵药。这样的方向似乎正好与寻根小说相反（寻根始祖沈从文的确是"五四"精神的反动），实际上是没有脱离元语言迷信。具有元意识的当代先锋小说暴露一切构筑和释读意义的深层批判，否定任何信码体系的必然合理性，似乎有只破不立之嫌,却是一种本体性的自觉,正是这种自觉使先锋小说保持批判的彻底性,而不至于落入又一个意识陷阱中去。

那么,完全不要释读体系,不就是符号的无政府、意义的空白吗?当然是。但新的意义体系的构成不是文学所能完成的。文化的转型和再生机制很复杂,不会受文学的纯批判所左右,但它需要文学纯批判的帮助。严肃的文学,尤其是先锋文学能做的只是刺激转型的机制,使之活跃起来。"五四"时期的文学革命之所以过早地结束了总体批判的方向,正是因为过于匆忙地寻找新的价值体系。

如果先锋小说的作者和批评者都认识到这个问题,明白露迹的作用,从无意识地写出元意识,到有意识地写元小说,那么我们有理由期盼当代中国先锋小说——中国第一个先锋小说派别——创造出中国文学史上最好的成绩。

从"五四"小说到新潮小说,整个中国现代小说可以说都是强调诠释指导,也就是说,是评注性的。这些作品用各种手段来说服读者,要他们相信对叙述世界只有某一种释读才是正确的,从而对现实世界只有采取某一种态度才是正确的。自然,指导强度在不同作品中甚为悬殊。宣传文学或者歌颂文学有一种过量编码倾向,不给读者任何释读自由度。固然,能保持足够批评警惕的读者或批评家依然能超越文本,析辨文本后的意识形态控制方式,但这类释读不是本意,而是歧读。有四十年之久,当时,凡是放松元语言控制而可能导致歧读的作品，哪怕文中并无"错误观点"（如方纪的《来访者》），一律必须批判。"五四"小说与新潮小说中某些作品的评注性相当隐蔽，而且在相当程度上鼓励歧读，但文本的期待释读还是看得出来的。

先锋小说则完全不同。先锋小说故意模糊其意图语境，撤除释读压力，因此它的任何释读都是歧读。如果其他小说取得歧读需要超越文本的批评（甚至大部分批评家都做不到这一点），那么，歧读就是先锋小说唯一可能的阅读方式。斯柯尔斯曾攻击先锋小说，称之为"手淫式的自我审视狂"："读者需要作者想象力的帮助。如果他们能得到的只是一声咕哝：走开，我自己麻烦够多了。他们真会走开。"[72]

诚然，读者需要评注式指导，但先锋小说的读者不能依靠这种指导。如果他们真的走开了（大部分消费性读者真的走开了），那也是先锋小说原本准备付出的代价。

## 注　释

1　Umberto Eco, *A Theory of Semiotics*, p. 2.

2　W. B. Gallie, *Philosophy and the Historical Understanding*, pp. 72-73.

3　Maekey, 1978, p. 70.

4　Hans Robert Jauss, *Toward an Aesthetic of Reception*, p. 18.

5　Aristotle, *Poetics*, p. 8.

6　二知道人：《红楼梦说梦》，载曾祖荫、黄清泉等选注《中国历代小说序跋选注》，长江文艺出版社，1982年，第224页。

7　Georg Lukács, *The Historical Novel*, (tr.) Hannah and Stanley Mitchell, Merlin Press, 1962.

8　Robert Scholes, *Elements of Fiction*, Oxford University Press, 1968, p. 6.

9　参见《张竹坡批评第一奇书》，以及本书第四章关于时间满格的讨论。

10　这部小说实际上于一九二〇年出版，但写作年代可能在五四运动之前。阿英收录于他的《中国近代反侵略文学集·庚子事变文学集》。

11　阿英收录于他的《晚清文学丛钞·小说三卷》。

12　Aristotle, *Poetics*, p. 8.

13　另一本笔记《都城纪胜》同样有这段话，文字几乎一样，只是把"捏合"改成了"提破"。

14　此为袁于令（幔亭过客）为《李卓吾批西游记》所作题词。见孙楷第《日本东京所见中国小说书目提要》卷四，国立北平图书馆中国大辞典编纂处，1932年，第144页。

15　Pierre Macherey, *A Theory of Literary Production*, (tr.) Geoffrey Wall, Routledge & Kegan Paul, 1978, p. 28.

16　Cyril Birch (ed.), *Studies in Chinese Literary Genres*, University of California Press, 1974, p. 155.

17　Tzvetan Todorov, "Poétique", p. 152.

18　Tzvetan Todorov, "Poétique", p. 149.

19　Cleanth Brooks and Robert Penn Warren, *Understanding Poetry*, Holt, Rinehart and Winston, 1960, p. 39.

20  S. T. Coleridge, *Biographia Literaria*, Clarendon Press, 1907.

21  参见《人民日报》（海外版），1986年8月9日。

22  Roland Barthes, "Introduction to the Structural Analysis of Narrative", p. 44.

23  Roland Barthes, "Introduction to the Structural Analysis of Narrative", p. 45.

24  转引自 Wayne Booth, *The Rhetoric of Fiction*, p. 469, p. 467。

25  Kathleen Tillotson, *Novels of the Eighteen-Forties*, Oxford University Press, 1954, p. 255.

26  Robert Alter, *Partial Magic: The Novel as a Selfconscious Genre*, University of California Press, 1975, p. 2.

27  Patrick Hanan, *The Chinese Vernacular Story*, Harvard University Press, 1980, p. 7.

28  Patrick Hanan, *The Chinese Vernacular Story*, p. 9.

29  Patrick Hanan, *The Chinese Vernacular Story*, p. 9.

30  Tzvetan Todorov, "Poetique", p. 151.

31  Roland Barthes, "Introduction to the Structural Analysis of Narrative", p. 114.

32  Jean Cohen, *Structure du langage poétique*, Flammarion, 1966, p. 21.

33  孙逊：《试论〈红楼梦〉的形式美》，载中国《红楼梦》学会秘书处编《红楼梦艺术论》，齐鲁书社，1983年，第24页。

34  Susanne Langer, *Feeling and Form: A Theory of Art Developed from Philosophy in a New Key*, Charles Scribner's Sons, 1953, p. 321.

35  S. T. Coleridge, *Biographia Literaria*, p. 289.

36  《别林斯基选集》第二卷，满涛译，人民文学出版社，1957年，第457页。

37  Jean Piaget, *Structuralism*, Routledge & Kegan Paul, l971, p. 18.

38  Roland Barthes, "Introduction to the Structural Analysis of Narrative", p. 13.

39  Frank Kermode, *The Art of Telling: Essays on Fiction*, Harvard University Press, 1983, p. 75.

40　Frank Kermode, *The Art of Telling: Essays on Fiction*, p. 75.

41　Georg Lukács, 1985, p. 86.

42　Jan M. Broekman, *Structuralism: Moscow-Prague-Paris*, (tr.) Jan F. Beekman and Brunhilde Helm, D. Reidel Publishing Company, 1974, p. 25.

43　Jurij Lotman, *The Structure of the Artistic Text*, p. 9.

44　Jurij Lotman, *The Structure of the Artistic Text*, p. 21.

45　Jurij Lotman, *The Structure of the Artistic Text*, p. 20.

46　Stephen Zelnick, "Ideology as Narrative: Critical Approaches to *Robinson Crusoe*", (ed.) Harry Garvin, *Literature and Ideology*, Bucknell University Press, 1982, p. 81.

47　Clifford Geertz, *The Interpretation of Cultures*, Basic Books, 1973, p. 154.

48　Wayne Booth, *The Rhetoric of Fiction*, p. 187.

49　Andrew H. Plaks (ed.), *Chinese Narrative: Critical and Theoretical Essays*, p. 349.

50　Lothar Hönnighausen, " 'Point of View' and Its Background in Intellectual History", (ed.) E. S. Shaffer, *Comparative Criticism: A Yearbook*, Vol. II, Cambridge University Press, 1980, p. 154.

51　Walter Pater, *Appreciations*, Basil Blackwell, 1973, p. 66.

52　Richard Ellmann (ed.), *The Artist as Critic: Critical Writings of Oscar Wilde*, The University of Chicago Press, 1969, p. 315.

53　阿英:《晚清小说史》，第68页。

54　Wayne Booth, *The Rhetoric of Fiction*, p. 486.

55　Raymond Williams, "Marxism, Structuralism and Literary Analysis", *New Left Review*, No. 129, 1981.

56　Albert Camus, *The Rebel*, (tr.) Anthony Bower, Hamish Hamilton, 1953, p. 315.

57　René Wellek, "The Mode of Existence of a Literary Work of Art", *The Southern Review*, Vol. VII, 1942.

58　Jorge Borges, *Other Inquisitions, 1937-1952*, p. 103.

59　Roland Barthes, *S/Z*, (tr.) Richard Miller, Jonathan Cape, 1975.

60  Pierre Macherey, *A Theory of Literary Production*, p. 159.

61  Catherine Belsey, *Critical Practice*, Methuen & Co. Ltd, 1980, pp. 37-55.

62  Eco, 1994, p. 85.

63  这个术语是法国当代哲学家阿尔都塞提出的，他认为马克思对亚当·斯密和李嘉图等经济学家作品的批判阅读方式是典型的症候式阅读。

64  Durkheim, 1982, p. 421.

65  冯健男：《孙犁的艺术（中）——〈铁木前传〉》，载《孙犁作品评论集》，百花文艺出版社，1982年，第108页。

66  冯健男：《孙犁的艺术（中）——〈铁木前传〉》，第112页。

67  Catherine Belsey, *Critical Practice*, p. 117.

68  Roland Barthes, "Introduction to the Structural Analysis of Narrative", p. 89.

69  Roland Barthes, "Introduction to the Structural Analysis of Narrative", p. 95.

70  Robert Alter, *Partial Magic: The Novel as a Selfconscious Genre*, p. 3.

71  Alain Robbe-Grillet, *For a New Novel: Essays on Fiction*, (tr.) Richard Howard, Grove Press, 1965, p. 156.

72  Robert Scholes, *Fabulation and Metafiction*, University of Illinois Press, 1979, p. 218.